郑振铎
文学研究法

ZHENG ZHEN DUO
WEN XUE YAN JIU FA

郑振铎 著

当代世界出版社
THE CONTEMPORARY WORLD PRESS

图书在版编目（CIP）数据

郑振铎：文学研究法 / 郑振铎著. -- 北京：当代世界出版社，2017.1
（名家国学大观 / 黄懿煊主编）
ISBN 978-7-5090-1162-1

Ⅰ．①郑… Ⅱ．①郑… Ⅲ．①中国文学－文学研究 Ⅳ．①I206

中国版本图书馆CIP数据核字（2016）第274386号

出版发行：当代世界出版社
地　　址：北京市复兴路4号（100860）
网　　址：http://www.worldpress.com.cn
编务电话：（010）83907332
发行电话：（010）83908409
　　　　　（010）83908455
　　　　　（010）83908377
　　　　　（010）83908423（邮购）
　　　　　（010）83908410（传真）
经　　销：全国新华书店
印　　刷：三河市兴国印务有限公司
开　　本：620毫米×889毫米　1/16
印　　张：15
字　　数：230千字
版　　次：2017年1月第1版
印　　次：2017年1月第1次
书　　号：ISBN 978-7-5090-1162-1
定　　价：42元

如发现印装质量问题，请与承印厂联系调换。
版权所有，翻版必究；未经许可，不得转载！

目录

- 001- 中国文学研究的重要书籍介绍
- 025- 中国小说八讲（提纲）
- 048- 玄鸟篇
- 066- 黄鸟篇
- 073- 释讳篇
- 093- 伐檀篇
- 106- 作俑篇
- 113- 元曲叙录

中国文学研究的重要书籍介绍

我做这篇文字,其目的乃在把最好的、最易购的关于中国文学的书籍,介绍给平素对于中国文学没有系统的研究的诸君。他们曾常常向我问应读何书,或问在许多诗歌选本中,哪一部最好,或问研究中国的戏曲,应先读何书,或问某书有何版本,某书在何处可以买得到之类的问题。我不能一一地遍答,便做了这篇文字,以当一个总答复。至于深研国故的诸君,对于我这个浅陋的介绍自然是不必注意的。

在这个"介绍"里,所登录的书籍虽仅有二百馀部,但重要的伟大的创作与研究中国文学的门径书,大概都已包罗在内了。如果有人全读了这些书,或选读了其中尤其重要的几十或百余部书,大略已可明白中国文学的源流与重要的内容了。

关于带文学性质的诸子,如《庄子》、《列子》之类,以及史书,如《左传》、《史记》、《汉书》之类,这里不录进去。这里所录的是:重要的诗歌、戏曲及散文的总集;重要的小说、戏曲、诗文的作品;以及重要的研究诗歌、戏曲、小说等源流及内容的书籍,与几部较好的文学史。个人的诗文集,太多,万不能遍举,这里仅举其最有影响、最为伟大并有易得的单行本者。

我们现在之研究中国文学,乃研究其内容与艺术,决不欲再步武古人,去做什么古律诗、杂剧,或去填什么词。所以这里对于"诗歌作法"一类的书,仅举其最好的有研究的价值的二三种。

庸俗的通行的诗文选本，如《古文观止》、《古唐诗合解》以及剽窃他书以为一书的，如《元曲大观》之类，这里都屏弃不录。不甚重要的选本如《四六法海》、《古今文综》、《涵芬楼古今文钞》以及《七十家赋钞》等这里也不收入。

这个介绍分为上下二篇，上篇是介绍文学作品——个人的作品与总集，其次第略按时代的顺序。下篇是介绍小说及诗歌的研究等的书籍与文学史，其次第则按种类的分别。每部书底下，都注出它的不同的版本，有时也略述其内容。

这里所录各书大多数都有很易得的传本的，至于没有传本的书，则暂不录入。

上篇

一、《诗经》此书为最古的最重要的诗歌总集。它的注释的本子极多，可先看：

（一）《毛诗正义》四十卷　汉毛亨传，郑玄笺，唐孔颖达疏　通行本；《十三经注疏》本；《四部丛刊》影宋本。

（二）《诗集传》八卷　宋朱熹撰　通行本；商务印书馆　铅印本。

（三）《诗经原始》十八卷　方玉润撰《鸿濛室丛书》本。不易得。现拟重印。

如不欲看纷纭辩论的注释本子，则可读商务印书馆出版的《白文诗经》（请参看本报十四卷三号《关于诗经研究的重要书籍介绍》一文）。

二、《楚辞》《楚辞》的注释本，最重要的有：

（一）《楚辞补注》十七卷　汉王逸注　宋洪兴祖补　汲古阁重

刻宋本；《惜阴轩丛书》本。

（二）《楚辞集注》八卷，《辨证》二卷，《后语》六卷　宋朱熹撰　通行本；扫叶山房石印本。

最近亚东图书馆出版的陆侃如的《屈原》，也很可以一读。

三、《文选》梁昭明太子萧统编　《文选》内所选的（除了屈宋的几篇辞赋以外），为自汉至梁的重要的诗赋及散文的作品，是一部很简括、很重要的总集。它的体裁，后人拟仿之者极多，如《唐文粹》、《宋文鉴》等皆是。它的注释本，有：

（一）《文选注》六十卷　唐李善注　武昌局刊本；通行本；石印本。

（二）《六臣注文选》六十卷　唐李善等注　《四部丛刊》影宋本。

四、《古文苑》二十一卷　宋章樵注　苏州局刊本；《岱南阁丛书》本，分九卷，是古本，无注。

五、《续古文苑》二十卷　清孙星衍编　平津馆刊本；苏州书局刊本。

六、《文苑英华》一千卷　宋李昉等编　明刊本；平津馆影宋刊本。此书为继《文选》而选者，起于梁末，终于唐，唐文占最大的部分。

七、《文苑英华辨证》十卷　宋彭叔夏撰　《聚珍版丛书》本；《知不足斋丛书》本。

八、《玉台新咏》十卷　陈徐陵编　清吴兆宜注　通行本。

九、《古诗纪》一百五十六卷　明冯惟讷编　原刻本。此书全录自上古至隋的诗歌，是一部很重要的总集。

一〇、《诗纪匡谬》一卷　清冯舒撰　《知不足斋丛书》本。

一一、《全汉三国六朝诗》八十卷　丁福保编　医学书局铅印本。此书搜罗颇完备，多正《诗纪》之误。

一二、《古诗源》十四卷　清沈德潜编　商务印书馆铅印本。

一三、《古诗选》三十二卷　清王士禛编　通行本；上海石印本合此书与姚鼐的《今诗选》为《古今诗选》。内五言诗十七卷，七言诗十五卷，七言诗选至元吴莱为止。

一四、《十八家诗钞》二十八卷　清曾国藩编　通行本。

一五、《三十家诗钞》　清王定安编　某君的《国学书目》误作曾国藩编。通行本。此书为增补曾氏的《十八家诗钞》的。

一六、《八代诗选》二十卷　王闿运编　通行本；石印本。此书甚好，选汉至隋的诗歌。

一七、《乐府诗集》一百卷　宋郭茂倩编　汲古阁刊本。近来刊印的武昌局本及《四部丛刊》本，皆系依据汲古阁刊本。但此刊本，错误颇多。此书很重要，选至唐为止。

一八、《古乐苑》五十二卷　明梅鼎祚编　明刊本。此书补《乐府诗集》之遗。

一九、《文纪》二百四卷　明梅鼎祚编　明刊本。选至隋为止。中有《释文纪》四十五卷，为特异于他种古代文选之点。但搜罗不如严可均的《全上古秦汉六朝文》之完备。

二〇、《汉魏六朝百三名家集》一百十八卷　明张溥编　原刊本；翻刻本。翻刻本不好。

二一、《全上古三代秦汉三国六朝文》七百四十六卷　清严可均编　黄冈王氏刊本。此书搜罗极广，备此一书，梅氏《文纪》可不购。但略病芜杂。

二二、《汉魏六朝名家集》　丁福保编　医学书局铅印本。此书较张溥《名家集》为好。原定刻一百十八家，我仅见其初集四十家。不知后来有续集出来否？

二三、《八代文粹》二百二卷　清简燊、陈崇哲编　原刊本。某君所编的《国学书目》误作王闿运编。

二四、《经史百家杂钞》二十六卷　清曾国藩编　通行本；商务印书馆铅印本。此书为最大胆的不易得的选本，能把《诗经》之类的书选录在里面，远胜于姚鼐的《古文辞类纂》一类的囿于一派而无特见的选本。

以上为上古至唐的诗文总集（仅有数种并选录唐以后诗文）。同性质的书，有录入三四种者，如非专门研究者或购书的经济力很充足者，则不必全购，可仅购最好的一种或二种，如古诗选本，不必购《古诗纪》，只要购《全汉魏六朝诗》即已足。但有力量的人，最好是把同性质的几种书同时比较而读。

二五、《蔡中郎集》六卷　汉蔡邕撰　广州刊本；兰雪堂活字本；《十万卷楼丛书》本；《海源阁丛书》本；《四部丛刊》本。

二六、《曹子建集》十卷　魏曹植撰　明刊本；通行本《四部丛刊》本。

二七、《陶渊明集》八卷　晋陶潜撰　明刊本；通行本；江苏局刊本。《四部丛刊》本，为影宋李公焕的笺注本。

二八、《鲍参军集》十卷　宋鲍照撰　明刊本；《四部丛刊》本。

二九、《谢宣城诗集》五卷　齐谢朓撰　《四部丛刊》本。

三〇、《江文通文集》四卷　梁江淹撰　明刊本；《四部丛刊》本。

三一、《庾子山集》周庾信撰　此书有清吴兆宣注的十卷本；倪璠注的十六卷本；《四部丛刊》影明屠隆刊十六卷本。

以上略举唐以前的几个重要的有单行专集的作家。

三二、《中兴闲气集》二卷，《校补》一卷　唐高仲武撰《四部丛刊》本。汲古阁刊有《唐人选唐诗》八种,《四部丛刊》亦收四种,兹录其一种。

三三、《全唐诗》九百卷　清康熙四十六年编　扬州书局刊本;广州巾箱本;江宁重刻本;石印小字本。清徐倬有《全唐诗录》一百卷,通行本。

三四、《唐百家诗选》二十卷　宋王安石编　医学书局影印本。

三五、《唐人小集》自王勃至张司业,共录五十人。近人江标影刻宋书棚本。

三六、《唐人万首绝句》九十一卷　宋洪迈编　明刊本。清王士禛有《唐人万首绝句选》七卷,通行本。

三七、《唐诗百名家全集》　清席启寓编　原刻本。共一百四家,有四家未刻。

三八、《唐诗别裁》二十卷　清沈德潜编　通行本。

三九、《唐文粹》一百卷　宋姚铉编　顾广圻校刻大字本;苏州书局刊本;《四部丛刊》影宋小字本。

四〇、《唐文粹补遗》二十六卷　清郭麐编　原刻本;苏州书局刊本。

四一、《全唐文》一千卷　清嘉庆十九年编　扬州书局刊本;广东翻刻小字本。

四二、《唐文拾遗》七十二卷　清陆心源撰　原刻本。

四三、《唐代丛书》亦名《唐人说荟》搜录唐人的传记与杂记;但不好,不如《太平广记》。通行本;石印本。

四四、《太平广记》五百卷　宋李昉等编　通行本;石印本。此书包罗唐及唐以前的传记及异闻一类的书极多。

四五、《陈伯玉集》五卷　唐陈子昂撰　清杨国桢辑刻本。《四部丛刊》影明刊本有十卷。

四六、《李太白集》三十卷　唐李白撰　清缪曰芑仿宋刻本；石印本；又清王琦有《李太白诗集注》三十六卷，通行本；《四部丛刊》本有三十卷，系影印明刊本的宋杨齐贤与元萧士赟的《分类补注李太白诗集》。

四七、《杜工部诗集》　唐杜甫撰　注杜诗者颇多，兹举三种于下：

（一）《杜诗详注》二十五卷　清仇兆鳌注　通行本。

（二）《杜诗镜铨》二十卷　杨伦注　铅印本。

（三）《分门集注杜工部诗》二十五卷　无名氏集注《四部丛刊》影宋本。

四八、《王右丞集》六卷　唐王维撰　《四部丛刊》本。又《王右丞集注》二十八卷，清赵殿成撰，原刻本。

四九、《孟浩然集》四卷　唐孟浩然撰　《四部丛刊》本。

五〇、《高常侍集》八卷　唐高适撰　《四部丛刊》本。

五一、《岑嘉州诗》四卷　唐岑参撰　《四部丛刊》本。

五二、《韦苏州集》十卷　唐韦应物撰　《四部丛刊》本。

五三、《元次山集》十卷　唐元结撰　《四部丛刊》本。

五四、《刘随州诗集》十卷，《外集》一卷　唐刘长卿撰《四部丛刊》本。

五五、《韩昌黎集》四十卷，《外集》十卷　唐韩愈撰　东雅堂刊本；通行本。韩集通行刻本极多，兹不具录。《四部丛刊》内亦有影元本。

五六、《柳先生集》四十五卷，《别集》二卷　唐柳宗元撰　《四部丛刊》本。柳集通行刻本极多，兹不具录。

五七、《刘梦得文集》三十卷，《外集》十卷　唐刘禹锡撰　武进董氏影宋刊本（《四部丛刊》本，即系以董氏本影印者）；通行本。

五八、《长江集》十卷 唐贾岛撰 通行本；何义门评校本；《四部丛刊》本。

五九、《昌谷集》四卷，《外集》一卷 唐李贺撰 明仿宋刻本；凌氏校刻本；通行本；《四部丛刊》本。又有宋吴正子诸人的各种笺注评注本。

六〇、《元氏长庆集》六十卷，《补遗》六卷 唐元稹撰 嘉庆间东吴董氏刊本；《四部丛刊》本，连集外文六十一卷。

六一、《白氏文集》七十一卷 唐白居易撰 《四部丛刊》本；通行本；又有《白香山诗集》四十卷，附《年谱》二卷，清汪氏编刻本。

六二、《李义山集》六卷 唐李商隐撰 嘉庆中扬州汪氏校刻本；《四部丛刊》中有《李义山诗集》六卷，《李义山文集》五卷。《李义山诗注》有清朱鹤龄及姚培谦注本；又《李义山文集笺注》十卷，清徐树穀笺，徐炯注。

六三、《温庭筠诗集》七卷，《别集》一卷 唐温庭筠撰 《四部丛刊》本；又有《温庭筠集笺注》九卷，清康熙间顾氏秀野草堂刊本。

六四、《甫里先生文集》二十卷 唐陆龟蒙撰 《四部丛刊》本；又《笠泽丛书》四卷，《补遗》一卷，通行本。

六五、《玉山樵人集》，《香奁集》附 唐韩偓撰 《四部丛刊》本；通行本。

六六、《桂苑笔耕集》二十卷 唐高丽崔致远撰 《四部丛刊》本；粤雅堂刻本。此集很重要。致远为新罗人，在唐为高骈幕僚，为高丽文人之父。

六七、《甲乙集》十卷 唐罗隐撰 《四部丛刊》本；通行本；

又《逸书》五卷，有吴骞刻本。

六八、《全五代诗》一百卷　清李调元编《函海》本。

六九、《花间集》十二卷，《补》二卷　蜀赵崇祚编　通行本；《四部丛刊》本。

七〇、《唐五代词选》三卷　清成肇麐撰　原刻本。

七一、《南唐二主词》一卷　南唐中主、后主撰　《晨风阁丛书》本。

七二、《浣花集》十卷，《补遗》一卷　蜀韦庄撰　《四部丛刊》本。

七三、《三家宫词》一卷　唐王建等撰　汲古阁刊《诗词杂俎》本（《诗词杂俎》近有无锡丁氏翻印本）。

七四、《宋文鉴》一百五十卷　宋吕祖谦撰　苏州书局刊本；《四部丛刊》本。此书为北宋的总集。

七五、《南宋文范》七十卷　清庄仲方编　苏州书局刊本。

七六、《南宋文录》清董兆熊撰　苏州书局刊本，凡《文范》所已有者，此书俱节去不录。

七七、《宋六十名家词》九十卷　明毛晋撰　汲古阁刊本；石印本。

七八、《词综》三十六卷　清朱彝尊编　《补》二卷，清王昶编　通行本。此书选录唐、五代、宋词。通行本常合王昶的《明词综》及《清词综》而为一书。

七九、《绝妙好词笺》七卷，附《续钞》一卷　宋周密撰　清厉鹗等笺通行本。

八〇、《词选》二卷　清张惠言编　又《续词选》二卷，清董毅编　通行本。

八一、《四印斋所刊词》　王鹏运编　原刊本。此书校刊极精。

八二、《双照楼景刊宋元本词》　仁和吴氏编刊。此书校刊亦极精。

八三、《彊村丛书》　朱古微编　原刊本。此书搜罗极博，校刻亦极精，计有总集四种，唐词别集一家，宋词别集一百十二家，金词别集五家，元词别集五十家。为"词"的最大的丛刊本。

八四、《词苑英华》汲古阁刊本。内有：

（一）《花间集》十卷　赵崇祚编。

（二）《草堂诗余》四卷　武林逸史编。

（三）《尊前集》二卷　顾梧芳编。

（四）《花庵词选》十卷　黄叔旸编。

（五）《中兴以来绝妙词选》十卷　黄叔旸编。

（六）《词林万选》四卷　杨慎编。

（七）《诗余图谱》三卷　张绖编。

八五、《词学丛书》清秦恩复编　原刊本。内有：

（一）《乐府雅词》三卷，《拾遗》二卷　宋曾慥编。

（二）《阳春白雪》八卷，《外集》一卷　宋赵闻礼编。

（三）《词源》二卷　宋张炎撰。

（四）《日湖渔唱》一卷，《补遗》一卷，《续补遗》一卷　宋陈允平撰。

（五）《草堂诗余》三卷　元凤林书院编。

（六）《词林韵释》一卷　宋菉斐轩本。

八六、《宋诗钞》　清吴之振编　商务印书馆影印本。

八七、《宋诗钞补》　管庭芬编　商务印书馆铅印本。

八八、《宋诗别裁》八卷　清张景星编　通行本。

八九、《江湖群贤小集》　宋陈起编　读画斋刊本。

九〇、《江湖后集》　宋陈起编　读画斋刊本。

此二书包罗宋人集子很不少。

九一、《宋六十家集》 近有石印本。

九二、《宋百家诗存》二十卷 清曹廷栋编 原刊本。

九三、《宜秋馆汇刊宋人集》 李之鼎编 自刻本。近已出有甲、乙、丙三集。

九四、《和靖诗集》四卷 宋林逋撰 通行本；《四部丛刊》本。

九五、《文正集》二十卷，《别集》四卷，《补编》五卷 宋范仲淹撰通行本。

九六、《宛陵集》六十卷，《附录》五卷 宋梅尧臣撰 通行本；《四部丛刊》本，有《附录》一卷、《拾遗》一卷。

九七、《欧阳文忠集》一百五十三卷，《附录》五卷 宋欧阳修撰 通行本；《四部丛刊》本。

九八、《东坡七集》一百一十卷 宋苏轼撰 近有翻印本。苏轼诗文集通行本极多，不具录。《四部丛刊》中有《集注分类东坡先生诗》二十五卷（宋王十朋撰）及《经进东坡文集事略》六十卷（宋郎晔注）。

九九、《临川集》一百卷 宋王安石撰 通行本；《四部丛刊》本。又《王荆公诗注》五十卷，宋李壁注，有清绮斋校刻本。

一〇〇、《山谷集内集》三十卷，《外集》十四卷，《别集》二卷 宋黄庭坚撰 通行本。《四部丛刊》本为三十卷。

一〇一、《后山集》十四卷 宋陈师道撰 学稼山庄刻本；又《后山诗注》十二卷，通行本；《四部丛刊》本。

一〇二、《简斋集》十六卷 宋陈与义撰 通行本；又《增广笺注简斋诗集》三十卷，附《无住词》，《四部丛刊》本。《简斋诗外集》一卷，《四部丛刊》本。

一〇三、《朱子大全集》一百十二卷 宋朱熹撰 通行本；《四部丛刊》本。

一〇四、《石湖居士诗集》三十四卷　宋范成大撰　通行本《四部丛刊》本；秀野草堂刻三十卷本。

一〇五、《诚斋集》一百三十卷　宋杨万里撰　通行本；《四部丛刊》一百三十三卷本；吉安刻八十五卷本。《诚斋诗集》有《函海》的十卷本，及嘉庆中徐氏刻的十六卷本。

一〇六、《渭南文集》五十卷　宋陆游撰《四部丛刊》本。又《剑南诗稿》八十五卷，汲古阁刊本。

《精选陆放翁诗集前集》十卷，《后集》八卷，《别集》一卷，《四部丛刊》本。

一〇七、《后村先生大全集》一百九十六卷　宋刘克庄撰　《四部丛刊》本。

一〇八、《宣和遗事》《士礼居丛书》本；商务印书馆铅印本；石印本。

一〇九、《辽文存》　缪荃孙编　原刻本。

一一〇、《金文雅》十卷　清庄仲方编　江苏书局刊本。

一一〇、《金文最》六十卷　清张金吾编　粤雅堂刊本；苏州书局刊本。

一一二、《全金诗》七十四卷　康熙五十年编　原刊本。

一一三、《闲闲老人滏水文集》二十卷　金赵秉文撰　《四部丛刊》本。

一一四、《滹南遗老集》四十六卷　金王若虚撰　《四部丛刊》本。

一一五、《遗山先生文集》四十卷《附录》一卷　金元好问撰　通行本；《四部丛刊》本；又《元遗山诗注》十四卷（清施国祁注），原刻本，石印本。

一一六、《弦索西厢》 金董解元撰 刘氏暖红室刊本。此书为元、明戏曲之祖,甚重要。

一一七、《元曲选》一百种 明臧晋叔编 商务印书馆影印本。

一一八、《西厢记》元王实甫撰 通行本;暖红室刊本。

一一九、《琵琶记》二卷 元高则诚撰 通行本;暖红室刊本。

一二〇、《拜月亭》二卷 元施惠撰 暖红室刊本。

一二一、《太平乐府》九卷 元杨朝英编 《四部丛刊》本。

一二二、《阳春白雪》《前集》五卷,《后集》五卷 元杨朝英编 徐氏《随庵丛书》本。

以上二书,为金元人的曲选。

一二三、《元文类》七十三卷 元苏天爵编 苏州书局刊本;《四部丛刊》本。

一二四、《元诗选》一百一十一卷 清顾嗣立编 自刻本;又《元诗癸集》十卷,席世臣补刻本。

一二五、《元诗别裁》八卷,又《补遗》一卷 清张景星编 通行本。

一二六、《中州集》十卷,附《中州乐府》一卷 金元好问编 《四部丛刊》本。

一二七、《谷音》二卷 元杜本撰《诗词杂俎》本;《四部丛刊》本。

一二八、《河汾诸老诗集》八卷,《校补》一卷 元房祺撰《诗词杂俎》本;《四部丛刊》本。

一二九、《皇元风雅前集》六卷,《后集》六卷 元傅习、孙存吾编《四部丛刊》本。又有《皇元风雅》三十卷,系元蒋易编,近未有刻本。

一三〇、《道园学古录》五十卷 元虞集撰 通行本;《四部丛刊》本。

一三一、《揭文安公全集》十四卷，《补遗》一卷　元揭傒斯撰　《四部丛刊》本。

一三二、《松雪斋文集》十卷，《外集》一卷　元赵孟頫撰　通行本；《四部丛刊》本；石印本。

一三三、《吴渊颖集》十二卷，《附录》一卷　元吴莱撰　通行本；《四部丛刊》本。

一三四、《铁崖先生古乐府》十卷，《复古诗集》六卷　元杨维桢撰　《四部丛刊》本。又《铁崖古乐府注》十六卷（清楼卜瀍注），通行本；石印本；又无注四卷本，西安王氏刊。

一三五、《盛明杂剧初集》三十种，《二集》三十种　近武进董氏有翻刻本，极精（《二集》未见）。此书为研究明代戏曲所必备的。

一三六、《六十种曲》　明毛晋编　汲古阁刊本；翻刻本。此书极重要；但好版本极不易得。

一三七、《玉茗堂四梦》　明汤显祖撰　明刊本；通行本；暖红室刊本。

一三八、《石巢传奇》　明阮大铖撰　武进董氏刊本；其中《春灯谜》、《燕子笺》二种，刘氏暖红室有刊本。

一三九、《纳书楹曲谱》二十二卷　清叶堂订　原刊本。此书为学唱曲者之用。

一四〇、《缀白裘》十二集四十八卷　石印本；此书为戏曲选本，很重要。

一四一、《明文衡》九十八卷　明程敏政撰　原刊本；《四部丛刊》本。

一四二、《明文授读》六十二卷　清黄宗羲编　原刻本；宗羲尚有《明文海》四百八十二卷，无刊本，《四库全书》著录。

一四三、《明文在》一百卷　清薛熙编　苏州书局刊本。

一四四、《明文英华》十卷　清顾有孝编　原刊本。

一四五、《列朝诗集》五集　清钱谦益撰　原刊本；铅印本。

一四六、《明诗综》一百卷　清朱彝尊撰　原刊本。

一四七、《明诗别裁》十二卷　清沈德潜编　通行本。

一四八、《明词综》十二卷　清王昶编　原刊本；与朱彝尊《词综》合刻本。

一四九、《明末四百家遗民诗》有正书局影印本。

一五〇、《诚意伯文集》二十卷　明刘基撰　明刊本；《四部丛刊》本。

一五一、《宋学士集》七十五卷　明宋濂撰　《四部丛刊》本；又《宋文宪全集》五十七卷，清严荣刻本。

一五二、《青邱诗集注》十八卷，附《凫藻集》五卷　明高启撰，清金檀注　原刊本；通行本《四部丛刊》中有《高太史大全集》十八卷，及《高太史凫藻集》五卷，附《扣舷集》。

一五三、《怀麓堂集》一百卷　明李东阳撰　通行本。

一五四、《空同集》六十六卷　明李梦阳撰　明刊本。

一五五、《大复集》三十八卷　明何景明撰　明刊本。

一五六、《弇州山人四部稿》一百七十四卷，《续稿》二百七卷　明王世贞撰　明刊本。

一五七、《震川文集》三十卷，《别集》十卷　明归有光撰　原刊本；通行本；《四部丛刊》本。

一五八、《水浒传》　元施耐庵（？）撰　通行本；亚东图书馆铅印本。

一五九、《西游记》　明吴承恩撰　通行本；亚东图书馆铅印本。

一六〇、《三国志》 明罗贯中（？）撰 通行本；亚东图书馆铅印本。

以上三书，皆明人所著的小说，数百年来，在民间最有影响。明代为小说发达的时代，姑举此数种以为例。

一六一、《今古奇观》此书为明代的短篇小说的最流行者。

一六二、《清文录》四十家，《续编》五十家 清李祖陶编 原刊本。

一六三、《清文录》一百卷 清姚椿编 原刊本；石印本。

一六四、《清文汇》一百册 国学扶轮社 石印本。

一六五、《湖海文传》 清王昶编 原刊本。

一六六、《湖海诗传》 清王昶编 原刊本。

一六七、《感旧集》十六卷 清王士禛编 雅雨堂刻本。

一六八、《清诗别裁》三十二卷 清沈德潜编 通行本。

一六九、《清词综》四十八卷，《二集》八卷 清王昶编 原刊本。

一七〇、《十六家词》三十九卷 清孙默编 原刊本。此书选录吴伟业、龚鼎孳、宋琬等十六家的词。

一七一、《箧中词》 清谭献编 通行本；《半厂丛书》本。此书选至现代的人为止。

一七二、《近代诗钞》 陈衍编 商务印书馆铅印本。此书选近百年来的诗歌，现代人的诗也包罗不少在内。

一七三、《国朝骈体正宗》十二卷 清曾燠编 原刊本；通行本。

一七四、《八家四六文钞》九卷 清吴鼒撰 通行本。

一七五、《十家四六文钞》十卷 王先谦编 原刊本。此书包罗刘开、董基诚至王闿运、李慈铭诸人。

一七六、《清百家诗》 清魏惟度编 康熙间刊本。

一七七、《吴梅村集》四十卷 清吴伟业撰 通行本;又《梅村家藏稿》五十九卷,《年谱》四卷,《四部丛刊》本。

一七八、《牧斋初学集》一百十二卷,《有学集》五十卷 清钱谦益撰原刊本;铅印本;《四部丛刊》本。

一七九、《带经堂集》九十二卷 清王士禛撰 通行本;又《渔洋山人精华录》十卷,《四部丛刊》本;《精华录训纂》二十卷(惠栋注),又《精华录笺注》二十卷,《补遗》一卷(金荣注),通行本。

一八〇、《曝书亭集》八十卷附《笛渔小稿》十卷 清朱彝尊撰 原刊本;《四部丛刊》本。又《集外稿》八卷,冯登府辑,《曝书亭诗集》二十三卷(杨谦注),通行本。

一八一、《西堂全集》 清尤侗撰 原刊本;通行本。

一八二、《饮水诗词集》 清纳兰性德撰 粤雅堂本;石印本。

一八三、《樊榭山房集》三十九卷 清厉鹗撰 通行本;《四部丛刊》本。

一八四、《惜抱轩文集》十六卷,《诗集》十卷 清姚鼐撰 通行本;《四部丛刊》本。

一八五、《鲒埼亭集》九十八卷 清全祖望撰 通行本;《四部丛刊》本;又《鲒埼亭诗集》十卷,《四部丛刊》本。

一八六、《洪北江诗文集》六十六卷,《年谱》一卷 清洪亮吉撰 通行本;《四部丛刊》本。

一八七、《赵瓯北全集》 清赵翼撰 通行本;又《瓯北诗钞》,原刊本。

一八八、《两当轩诗文集》 清黄景仁撰 原刊本;石印本。

一八九、《灵芬馆全集》 清郭麐撰 原刊本。

一九〇、《述学》内外篇四卷，又《补遗》、《别录》等三卷　清汪中撰　通行本；石印本；《四部丛刊》本。又《汪容甫遗诗》五卷，石印本；《四部丛刊》本。

一九一、《茗柯文》四卷　清张惠言撰　通行本；《四部丛刊》本，又《茗柯文补编》二卷，《外编》二卷，原刊本；《四部丛刊》本。

一九二、《曾文正公诗集》三卷，《文集》三卷　清曾国藩撰　《四部丛刊》本。

一九三、《巢经巢诗钞》　清郑珍撰　通行本。

一九四、《定盦文集》　清龚自珍撰　《四部丛刊》本；又《定盦文集补编》四卷，《四部丛刊》本。《定盦集》通行本甚多。

一九五、《秋蟪吟馆诗钞》　清金和撰　原刊本；铅印本。

一九六、《人境庐诗草》　清黄遵宪撰　排印本。

一九七、《湘绮楼诗集》　王闿运撰　通行本。又《湘绮楼全集》近亦有人在长沙刊行。

一九八、《桃花扇》　清孔尚任撰　暖红室刊本；排印本；石印本。此为清代很重要的一部戏曲；在许多的中国戏曲中，此剧似最无传统的腐气，最足以感人。

一九九、《长生殿》　清洪昉思撰　暖红室刊本；排印本；石印本。

二〇〇、《笠翁十种曲》　清李渔撰　通行本；石印本。

二〇一、《九种曲》　清蒋士铨撰　原刻本；通行本。清代杂剧传奇极多，尚无汇刻本，不能一一遍举，仅录以上最著的四种。

二〇二、《红楼梦》　清曹霑撰　通行本；亚东图书馆铅印本。

二〇三、《儒林外史》　清吴敬梓撰　通行本；亚东图书馆铅印本。

二〇四、《镜花缘》 清李汝珍撰 通行本；亚东图书馆铅印本。

二〇五、《老残游记》 清刘鹗撰 通行本；商务印书馆铅印本。

二〇六、《恨海》 清吴沃尧撰 通行本。

二〇七、《七侠五义》 通行本甚多。此书在民间的势力很大；如《彭公案》、《施公案》之属都是受它的影响，以它为模范而作的。

二〇八、《凤双飞》 通行本；近有石印本。此书在中国妇人界里占有很大的势力。中国的出版界，对于妇女读者，别有一部分的特殊的书籍供给她们，如《天雨花》、《笔生花》、《再生缘》之属皆是，现在举《凤双飞》为它们的代表。

以上七种为清代的小说。清代的小说极多，不能遍举。姑录最著的或足为代表的几种。

二〇九、《贾凫西鼓词》 通行本。王夫之的《愚鼓词》、归庄的《万古愁曲》亦与此书同类。

下篇

二一〇、《中国文学史》 曾彦编 泰东书局出版。

二一一、《中国大文学史》 谢无量编 中华书局出版。

二一二、《中国文学史要略》 朱希祖编 北京大学出版部出版。

二一三、《中国文学概论》 日本盐谷温编 日本出版。

以上四种，为较有系统的中国文学史。朱希祖的一本，很简括，曾彦的一本也很好。盐谷温的一本，则本非文学史的体裁，但论中国小说戏曲及诗歌的源流的一部分很好——虽然不大完备。其他如几本作中学教科书用的中国文学史，及刘申叔的《中古文学史》，林传甲的《中国文学史》之类，或太浅泛，或非文学史的体裁，俱不列入。

二一四、《文心雕龙》十卷　梁刘勰撰　通行本；《四部丛刊》本。此书为不朽的创作；虽为文学评论的书，而其本身即是一部最优美的文学作品。它的注释本，以清黄叔琳的《文心雕龙辑注》（十卷）为最好，有原刊本及翻刻本。

二一五、《诗品》三卷　梁钟嵘撰　此书为诗话之祖，刊本极多，都编在丛书中，无单行本，何文焕辑的《历代诗话》内亦有此书。

二一六、《文史通义》　清章学诚撰　通行本；《章氏遗书》本。此书为一部很重要的文学评论，但其中有一部分是论史学的。

二一七、《文学津梁》　有正书局编印。其中包罗好几部文学评论的书。

二一八、《历代诗话》　清何文焕编　原刊本；医学书局影印本。

二一九、《续历代诗话》　丁福保编　医学书局铅印本。

二二〇、《清诗话》　丁福保编　医学书局铅印本。

以上三书，皆为"诗话"的丛书，包罗了不少的诗话（自《诗品》以下）在内，尚有《萤雪轩丛书》，亦为同性质的丛书，但系日本出版，在中国不易得。

二二一、《历代诗话》八十卷　清吴景旭编　通行本。此书与何文焕的同名的一部，性质不同。常常有人误作一书。

二二二、《苕溪渔隐丛话前集》六十卷，《后集》四十卷　宋胡仔编绩溪胡氏校刊本；《海山仙馆丛书》本。此书采择前人的诗话，而分类排比之。

二二三、《诗人玉屑》二十卷　宋魏庆之编　通行本；石印本。

二二四、《诗话总龟》四十八卷，《后集》五十卷　宋阮阅撰《四部丛刊》本。

以上二书与《渔隐丛话》的性质相同。

二二五、《唐诗纪事》八十卷　宋计有功撰　通行本；医学书局石印本。此书为诗话的体裁，但亦有无"事"而单选录其诗者。

二二六、《宋诗纪事》一百卷　清厉鹗撰　原刻本。此书完全为总集的体裁，搜罗得的诗歌不少，但无"事"可纪的居大多数，与《唐诗纪事》的性质已不同；因历来书目，相沿与《唐诗纪事》列在一处，故仍之。下面的二种纪事，其性质亦同此书。

二二七、《宋诗纪事补》一百卷　清陆心源编　原刊本。

二二八、《元诗纪事》四十五卷　陈衍编　商务印书馆铅印本。

二二九、《明诗纪事钞》　陈田撰　原刻本。尚有数签未出全。

二三〇、《国朝诗人征略初编》六十卷，《二编》六十四卷　清张维屏撰　原刊本。《二编》我没有见过。

二三一、《词源》二卷　宋张炎撰　通行本；北京大学铅印本。

二三二、《碧鸡漫志》五卷　宋王灼撰　《知不足斋丛书》本；不久将有排印本出现。

二三三、《词律》二十卷　清万树撰　原刊本；石印本。

二三四、《词苑丛谈》十二卷　清徐釚撰　通行本；铅印本。

二三五、《词学全书》十四卷　清查继超辑　通行本；石印本。

二三六、《词林纪事》二十二卷，《附录》三卷　清张宗橚撰　原刻本；石印本。

二三七、《诵芬室读曲汇刊》　武进董氏刊本。此书包罗论戏曲的书很不少：

（一）《录鬼簿》

（二）《南词叙录》

（三）《九宫目录》

（四）《十三调南宫音节谱》

（五）《衡曲麈谭》

（六）《曲律》

（七）《剧说》

二三八、《曲苑》　古书流通处石印本；此书即以董氏的《读曲汇刊》为依据的，除了董本所有外，又加入《江东白苎》、《曲录》等数种。

二三九、《戏曲考原》　王国维撰　《晨风阁丛书》本。

二四〇、《曲录》　王国维撰　《晨风阁丛书》本。《曲苑》内的《曲录》系不全本。

二四一、《宋元戏曲史》　王国维撰　商务印书馆铅印本。以上王氏著的三书，对于研究中国戏曲者都极有用处。

二四二、《顾曲麈谈》　吴梅撰　商务印书馆铅印本。

二四三、《词余讲义》　吴梅撰　北京大学铅印本。吴氏自己撰有戏曲不少种，又是传奇杂剧的最大的收藏家。他的对于中国戏曲的知识的丰富，当代没有什么人能与之并肩。

二四四、《小说丛考》二卷　钱静方编　商务印书馆铅印本。

二四五、《小说考证》十卷　蒋瑞藻编　商务印书馆铅印本。

二四六、《小说考证拾遗》一卷　蒋瑞藻编　商务印书馆铅印本。

以上三书，虽以小说为名，但其中收集关于戏曲的材料不少。

二四七、《中国小说史略》　鲁迅编　北京大学新潮社出版。

附言：上面所举的二百四十几部书，一时自然不能看得完；如果家中毫无藏书的根柢的，一时也断难收集得完备。但有许多书，性质是相类的，内容也有一大部分相同，如先读最紧要的（或任何的）一书，则他书只需一阅即已足。如读过《金文最》，则《金文雅》不需更细读，读过《八代文粹》，则《全上古六朝文》不须更细读。又如卷帙太繁重的书，如《全唐文》、《全唐诗》之类，只须粗阅一过，就其中选择最好的作品来读，不必全部精读。个人的专集也是如此。最好的读书法，乃是自己具选择的眼光，拿了许多的作品，陈列在面前比较了一下，然后取其最好的来读来研究。不分书之内容之重要与否而有书即抱起来读的，自然是最笨的读法，而图走捷途，抱简陋的选本而以为已足的，更是自因于隘井之中。所以我们读书，第一要紧的是读全部的书。读最好的选本是不得已的第二层的办法（因为辑选者一时的眼光，常不能为永久的读者的标准；往往有许多最好的文字被删落了）。至于读节本的书，如《庄子精华》或《史记精华》之类，或读浅陋的选本，如《古文观止》、《古文百篇》之类，则其结果更不足道了。这是说读书的方法。至于购书的方法，则亦是如此。最好是先购"全部"的，或材料搜罗得最完备的书籍（能全购同性质的书自然是更好），以后再购选本或其他编制或体裁不同的书。同一部书而有几个注释本子者，则能全购以为比较最好。如不能一时全购，则先购其最好的最完备的一部注释本子。

购买中国旧书，除了新印的有定价的书籍外，有数点须要注意：

（一）须费时间去访购；有许多书在一时或在一地不能得到，须到各地或费长久的时间去求访（好在这个书目里所举的书并无十分难得的书）。（二）旧书并无定价，其价目之高下都操纵于书贾之手。不善买书的人，往往会出二三倍的书价。又同是一书，因为版本不同，书价亦大有不同，如新版的某书只须数元，欲购宋、元版的或钞本的，则至少须费十倍乃至百倍以上的书价。我们非"为藏书而藏书"的藏书家，非以书为玩物的，只求实用，不求珍贵；所以不必购什么宋版元钞，只要购最完备的最无错误的校刻本。（三）购旧书需到当地的或别地的旧书铺里去，不必向什么原出版处去买。本版的旧书，不比铅印的书，它们一次刷印不了多少；它们的出版处也不比商务印书馆之专以卖书为职业。所以如欲自己向原出版处去买，他们常常没有存书，一部二部又不肯开印。除了几个官书局以外，私家所藏的书版也往往迁移无定，不知向何处接洽才好。而有许多旧书，木版又已毁坏，或出版处已不存在。所以除了对于旧书的情形极熟者以外，购书的人最好是向书贾那里去购买，或托他们去访求。

以上的几句浅近的话，对于有研究有学问的先生们原是毫无用处的。好在上面已经说过，本文是为初次研究中国文学的人而做的。这些话对于他们也许会有一点用处。

（《小说月报》十五卷一号，一九二四年一月）

中国小说八讲（提纲）

第一讲 古代的神话与传说

从原始公社到奴隶社会的传说——天与社与祖先崇拜——天与帝——各民族的不同传说——神话的系统化——鬼与神——女娲、伏羲的故事——羿的故事——尧、舜、禹、汤的传说——武王伐纣——周公辅成王——《穆天子传》——《山海经》——《晏子春秋》——《燕丹子》——《汉武故事》——《汉书·艺文志》里的所谓"小说家"（共十五种，一三八〇篇，《虞初周说》占九四三篇）——诸子里的寓言与故事。

中国古代的神话与传说是丰富的，是表现了中国人民对于人间的现实生活的反映与将来的更美好的理想生活的希望的。

在"传说"方面，充分地说明了中国人民对于古代英雄们，对于有功绩的劳动人民和杰出的英雄人物的歌功颂德的感情。中国的所谓"神"，有许多就是"人"，就是对人民有功绩的人，死后被人民尊封为神的。这种从"人"升格的"神"，直到最近几十年前还是有。

在中国神话里，最高的主神是"天"，但天只是一种至高无上的象征。直到后来，才有整个的"天堂"搬了来，以"玉皇大帝"为主神，而围绕在他的周围的，则有许多二十八宿等等的文武侍从们。但在古代，那些神道们是没有的。在古代，我们的"诸神庙"还不曾有一个大的系统和完整的组织。古代的人民相信鬼和神。鬼是人死后的精灵，原始人全都怕它。这种"鬼"会替自己复仇。《左传》里有"相惊以伯有"的故事，有豕人立而啼的故事。殷人尚鬼，每事卜。墨子也明鬼。孔子则敬鬼神而远之。在古代的祖先崇拜的信仰上，鬼的作用很大，它的精灵是指导着人的活动的。武王伐纣就奉了文王的木主以同行。还有"社"，那是农业社会的主神，大地的神，群众集会的地方。"不用命，戮于社"。鬼的传说是很多的。但天堂、地狱的故事，到了佛教输入以后才有之。

六朝宣传佛教的故事很多。不外：（一）信佛、拜佛、造像写经的人有福了，遇难成祥，得病有救。（二）不信佛、毁像谤佛者入地狱受罪。必身历地狱，复活告人。

一直到明代，这一类神话还在创造。《土地宝卷》是一部伟大的史诗，伟大的神话。土地公公，小老头子，和玉皇大帝斗法。后被烧化为灰，但其灰却洒遍天下，故处处有"土地"。象征着天与地的斗争。

神话成为系统的，最早的是元刊本的《出相搜神广记前后集》、嘉靖刊本《三教搜神大全》七卷（叶翻本）和《出像增补搜神记》六卷（富春堂本）、《仙佛奇踪》八卷（洪自诚）、《有像列仙全传》九卷（汪云鹏刊本）、《仙媛纪事》九卷（杨尔曾）、《罗汉图录》（乾隆间刊本）。

古代的神话与传说，见于《山海经》、《穆天子传》和诸子里的很多。十日并出，后羿射之。嫦娥奔月的故事。黄帝杀蚩尤的故事。夸父逐日的故事。故事性很强，意义很深刻。《穆天子传》里的西王母只是中国西部的一个女王或女酋长而已，但后来却成了神话的中心人物之一，成为东王公的匹对，或成为王母娘娘，似是主持玉皇大帝的宫庭了。但那是后话。

古代的英雄传说，有以后羿为中心的，有以大禹为中心的，有以姜尚为中心的（武王伐纣），以周穆王为中心的，以燕太子丹和荆轲为中心的（《燕丹子》），以伍子胥为中心的，有以东方朔、汉武帝为中心的，有以李陵、苏武为中心的，以韩凭夫妇为中心的，以舜子至孝为中心的，以晏婴为中心的。箭垛式人物，诸善皆归焉，或众恶皆归焉，也有以王昭君、蔡文姬为中心的。那是数之不尽的。但还没有人有系统地编写出来。

汉代以前和汉代的图籍，大都已不存了，只有《晏子春秋》、《燕丹子》、《山海经》和《穆天子传》寥寥几部书而已。而在子、史里，存在的神话和传说相当的多。

到了三国魏晋南北朝，则志怪之书大增，存在的也多了。故事的范围广大了，地狱输入了。因果报应之说，代替了"运命"论。人间的小故事，也流传得很广。可分为三类：

（一）志怪之书，继往古之余徽：《列异传》（曹丕）、《搜神记》（干宝）、荀氏《灵鬼志》、《搜神后记》、《神异经》、《十洲记》、《汉武洞冥记》、《神仙传》、王嘉《拾遗记》。

（二）佛教的宣传著作：《续齐谐记》（吴均）、《冥祥记》（王琰）、《骈衍谈天》、《冤魂志》（颜之推）、刘义庆《幽明录》。

（三）人间的故事与笑谈：《汉武故事》、葛洪《西京杂记》、《世说新语》、《笑林》（邯郸淳）、《启颜录》（侯白）。

第二讲 唐代传奇文与变文

唐这时代：雄伟壮丽，但是压迫太甚——阶级的矛盾尖锐化——士子的苦闷：举进士与中进士——王维"郁轮袍"——行卷（温卷）——以诗歌为主但后来也用了"传奇"文——清代的《全唐文》不收，但宋以来也甚重视——三个类别，也代表了三个发展的阶段：——（1）六一八——七六六，继承六朝志怪之书，王度《古镜记》，把琐事串合起来，并有描状——《游仙窟》的突出与其影响——

（2）七六六——八五九，梦幻中的富贵繁华与恋爱——真实的事情，悽惋的故事，反映了当时的不平的社会，压迫者与被压迫者——（3）八六〇——九〇六，晚唐的割据，反映了更苦难的生活——人民的报仇雪恨的"泄愤"的故事：剑侠的故事——变文的发现——一个外来的新的文体——《韩诗外传》等的韵散合体——《列女传》（史赞）——《本生鬘论》的介绍——佛教翻译的三个阶段——"变文"的伟大创作者：僧侣，文溆——《维摩诘经变文》——《降魔变文》——《有相夫人升天曲》——伍子胥，王陵，王昭君——《张义潮变文》——变文的远大的影响——诸宫调（戏曲）——词话（小说）——一个更伟大的时代的萌芽。

（一）阶级的矛盾——（1）封建地主官僚与人民的矛盾，压迫更甚、更深。杜甫的《前后出塞》、《三吏》、《三别》，白居易的《新乐府》。（2）封建统治阶级的内部矛盾——士子的苦闷——士的阶级的生活态度：放荡、浮薄，疯狂地追求感官的刺激——奇特的故事的产生——不满意现实的政治——讽刺作品：以退为"进"——沈既济《枕中记》、《任氏传》，李公佐《南柯太守传》，陈鸿《长恨歌传》，元稹《莺莺传》，白行简《李娃传》，沈亚之《秦梦记》、《冯燕传》，李朝威《柳毅传》，蒋防《霍小玉传》，牛僧孺《幽怪录》，牛肃《纪闻》。

（二）薛用弱《集异记》，裴铏《传奇》（《聂隐娘》），段成式《酉阳杂俎》（《盗侠》），李复言《续玄怪录》，袁郊《甘泽谣》（《红线》），张读《宣室志》，苏鹗《杜阳杂编》，范摅《云溪友议》，皇甫枚《三水小牍》（《非烟传》），杜光庭《虬髯客传》，无名氏《原化记》，孙光宪《北梦琐言》，吴淑《江淮异人录》。——写出了现实生活里的惨剧，封建的残酷的压迫，流露着对旧制度的反抗情绪，多多少少地暴露了统治集团的丑恶腐朽。——但作者常有腐见，仍是正统派的主张，或作为掩护欤？——艺术性很高。故事的渊薮，影响很大，不能不懂。

"变文"——一九〇七年史坦因的发现——民间歌曲、小说等——《本生经》——圣勇的《本生鬘论》——《维摩诘经变文》——《降魔变文》（贤愚经），舍利佛与左师斗法，五次输败——《大目乾连冥间救母变文》——《八相成道经变文》——《佛本生经变文》——《有相夫人升天曲》——非佛教故事：《列国志》（伍子胥）（乐名）——《明妃变文》二卷——《舜子至孝变文》——影响：诸宫调——杂剧——词话：《快嘴李翠莲记》、《刎颈鸳鸯会》。

第三讲 宋元话本

这一时代——主要矛盾是民族纷争，次要是内部——统一的愿望，大乱方定，国力薄弱，休息生养——罢藩镇兵权，武将无权力——金的占领中国北部——南中国的繁华——蒙古的南下与南宋的灭亡——经济上是封建社会的没落时代，统治不大强，市民阶层与小地主的兴起——海外交通与贸易——手工业的发达——"瓦子"的兴盛——市民文学的起来——元朝的兴盛，海外贸易茂盛——市民层与手工业者的力量更大——大变动时代——说书的四派——说"小说"——讲"史书"——中国文学上第一次保存下来的人民自己的文学作品——"说话人"的来历与其出身——特点一：出于人民之手，为人民所享有，为人民而写，且为人民所喜爱的——特点二：既讲且唱，变文的子孙之一（唐代就有之）——特点三：第三身称的讲话，中国小说的特色——特点四：小说是一次讲毕，史书是多次讲，分回目——特点五：有"得胜头回"——入话——"小说"，主要是讲市井新闻，以耸人听闻为主——"银字儿"——烟粉灵怪——公案传奇——发迹变泰——"词话"与"诗话"——讲

"史书"——说三分,说五代史——《复华篇》与《中兴名将传》——《薛仁贵征辽传》(?)——《至治新刊平话》五种——施耐庵与罗贯中——"书会先生"——与人民同生活、共呼吸的作者们——能够表达人民的喜怒哀乐与好恶的,深入民间的作者们——有那么一批人,不是士大夫阶级,或是出于那个封建地主阶级,而是没落了的逆子叛徒——处处可见出其暴露黑暗,批判或讽刺统治者的精神与态度——登台打严嵩或曹操——表现人民生活的大作品——第一次,被侮辱与被压迫者的成为小说里的"主人翁"。始于唐,盛于宋。给予后来小说的大影响。市民阶层要求文学为他们服务。宋元话本,存者有五十多篇,数量多,质量高。以现实社会和人民的现实生活为题材。"知之既深,写来便切"。说话人离开了庙宇。耐得翁《都城纪胜》:说话有四家:一者小说。说经。讲史书。合生。《武林旧事》:演史,乔万卷、陈小娘子等二十三人。小说,自蔡和到史惠英(女流)凡五十二人。《梦粱录》:王六大夫,元系御前供话,讲诸史俱通。于咸淳年间,敷演《复华篇》及《中兴名将传》。孟元老《东京梦华录》:孙宽等讲史,李慥等小说。霍四究说三分,尹常卖五代史。

钱曾《也是园书目》著录十二种。晁瑮《宝文堂书目》。《六十家小说》:(一)《雨窗》,(二)《长灯》,(三)《随航》,(四)《欹枕》,(五)《解闲》,(六)《醒梦》。《冯玉梅团圆》("我宋建炎年间")。《错斩崔宁》("我朝元丰年间")。《种瓜张老》。《简帖和尚》。《山亭儿》。《西湖三塔》。《定山三怪》(《崔衙内白鹞招妖》)。《碾玉观音》("宋人小说")。《菩萨蛮》。《西山一窟鬼》("宋人小说")。《志诚张主管》("如今说东京汴州开封府界")。《拗相公》("后人论我宋元气,都为熙宁变法所坏,所以有靖康之祸")。《陈巡检梅岭失妻记》("这东京汴梁城内虎异营中一秀才")。《刎颈鸳鸯会》(《商调·醋葫芦》小令十篇)。《杨温拦路虎传》。《洛阳三怪记》("今时临安府官巷口花市，唤做寿安坊，便是这个故事")。《合同文字记》("去这东京汴梁城离城三十里有个村")。《杨思温燕山逢故人》。《沈小官一鸟害七命》。《汪信之一死救全家》。《三现身包龙图断冤》。《计押番金鳗产祸》。《皂角林大王假形》。《福禄寿三星度世》。《勘皮靴单证二郎神》。《闹樊楼多情周胜仙》。《郑节使立功神臂弓》(《红白蜘蛛记》)。《金明池吴清逢爱爱》。《彩鸾灯记》(《张舜美元宵得丽女》)。《错认尸》("话说大宋仁宗皇帝明道元年，这浙江路宁海军")。《戒指儿记》("家住西京河南府梧桐街兔演巷")。《薛录事鱼服证仙》。《小水湾天狐赔书》。《张孝基陈留认舅》。《风月瑞仙亭》。《柳耆卿玩江楼记》。《钱塘佳梦》。《宿香亭记》。《宋四公大闹禁魂张》（赵正、侯兴）。

诗话：（一）《大唐三藏取经诗话》三卷十七章。（二）《张子房慕道记》。

《梁公九谏》，北宋人作，文意俱为拙质。

讲史——《五代史平话》十卷，存八卷。《宣和遗事》二集。（一）《武王伐纣书》。（二）《乐毅图齐七国春秋后集》（前集是《孙庞演义》？）（三）《秦并六国秦始皇传》。（四）《吕后斩韩信前汉书续集》（正集是《楚汉相争》？）（五）《三国志平话》，共十五卷。罗贯中《十七史演义》。《薛仁贵征辽传》（《永乐大典》本）。

第四讲　《三国志演义》和《水浒传》

一、讲史书的发展——在什么基础上发展起来的——王六大夫——《十七史演义》——人民的文学——从那里得到历史知识，批判历史人物，吸取历史教训——人民的好恶所在——为受难者泣下，而切齿于奸恶权臣——当然是封建社会的批判，但是被剥削者们的批判——"是非不违于公道"（替天行"道"）。

二、"书会先生",生长于人民里的作家们——是读书人,但是依靠了人民而维持生活的,故好恶是非,不能违背人民的愿望——他们自己也是"阶级的叛徒"——《风月紫云亭》——《蓝采和》。

三、施耐庵与罗贯中——施是谁呢?——施惠——施耳,施子安——白驹人(江苏兴化)——一二九六生——一三七〇死(或一二六〇——一三四〇)——罗贯中——本——木(牧),"太原人,号湖海散人。与人寡合。乐府隐语,极为清新。与余为忘年交。遭时多故,各天一方。至正甲辰(一三六四,元顺帝二十四年)复会。别后又六十余年(约一四二四,明成祖二十二年),竟不知其所终"——武林人,庐陵人——周亮工:"洪武时人"——若一三六四为四十岁,当生于约一三二四年,生卒约为一三三〇——一四二四——《三国志演义》——《唐传演义》——《残唐五代传》——《粉妆楼》(罗灿、焜)——《说唐传》——《平妖传》二十回——胡永儿、圣姑姑——王则——文彦博——诸葛遂智——马遂——李遂——《说唐传》(前传六十八回,《小英雄传》十六回,罗通扫北)——他们是"书会先生"吧——以供给"话本"和"剧本"为业,自己不登场。

四、《三国志演义》,讲史的代表作——唐李义山:"张飞胡"——改写了,题作:"晋平阳侯陈寿史传,后学罗本贯中编次",据史书以正"话本"的大不合理处——删去"司马仲相"阴司断狱一段——删去刘备到太行山落草,张飞喊断长板桥等——焕然一新,成了他自己的创作——三访诸葛亮——描写的简捷高超——曲折而明畅。

五、《三国志演义》的得人民喜爱的原因——(一)爱憎分明。体现人民的爱与憎;歌颂爱护人民的、善良忠厚的政治家,反对狠毒诡诈的奸雄。(统治阶级间的矛盾,及其与人民间的矛盾。)虽然不见有人民在活动;(二)故事曲折动人;(三)刘关张的义气——

血兄弟在中国；刘关张，平民出身；（四）诸葛亮的忠诚智慧，代表了正直无私的人物；（五）勇敢的将官，失败了的英雄。人民所熟悉的英雄人物，有代表性的。

六、从讲史到"英雄传奇"，即从《三国》到《水浒》——两种不同类型的作品——《水浒传》：英雄传奇的开始——从讲史分了出来——对历史的片断而加以剖析——不是历史人物，而是人民的英雄——性质不同，作风也不同——真实地在人民里生长起来，从人民里走出来的英雄人物——他们为自己，也为人民，反抗着统治者——"官迫民反"——"替天行道"——劫富济贫——为自己雪恨报仇——为人民的正义而抱不平。

七、《水浒传》的时代性——封建社会的没落期——宋元与元明之间——政治的黑暗，官僚的压迫，连大地主也被迫而反。

八、《水浒传》的形成——今本《水浒传》题"钱塘施耐庵的本，罗贯中编次"（《百川书志》）、"施耐庵集撰，罗贯中纂修"（嘉靖本），正像石玉崐，创作并结集了《水浒》故事——（一）先有元剧？后有小说？小说是逐渐扩大的。（二）简本先？繁本先？——《水浒》故事的"几个单元"(1)王进、史进、鲁智深三——七。(2)林冲七——一二。(3)杨志一二——一三，又一七。(4)生辰纲一三——一六。(5)小夺泊一八——二〇。(6)宋江二〇——二三。(7)武松二三——三二。(8)宋江三二——四二。(9)李逵四三。(10)杨雄、石秀四四——四六。(11)三打祝家庄四七——五〇。(12)雷横、朱仝五一。(13)柴进五二——五四。(14)高俅五五——六〇。(15)卢俊义六一——六三。(16)关胜等六四——七一，（曾头市）。(17)李逵七二——七五。(18)童贯、高俅七六——八〇。(19)受招安八一——八二。(20)征辽八三——八九。(21)田虎九〇——一〇〇。(22)王庆一〇一——一一〇。(23)方腊一一一——

一一八。(24) 大结束一一九——一二〇。一百回本无（21）及（22）两单元。

九、《水浒传》人物出身的分析——

（一）平民：李逵、白胜、石秀、武松、刘唐、时迁、燕青、三阮（小二、小五、小七）。

（二）吏：晁盖、宋江、朱仝、雷横、杨雄、戴宗。

（三）大地主：史进、柴进、卢俊义、李应。

（四）武将：林冲、杨志、鲁智深、关胜、索超、董平、花荣、徐宁、秦明、呼延灼、黄信、孙立。

（五）技艺人等：吴用、公孙胜、安道全、皇甫端、汤隆、蒋敬、金大坚、萧让等。

（六）地方有势力者及强盗等：王英、孔明、张青、孙二娘、李俊、张横、张顺、穆春、陈达、杨春、燕顺、周通等。

剥削阶级和被剥削阶级的游离分子——"官迫民反"——同一个原因，迫得他们会聚在一起，梁山泊。——梁山泊的道德（李逵）。

十、继承了宋人"小说"之后，写平民，写社会生活。融合了讲史与小说之所长。有战争，有英雄历险，也有日常的生活。（小人物写得很好）——博得人民的同情与喜爱：攻击腐化透顶的官僚地主阶级以及一切"为虎作伥"的坏蛋。处处充溢着不平之气与正义感，同情于被压迫者（《双献功》（李逵），被侮辱者——以打倒恶霸为主——仗义疏财——《三国》成为兵法之渊薮，《水浒》成为农民起义的教科书了。所以，统治者十分厌恶之。"三世皆瘖"。

第五讲　《西游记》、《金瓶梅》及其他

一、这个伟大的时代：正德至崇祯（十六世纪——十七世纪中叶，

一百五十年）——"世纪末"的开始与结束。从上到下的讲究享受。肉的追求。官僚地主阶级的豪华——《天水冰山录》——专横——卖身投靠——黑田的繁多——阶级斗争的尖锐化——讲"美"，讲"精"，甚至讲"求仙问道"，讲丹术——士的阶级也要做神仙起来了：屠隆等——罗马帝国的末年——封建道德的崩溃，在小说里表现得最深刻。

二、《西游记》出现得比较早，就讽刺了这个时代——处处是幽默，也处处表现着反抗的精神——孙悟空，正直可爱的代表："皇帝轮流做，明年到我家"——与猪八戒的矛盾（灵肉冲突）——在"八十一难"里，都有个道理，有点幽默——妖魔鬼怪皆通人情——实际上是人间的社会现实生活的反映——各式各样的妖魔鬼怪，即是各式各样的人的化身——（1）———七回，孙悟空传；（2）八——一二回，魏徵斩龙，刘全进瓜；(3) 一三——一〇〇回，唐僧取经八十一难——《西游记》原有所本，但作者吴承恩却给以血肉和新的生命与灵魂了。

三、《大唐三藏取经诗话》——杨致和《西游记》（四十一回）——朱鼎臣《唐三藏西游释厄传》（十卷）——《永乐大典》一三一三九卷，《西游记》"魏徵梦斩泾河龙"——取了这个"故事"来讽刺世事——充满了艺术性，方言的运用，精细的描写。

四、吴承恩，字汝忠，号射阳山人。淮安人。性敏多慧，博极群书，复善谐剧。有《射阳先生存稿》。嘉靖甲辰（一五四四）岁贡生。后官长兴县丞。隆庆初（一五六七），归山阳，万历初卒（一五〇〇？——一五八二？）。一〇五五〇流寓南京，卖文为活。《禹鼎志》，不传。

五、《金瓶梅词话》的出来——假如《西游记》为讽刺，《金瓶梅》则是破口大骂"了——最细腻入微的小说——描写这个世纪末的封建社会，入骨三分——没有战争，没有英雄历险，几乎全是平平常常的日常遇到的小人物——主角是一个大坏蛋——以欺诈为生的恶霸——西门庆的真相：商人？小官僚？——向上爬的一个统治者，剥削阶级——新兴的市民阶级？——被侮辱、被损害、被压迫的无告者的形象——帮闲者的形象：十兄弟，应伯爵，花子虚——李瓶儿、潘金莲、春梅等——狗腿子。

六、《金瓶梅》的作者——两个版本：（1）词话，万历本；（2）金瓶梅，崇祯本。关于作者的传说：（1）王世贞（苦孝说）（2）薛应旃（3）赵南星（清明上河图）(沈德符《野获编》：嘉靖间某名士)"兰陵笑笑生"——序欣欣子，即其人——山东峄县人——万历三十四年（一六〇六）《觞政》已引之，可见作此书的，当在一六〇〇之前，或一五五〇左右？——这个作者一定是出生于人民之间的，最熟悉人民的生活，而且抱着满腔悲愤的。这是大创作，取《水浒》一片段而写的，写的是明代这世纪末的真相。"世纪末"的风气也沾染了作者，故多描春态，写春情，在当时是不足为奇的，正象罗马，进入了文人学士的创作之境。无所依傍，白描圣手。

七、这时代的其他作家及作品。——（一）前期的：郭勋：《皇明开运英武传》八卷（《云合奇踪》十卷）——熊大木：《全汉志传》十二卷，《唐书志传通俗演义》八卷，《宋传》《续宋传》二十卷，《南北两宋志传》，《大宋中兴通俗演义》八卷。朱名世：《牛郎织女传》四卷——（二）中期的：余邵鱼（畏斋）：《列国志传》八卷，十二卷。甄伟：《西汉通俗演义》八卷。谢诏（杭州）：《东汉志传通俗演义》十卷。杨尔曾（字圣鲁，钱塘人，又号夷白主人）：《东西晋演义》十二卷。《韩湘子全传》三十回。罗懋登（登之，二南里人。陕西人)：《三宝太监西洋记通俗演义》二十卷。有意作文，故意舞文弄墨。(《香山记》等。）许仲琳：《封神演义》二十卷（舒载阳本），钟山逸叟。十九卷本（四雪草堂），陆西星作？反抗精神最强烈的一部小说。彻底打垮封建道德，以臣讨君，以子杀父。哪吒逼父。公开地宣传。动物皆可成仙。宣传"宿命论"。那是一个大作家。纪振伦（秦淮墨客，字春华）:《杨家府世代忠勇通俗演义》八卷。杨文广、杨怀玉与狄青冲突。《十二寡妇征西》。会极清隐居士:《平妖全传》六卷，徐鸿儒。名道狂客，栖真斋玄真子:《征播奏捷传通俗演义》六卷，"李化龙平播酋杨应龙事"。朱鼎臣:《唐三藏西游释厄传》十卷。杨致和:《西游记》。朱星祚:《二十四尊得道罗汉传》六卷。邓志谟（字景南，号百拙生，亦号竹溪散人，饶安人）:《许旌阳铁树记》二卷，《吕纯阳飞剑记》二卷，《萨真人呪枣记》二卷。吴元泰《八仙东游记》二卷。余象斗:《华光天王传》四卷，《北方真武玄天上帝出身志传》四卷。（三）晚期的：冯梦龙，犹龙，一字耳犹，吴县人。官福建寿宁县知县。《新列国志》一百〇八回，叶敬池刊本。《盘古至唐虞传》二卷。《有夏志传》四卷。《有商志传》四卷。《皇明大儒王阳明先生出身靖难录》三卷。《新平妖传》四十回。《隋炀帝艳史》八卷，齐东野人（鲁迅说）。袁于令（晋）:《隋史遗文》十二卷。方汝浩（清溪道人）《禅真逸史》八集四十回，《禅真后史》十集十卷六十回。周游（五岳山人，仰止）:《开辟衍绎通俗志传》六卷。吴门啸客:《孙庞斗志演义》二十卷。于华玉:《岳武穆尽忠报国传》七卷。孙高亮:《于少保萃忠全传》十卷。陆云龙（吴越草莽臣）:《斥奸书》四十回，《辽海丹忠录》八卷。乐舜日:《皇明中兴圣烈传》五卷。长安道人国清:《警世阴阳梦》十卷。吟啸主人:《平虏传》二卷。无名氏:《钟馗传》四卷。——1. 改编，2. 创作，3. 时事——小说的盛行于世。案头之物，最易散失，存者不多，可能有好的失传了，不能作全面的研究。

第六讲 "三言"、"二拍"及其他

一、这一个时代——从"世纪末"到繁盛——从浪漫、颓废到严肃、认真——"奴变"与李、张的起义——大的变动：爱国主义的绝叫——但大部分旧的官僚地主阶级消灭了——"黑"田被清查出来——人民的痛苦减少——比较安宁的时代——矛盾还存在，但没有那么尖锐——遗民、遗老的悲愤——明末的余波犹在，文网还不严密。

二、冯梦龙（一五八〇？——一六四四）与"三言"——可代表这个"世纪末"的文人——"三言"里的明代创作——冯氏的创作——"茂苑野史"——笑花主人："至所纂《喻世》、《警世》、《醒世》三言，极摹人情世态之歧，备写悲欢离合之致。"叶敬池刊《新列国志》广告说："墨憨斋向纂《新平妖传》及《明言》、《通言》、《恒言》诸刻"——教训，有正义感——《警世》，天启甲子（一六二四）《醒世》，天启丁卯（一六二七）。

《通言》：一一、《苏知县罗衫再合》，一七、《钝秀才一朝交泰》，一八、《老门生三世报恩》，二四、《玉堂春落难逢夫》，二六、《唐解元一笑姻缘》，三二、《杜十娘怒沉百宝箱》，三五、《况太守断死孩儿》。《恒言》：三、《卖油郎独占花魁》二二、《张淑儿巧智脱杨生》，二九、《卢太学诗酒傲公侯》，三五、《徐老仆义愤成家》。《明言》：一、《蒋兴哥重会珍珠衫》，一〇、《滕大尹鬼断家私》，二七、《金玉奴棒打薄情郎》，四〇、《沈小霞相会出师表》。

三、凌濛初（一五九〇？——一六四四）与"二拍"——代表了"创作"——凌的生平：字玄房，号初成，别号即空观主人，浙江乌程人，官上海县丞。代表了当时的好事之徒。纯然好奇，投合时好。

《拍案惊奇》的出来（天启七年，一六二七）——其作风——从"古作"里乞取题材——显得枯窘——"因取古今来杂碎事，可新听睹，佐谈谐者，演而畅之"——阴骘积善——一二、《蒋震卿片言得妇》，一六、《张溜儿熟布迷魂局》。

《二刻拍案惊奇》(崇祯五年壬申，一六三二)——亦有取自"古作"，而略加修改的，像"二刻"二九回"京师老郎传留"的一回书，"原名为《灵狐三束草》"——一四、《赵县君乔送黄柑》，一七、《女秀才移花接木》，二二、《痴公子狠使噪皮钱》。

四、其他的话本集：《幻影》三十回(《三刻拍案惊奇》)，梦觉道人、西湖浪子同辑——《石点头》十四卷，天然痴叟，有龙子犹序——《醉醒石》十五回，东鲁古狂生——《鼓掌绝尘》四集四十回，古吴金木散人——《清夜钟》十六回，薇园主人(杨)述——《鸳鸯针》四卷，华阳散人——《五更风》五卷，清五一居主人——李渔：《无声戏》十二集，外编六卷，《十二楼》十二卷(《觉世名言》)《珍珠舶》六卷，徐震——《照世杯》四卷，酌元亭主人——《二刻醒世恒言》二十四回，心远主人(雍正)《都是幻》，潇湘迷津渡者——徐述夔：《五色石》八卷，《八洞天》八卷——《人中画》三卷，无名氏——《雨花香》三十四篇，石成金——《通天乐》十篇，石成金——《豆棚闲话》十二卷，圣水艾衲居士——《娱目醒心编》十六卷，杜纲——《警悟钟》四卷，嗤嗤道人——《生绡剪》十九回，谷口生序——《八段锦》，醒世居士——《十二笑》，无名氏《西湖佳话》十六卷，古吴墨浪子搜辑《西湖二集》三十四卷，周楫《僧尼孽海》三十二则，唐寅(？)编——《弁而钗》——四集《宜春香质》四集，醉西湖心月主人——《欢喜冤家》二十四回，西湖渔隐主人。

《海刚峰居官公案传》四卷，晋人羲斋李春芳——《包孝肃公百家公案演义》六卷一百回，饶安完熙生(万历二五年丁酉)——《龙图公案》十卷一百则，有陶烺元序——《皇明诸司公案传》六卷，余象斗——《皇明诸司廉明奇判公案传》二卷——《续廉明公案传》。

(一)已有分门别类的专著。1.公案传奇，《海刚峰》等。2.地方故事：《西湖》。3.色情小说：《欢喜冤家》(《贪欢报》)等。(二)

世纪末的求刺激,追求于"肉"之后,要求新闻,好听睹惊险的故事、鬼神的故事。在忠孝节义的外衣掩护下,无所不谈。畅售书。"挂羊头,卖狗肉"。充分表明了这个时代的前半期的荒淫无耻的特色。(三)但到了下半期,经过了大变乱,一六六二年康熙之后,空气寒冷起来了,大风雨,也比较干净些,没有那么"潮湿温热"了,于是有心远主人的《二刻醒世恒言》,石成金的《雨花香》、《通天乐》,艾衲居士的《豆棚闲话》,以至于杜纲的《娱目醒心编》,完全是"教训"、"说道",缺乏与社会生活的血肉关系,小说的趣味一扫而尽,而话本的生命也就不再继续下去了。以后,便没有再写这些短篇小说了。

同时代的小说:

五、董说:《西游补》十六回。字若雨,号西庵、静啸斋主人,浙江乌程人。明亡,祝发为僧,名南潜,字宝云,别号月涵。鲭鱼精颠倒乾坤,使天地黑暗,日月无光。

六、陈忱:《水浒后传》八卷四十回。字遐心,号雁宕山樵,浙江乌程人。"元人遗本"、"古宋遗民"、"万历序"。一〇〇回之后,宋江死后,尚存三十二人。阮小七。李俊为暹罗国王。

七、钱彩:《说岳全传》二十卷。小说趣味最多的,令人感泣的一部书。中有删节。——吕熊:《女仙外史》一百回,永乐,唐赛儿。——江日升:《台湾外纪》三十卷。

八、蒲松龄:《聊斋志异》。字留仙,一字剑臣,号柳泉居士,山东淄川人。七十二岁岁贡生。爱国主义?狐与鬼?是无所谓的著作么?讽刺残暴贪污的官吏。《梦狼》、《王子安》、《黄英》、《连成》、《婴宁》等。——《醒世姻缘传》一〇〇回,西周生。鲍廷博说:"留仙尚有《醒世姻缘》小说,盖实有所指。"晁源、狄希陈。暴露黑暗。狐狸中箭报冤,虐待其夫。奴尔赫赤事?

九、"佳人才子书"——从《游仙窟》一脉相传下来。封建婚姻的反抗者,力求自主。才子必配佳人。——《吴江雪》四卷,蘅香草堂编著,"佩蘅子"——《玉娇梨》四卷,张匀(荑荻散人)——《平山冷燕》六卷,荻岸散人(张匀？张劭？)——《飞花咏》十六回,无名氏——《两交婚》四卷,无名氏(步月主人订)——《金云翘传》四卷,青心才人——《玉支玑小传》四卷,烟水散人——《画图缘》四卷——《定情人》十六回——《赛红丝》十六回——《快士传》十六卷,徐述夔——《好逑传》四卷,名教中人——《二度梅》六卷,天花主人编。

十、讽刺小说:《钟馗全传》四卷——《斩鬼传》四卷,樵云山人——《唐钟馗平鬼传》,云中道人——《何典》十回,张南庄——《常言道》四卷。

第七讲 《红楼梦》、《绿野仙踪》与《儒林外史》

一、这一个时代——封建社会的走下坡路的时期——最后一个阶段——资本主义萌芽？西洋事物的欣赏与输入——一切腐化贪污均表现出来——和珅的籍没——阶级矛盾又尖锐起来——新的官僚地主阶级的剥削——江南一带的困苦——鸦片战争与太平天国的起义——打垮了清朝的统治,也打垮了封建的统治——半封建半殖民地的社会——对外屈服,对内加紧压迫——民族革命的起来。

二、《红楼梦》——在红色的漂亮的外衣下的腐烂生活——除石狮子外,无一干净者——真切而深入地表现了这个封建社会的末期——将亡未亡,有一切死亡的征象——人人贪污剥削(凤姐)——不止写贾家的一个家庭——已不是"自传"了——从王家到刘姥姥——从大官僚到田家——充分同情被压迫者——袭人、晴雯的家庭——通过作者熟悉的人物，熟悉的生活而显示出其反抗性来——封建社会的叛徒——贾宝玉其人——常常被打——充满了反叛性、正义感与同情心——可做好人，有时也成了坏蛋——反抗心不强——贾政、王夫人，封建的象征——贾母，在紧要关头的封建主子——紧紧地束缚住了人民——以宝、黛的悲剧为主要线索——封建主子的残酷无情——有高超的思想性。

三、《红楼梦》的作者曹霑——字雪芹，属汉军旗——一七二三——一七六三——百年望族——一六五〇曹振彦——曾祖江南织造曹玺——祖曹寅——父曹頫，共做了六十年——五次南巡，四次接驾——一七二八年被抄没——住西郊破屋，善画，除夕死——他只写了八十回到"渐渐露出那下世的光景来"为止，后四十回为高鹗所续，但并没有破坏了它的完整——一部完整的悲剧——"佳人才子书"在其前黯然无色。"日月出而爝火熄"——"更有一种风月笔墨，其淫秽污臭，最易坏人子弟。至于才子佳人等书，则又开口文君，满篇子建，千部一腔，千人一面，且终不能不涉淫滥。在作者不过要写出自己的两首情诗艳赋来，故假捏出男女二人名姓，又必旁添一小人，拨乱其间，如戏中的小丑一般。更可厌者，'之乎也者'，非理即文，大不近情，自相矛盾"（第一回）。——艺术性的绝顶高超——"百美图"——人人有不同的性格和口吻，一开口即知为何人，活了起来——广大的社会，倪二等等——伟大的完整的书——还应该有更深刻的研究——不要在"曹家"兜圈子。

四、李百川的《百鬼图》（《绿野仙踪》）——最下层的生活——八十回本？一百回本？删节本——《红》的封建家庭与"李"的社会生活——写自己所熟悉的人物与生活——真真假假——一个人的两面性——冷于冰（理智的，灵的）——温如玉（感情的，肉的）——萧麻子、金钟儿诸人——浪子、强盗、商人、猿、狐均可成仙——

结束,有万钧之力——有不少幻怪的与淫秽的描写,但无害——江南人?山东泰安人——悲愤的书。

五、《儒林外史》和《红楼梦》相同,骂"科举"(骂"禄蠹"),"取士之法"——"这个法却定的不好!将来读书人既有此一条荣身之路,把那文行出处都看得轻了"——"科举"与"礼教"——五十卷、五十五卷、五十六卷(×)、六十卷(×)——以王冕始,以季遐年(字)、王太(棋,卖火纸筒子)、盖宽(诗、画、当铺、茶馆)、荆元(琴、裁缝)终——"忽作变征之音,凄清宛转,于老者听到深微之处,不觉凄然泪下"——写尽富贵炎凉之态——杜慎卿,少卿——虞育德——庄尚志——泰伯祠,制礼作乐。

六、吴敬梓,字敏轩,又字文木。安徽全椒人。一七〇一——一七五四。三十三岁,住于南京,死于扬州,年五十四岁。——《文木山房诗文集》四卷。《诗说》七卷,已佚——理想社会,托古改制——暴露当时的各式各样的黑暗——反抗性很强——其艺术性,刻画极深,却也有做作处——随起随结,以"理想"为串线,而不是以人物故事为串线——许多短故事的集合体——对于后来的影响很大——黑幕小说,随时可起可结——"始料不到的"!

七、《镜花缘》二十卷一百回,也把自己的全部"学问"放在那里了。讽刺,海外游历——唐闺臣,唐敖、多九公两次海外游历——有很好的描写——为妇女争气,反封建、剥削的反抗——但后面比较地弱了——笔力不够——李汝珍(一七六三?——一八三〇?)——字松石,大兴人,官河南县丞,著《李氏音鉴》——反抗、暴露。

尚有不太重要的小说如下:

八、《歧路灯》二十卷一百〇五回(石印本),李海观,乾隆四十二年自序。字孔堂,号绿园,河南新安人,官贵州印江县知县。

教训之说，家庭小说。但故事性还算强。

九、《野叟曝言》二十卷一百五十二回，又一百五十四回。夏敬渠，字二铭，江苏江阴人。乾隆时举博学鸿词，不第。曾拟呈献，变了白纸——上知天文，下识地理，中明义理之学，文武全才——文素臣的政治愿望及野心——枯燥无聊——一部恶劣下流的小说——人物塑造得粗糙生硬。

十、《蟫史》二十卷，屠绅作，字笏岩，一字贤书，江阴人，官至广州通判。书中主人翁甘鼎，即傅鼐。全部文言，怪诞无聊。

十一、《品花宝鉴》六十回，陈森作。森字少逸，江苏常州人。以乾嘉时文人为主人翁，同性爱的比较文雅者，但过于做作，大为恶心——为什么清代猥"伶"？功令极严。（毕沅事）

十二、《花月痕》十六卷，写太平天国的故事。魏秀仁，字子安，一字子敦，福建侯官人——韦痴珠，韩荷生，二人即一个人——富贵贫穷——其后写陈玉成等事，极尽污蔑之能事！

第八讲　晚清的小说

一、这一个时代——光绪一八七五→一九〇八→宣统一九〇九→一九一一→一九一九——半封建半殖民地的时代——方兴的帝国主义者们向东方侵略——以英、法为主——封建社会的腐烂与死亡——崩溃下来的封建经济组织——资本主义道路的走不通——帝国主义者们不允许民族资本主义的发展——美帝的门户开放——彷徨觅路的时代——向哪里走呢？——（一）"中学为体，西学为用"——声光化电的作用——（二）政治上的改革，立宪派，革命派——（三）文化艺术的改革——林纾的翻译工作——外国也有司马迁，而且比他还写得好——梁启超的认识文艺的作用——《新罗马传奇》——《新中国未来记》——创办《新小说》——小说杂志——李宝嘉的《绣像小说》——冷笑的《新新小说》——吴沃尧、周桂笙的《月月小说》——黄摩西的《小说林》——以刊物为中心的文艺运动的展开——翻译和创作并重。

二、前期的小说，旧型的——北方的武侠的小说——文康（字铁仙，旗人，官安徽徽州府知府）（伪雍正序）的《儿女英雄传》，一八七八活字本——维护封建道德，但有新的一方面——人物塑像不真切——十三妹——其影响——石玉昆（字振之，天津人）与《龙图耳录》一百二十回——《忠烈侠义传》一百二十回——一八七九活字本——《忠烈小五义传》一百二十四回（一八九〇），《续小五义》一百二十四回（一八九一）——《施公案奇闻》九十七回（一七九八）——《续施公案》一百回（《清烈传》）（一八九三）——《万年清》八集七十六回（乾隆）——《永庆升平前传》九十七回（一八九二），姜振名、哈辅源演说——《永庆升平后传》一百回（一八九四），贪梦道人——《彭公案》一百回（一八九二），贪梦道人——续八十回，再续八十一回——《七剑十三侠》一百八十回，唐芸洲——不肖生：《江湖奇侠传》。

三、前期的小说之二——南方的狎邪小说——《青楼梦》六十四回，俞达（一名宗骏，字吟香，江苏长洲人），一八八八年——大类《野叟曝言》——最后的挣扎——《海上花列传》六十四回，一八九四年——韩邦庆其人（字子云，号太仙，亦署大一山人，江苏华亭人），《海上奇书》三种——吴语小说的始创者——《海上尘天影》六十章——邹弢，一八九四——张春帆（漱六山房，江苏常州人）的《九尾龟》一百九十二回，一九〇八——孙家振（字玉声，上海人，《笑林报》）的《海上繁华梦》一〇〇回三集，一九〇三——一九〇六——在这里，表现了半封建半殖民地的典型的上海的生活——买办资产阶级的产生——依靠帝国主义者——帝国主义者的猖獗——畏惧与屈服——有更重要的意义——这种的现实主义的描写，在李宝嘉与吴沃尧的作品里有了，更为明显，深刻。

四、李宝嘉，一八六七——一九〇六，字伯元，江苏上元人，号南亭亭长。编《绣像小说》、《游戏报》、《繁华报》。死时，年未四十。《官场现形记》五集六十回，又六集七十六回。光绪癸卯（一九〇三年）序。深刻而穷形极相地描写（暴露）这个半封建半殖民地的社会，特别是统治的官僚地主阶级的黑暗与丑态——不朽地写出了这个时代——给长期的官僚政治以致命的打击，为改革作张本——反帝——官怕洋人，洋人怕百姓——教案的叙述——教士的专横——大地主与统治者——激成了"教案"——从"教案"到义和团——爱国主义的反帝运动。

五、吴沃尧，写的更多，更能表现那个时代——多方面的作家——也写历史小说（《两晋演义》、《痛史》），也改编（《九命奇冤》），但主要的是写那个时代——字茧人（趼人），号我佛山人，广东南海人，一八六七——一九一〇——一九〇六《糊突世界》十二回，一九〇八《上海游骖录》，一九〇八《瞎骗奇闻》，一九〇八《新石头记》——一九一〇年的《二十年目睹之怪现状》八卷一百〇八回——还有《恨海》（八国联军）——《黑籍冤魂》（鸦片）——《劫余灰》（拒约）——《立宪万岁》——亦官亦商——作者理想的失败——初期的民族资本家的失败——反美运动——退出《楚报》——为这个运动的主要人物。

六、比较地旧型——刘鹗，一八五〇？——一九一〇？《老残游记》二十卷，续六卷，比较地早期的作品。既反对旧的，也反对新的。彷徨、徘徊的代表者——军师——以治河来象征治国——北拳南革——二毛子——甲骨文的搜集者。

七、比较地旧型的二——曾朴,笔名鲁男子,字孟朴,齐燮元的财政厅长。一八七一——九三五——《孽海花》,一九〇七——二十回,二十四回,又续三十回——"新儒林外史"——那个时代的高级知识分子——清流的一败涂地——洪钧的地图——"此中有人,呼之欲出"——非"典型"化——主张些什么?——批判了什么?——包括作者在内,最后的封建士人的形象——旧的结束。

八、写新人物的——不寄予同情——叶景范(杭州人)的《上海维新党》——《文明小史》——吴沃尧——看不见新的事物与新的发展。

九、历史小说——描写太平天国的——黄小配,一九〇九《洪秀全演义》二十九回——描写鸦片战争的——观我斋主人的《莺粟花》,一九〇七——描写庚子事件的——忧患余生的《邻女语》十二回——描写美国排斥华工及中国抵制美货的——碧荷馆主人的《黄金世界》二十回,一九〇七——《苦社会》——《拒约新谭》——很早地就表现了中国人民的反美情绪与美帝的倒行逆施。

十、以上所讲的中国小说是继续不断,继续发展的——有新的力量与血液——印度与西方的影响——有很高的成就——本身是不朽的文学名著——同时,整个中国社会,中国人民的发展历史,可在中国小说里见到——批判坏的,表扬好的——真正的好作品的推荐——这工作还正在做,且要继续地做下去——利用一切坚实的资料的基础,不完全考证,马列主义。

(《光明日报》,一九五九年十月十八日、二十五日)

玄鸟篇
——一名感生篇

天命玄鸟,
降而生商,
宅殷土芒芒。(《诗经·商颂·玄鸟》)

一

玄鸟的故事,比较详细的,见于《史记·殷本纪》。按《殷本纪》云:

殷契,母曰简狄,有娀氏之女,为帝喾次妃。三人行浴,见玄鸟堕其卵。简狄取吞之,因孕生契。(《史记》三)

《楚辞·天问》也有"简狄在台,喾何宜？玄鸟致贻,女何喜"的话。可见这个"玄鸟"的传说,是由来已久了。

又《史记·秦本纪》里,也以为秦之先是玄鸟所出:

秦之先,帝颛顼之苗裔孙曰女修。女修织,玄鸟陨卵。女修吞之,生子大业。(《史记》五)

所谓玄鸟,便是我们所习见的燕子。吞燕卵而怀孕生子,成为一代的开国之祖,这传说,以今日的历史家直觉眼光看来,乃是一种胡说，一种无稽的神话，一种荒唐的不可靠的谰语。但事实并没有这种的简单，古代的传说并不全是荒唐无稽的，并不全是无根据的谰语，并不全是后人的作伪的结果。我们要知道，人类的文化是逐渐进步的。有许多野蛮社会的信仰和传说，决不能以现代人的直觉的见解去纠正，去否定的。有许多野蛮的荒唐的传说，在当时是并不以为作伪的，他们确切的相信着那是不假的。

愈是荒唐无稽的传说，愈足见其确是在野蛮社会里产生出来的，换一句话，便是可确实相信其由来的古远。

这种野蛮社会的遗留和信仰在今日也远在文明社会里无意中保存着——虽然略略的换了样子。

玄鸟的传说便是如此。

二

玄鸟的传说，我们可以做两方面来分析。

第一玄鸟的传说是产生于一个确实相信"食物"和人类的产生有相关联的因果的。

一个女子有意的或无意的食了，或吞了某一种东西，而能怀了孕，这是野蛮社会的普遍的信仰。在野蛮社会里，怀孕生子的事是被视作超自然的神秘的。人的力量和怀孕关系很少。食了某种东西，可以怀孕。魔术也可以帮助怀孕。他们相信，怀孕的事实，人的力量是很少的。故处女往往会生子。鱼和果子，常被视作怀孕的工具。斯拉夫系的故事，以"鱼"为怀孕之因者甚多。Leskien 和 Brugman 在他们的 "Litauische Narchen" 的附注里举了好几个例子。在一个故事里说，有一个渔夫，把一条鱼切成了三段，分给他的妻、他的牝马和他的母狗吃，而将鱼鳞挂在烟囱上。他的妻和动物们都各生了双生。在一个捷克的故事里说,一个国王,捕得一条金鳍的鱼和一条银鳍的鱼,他和他的王后各吃其一。她生了两个孩子。在其前额,各有一个金星和银星。Afanasief 的俄罗斯故事说,有一个无子的国王,建了一座桥以利行人。桥成时,他命一仆躲藏着听过往行人的话。有两个乞丐走过。一个赞颂着国王。一个说,我们应该祝他有子有孙。他便命在夜里鸡鸣以前织成一个丝的渔网。这网要是抛在海中,便会捕起一条金色的鱼。王后吃了这条金色鱼,便会产生一个王子。一个波兰的故事说,一个及普赛的妇人劝一个无子的贵族妇人在海中捕一条满腹是鱼子的鱼。她在月半的黄昏吃了那鱼子,便产生了一个儿子。她的侍婢也吃了些这鱼子,也像她的主妇一样,也产了一子。

在 Eskimo 人里,也有一个传说,说,一个女人见到她丈夫。她在她的袋里取出两条小鱼干,一条雄的,一条雌的。如果需要一个男孩,那女人便吃了雄的;如果需要一个女孩,她便吃了那条雌的。男人不愿意要一个女孩,所以他自己便把雌鱼吃了,而不想他自己却生了一个女孩。

在越南,有一个故事流传着,说有一个懒人有一天躲在他的小划子上,一条鱼跃到划子里来。他捉住了这条鱼,去了它的鳞。他懒得把鱼在水里洗干净,便把它抛在划子上晒干。一只乌鸦把这条鱼衔到王宫里去。宫女把它煮熟了,送给公主吃。公主便怀了孕。她生了一个男孩子。国王召集了国中男子,要为她选一个驸马。那个懒人乘划子到了宫前,公主之子远远的见了他,便叫他为爸爸。国王命懒人到面前来,将公主嫁给他。

在印度,因吃了果子而怀孕生子的故事异常的多。在 Somadeva 所说的故事里,Indivarasena 和他的兄弟是因为他们母亲吃了两只仙果而出生的。在著名的《故事海》(Kathasarit-Sagara) 里说,有名的英雄 Vikramaditya 的出生,是因为他母亲在梦中见到 Siva;Siva 给她一个果子,她吞了下去,便生出 Vikramaditya 来的。

满族的祖先,也是由仙女吞食了朱果而生的:

山下有池,曰布尔湖里。相传有天女三:长恩古伦,次正古伦,季佛库伦。浴于池。浴毕,有神鹊衔朱果置季女衣。委女含口中,忽已入腹,遂有身。告二姐曰:吾身重,不能飞升,奈何?二姐曰:吾等列仙籍,无他虞也。此天授尔娠。俟免身,来未晚。言已,别去。佛库伦寻产一男。生而能言,体貌奇异。及长,母告以吞朱果有身之故,因命之曰:汝以爱新觉罗为姓。(《东华录·天命一》)

也有仅喝了泉水便能怀孕生子的。在一个 Tjame 的故事里,一个女郎经过了一座森林,觉得口渴,她看见岩石上有水流滴下来,成为一泉。她在泉中喝着水,沐浴了一会。但当她回到她在附近作工的父亲那里,他问她泉水在那里,他也想去喝些水时,那道泉水却已经干了。她因此怀了孕,后来,她便生出一个男孩子来。

在匈牙利南部住的及普赛人,流传着一个故事,说,有一个无子的妇人,受一个女巫的指导,吞食了某一种流液,便怀了孕,生出一子。

在中国的古代流传的故事里,不仅吞了玄鸟的卵而能怀孕,禹母是吞珠而生禹的。

《路史》云:"初鲧纳有莘氏,曰志,是为修己。年壮不字。获若后于石纽,服媚之而遂孕。"

《遁甲开山图》荣氏注云:"女狄莫,及石纽山下泉中,得月精如鸡子,爱而吞之,遂孕,十四月生夏禹。"又《蜀本纪》云:"禹生石纽。禹母吞珠,孕之,拆副而生。"

禹母所吞的到底是月精，是珠，在我们的研究上都没有关系。许多的传说，所吃的是卵，是鱼，是果子，乃至是泉水。也都没有关系。

但这些传说，却都有一个共同的信仰，就是相信怀孕这件事是可以用口上的服食方法得到的。在那野蛮的时代，野蛮人对于自然的现象，几无一不以为神奇，对于自身的生理变化也是一无所知的。他们受伤受病，从口里服药便可痊愈。他们便同样的相信着，从口中的服食里，也可以得到怀孕的结果。

这不是妄人的荒唐言，这是野蛮人的或半文化人的真实的信仰。不仅如此，即在今日文化社会里，也还有人抱着这种的信仰呢。以"服食"为生子的秘法，在中国，向来相信的人不在少数。

三

不仅实际上的服食会有怀孕的效果，就是在梦中吞了什么，也会如此。《明史·太祖本纪》记载朱元璋的出生，便因其母在梦中吞了一丸药：

母陈氏方娠，梦神授药一丸。置掌中，有光。吞之，寤。口余香气。及产，红光满室。自是，夜数有光起。邻里望见，惊以为火。辄奔救。至则无有。(《明史》一)

不仅服食会有怀孕的效果，就是仅仅的一种奇异的感应，也会产生同样的结果。

这一类"感生"的例子，在中国历史里实在太多了。最为人所知的便是后稷的故事：

> 周后稷，名弃。其母，有邰氏女，曰姜原。姜原为帝喾元妃。姜原出野，见巨人迹。心忻然悦，欲践之。践之而身动如孕者，居期而生子。(《史记》四)

《诗·大雅·生民》云："履帝武敏歆，攸介攸止，载震载夙，载生载育，时维后稷。"（武，迹也；敏，疾也）即咏其事。

因母践巨人足迹而感生者，后稷不是唯一的人，还有庖牺氏，也是因母履巨人迹而生的：

> 太皞庖牺氏，风姓，代燧人氏继天而王。母曰华胥，履大人迹于雷泽，而生庖牺于成纪。(司马贞《补史记·三皇本纪》)

此传说亦见于《帝王世纪》。《诗含神雾》云："巨迹出雷泽，华胥履之。"《孝经钩命决》云："华胥履迹，怪生皇羲。"

感神龙而生的故事在古史里很不少。

> 炎帝神农氏，姜姓。母曰女登，有蜗氏之女，为少典妃。感神龙而生炎帝。(司马贞《补史记·三皇本纪》)

司马贞的话是根据《春秋元命苞》的。

《春秋元命苞》云："少典妃安登，游于华阳，有神龙首感之于常羊，生神子，人面龙颜，好耕，是为神农。"

尧的出生，其故事的经过和神农几乎同出一个模型。

《路史》引帝尧碑云："其先出自块隗，翼火之精。有神龙首出于常羊。庆都交之，生伊尧。不与凡等，龙颜日角。"

古人把龙颜作为神秘的高贵的帝王的象征，纤纬家宣传尤力。

故感龙而生的故事,在帝王的感生里,几乎成为普遍的现象。感龙而生和"履帝武敏"是没有什么不同的。

在关于刘邦的许多传说里,他的出生,也有一个异迹:

> 刘媪尝息大泽之陂,梦与神遇。是时雷电晦冥,太公往视,则见蛟龙于其上。已而有身,遂产高祖。(《史记》七)

《汉书》的记载(卷一)与此相同。这和上述之神农、帝尧的出生故事也是完全不殊的。

> 赤龙感女媪,刘季兴。(《诗含神雾》)

这便是谶纬家的附会了。

但感龙而生的事实,到了后来,觉得实在说不大过去,且更有背于伦理。一个应天命而生的开国帝王,如何可以有母而无父呢?如何可以是异物——神龙——之所生呢?于是这一型式的感生的故事便被后人加以不止一次修正。

修正的结果是,帝王不复是龙与人交的儿子,而其本身都是龙的化身,或帝王出生的时候,必有神龙出现,悬示祥瑞。

最有趣的是《隋书·高祖本纪》所记杨坚的诞生的情形。这故事是属于修正的第一型的。杨坚自身是一条龙的转生:

> 姚吕氏以大统七年六月癸丑夜,生高祖于冯翊般若寺,紫气充庭。有尼来自河东,谓皇妣曰:此儿所从来甚异,不可于俗间处之。尼将高祖舍于别馆,躬自抚养。皇妣尝抱高祖,忽见头上角出,遍体鳞起。皇妣大骇,坠高祖于地。尼自外入见曰:已惊我儿,致令晚得天下。(《隋书》一)

其子杨广的故事,恰好与此相应。他是不得其终的一个帝王,其预兆也早已先见:

炀帝生于仁寿二年。有红光竟天,宫中甚惊,是时牛马皆鸣。帝母先是梦龙出身中,飞高十余里。龙堕地,尾辄断。以其事奏于帝。帝沉吟默塞不答。(《青琐高议·隋炀帝海山记》上)

李世民出生时的灵奇,是属于修正的第二型的。并没有说他是龙的转生,却说有二龙戏于馆门之外。

隋开皇十八年十二月戊午,生于武功之别馆。时有二龙,戏于馆门之外。三日而去。(《唐书》二)

这些故事转变下去,便有了无数的虎或其他兽类的转生的故事,这里不能一一的举例。

孔子出生的瑞应是属于修正的第二型的。

《家语》云:"孔子母征在,祷于尼山而生孔子。"《孔圣全书》引《家传》云:"孔子未生时,有麒麟吐玉书于阙里,其文曰:水精子继衰周而为素王。颜氏异之,以绣绂系麟角,信宿而去。"《祖庭广记》云:先圣诞生之夕,有二龙绕室,五老降庭,颜氏之房,闻钧天之乐。

这里所谓"二龙绕室",还不是和李世民故事里的"二龙戏于馆门之外"相同么?

四

梦日出室中或堕怀中而怀孕的故事和受神感而生的故事是很相同的。这已比吞或吃某种食物而怀孕的故事进步多了。太阳是帝王的象征之一,故梦日而生也是帝王的瑞应之一。

在希腊神话里,太阳神爱坡罗(Apollo)他自身的恋爱故事是很多的。但在中国,同类的故事却极少。我们只在《魏书》和《辽史》里见到二则梦日而生的故事。我们要知道魏和辽都是少数民族。这些传说在他们族里流传着是无足讶怪的。

魏太祖的出生是因为他母亲贺皇后寝息时,梦日出室中,有感而怀孕的:

> 太祖道武皇帝,讳珪,昭成皇帝之嫡孙,献明皇帝之子也。母曰献明贺皇后。初因迁徙,游于云泽。既而寝息,梦日出室内。寤而见光自牖属天,歘然有感。以建国三十四年七月七日生太祖于参合陂北。其夜,复有光明。(《魏书》二)

辽祖的出生,也是同样的神奇;他母亲是梦见日堕怀中而有娠的。

> 初,母梦日堕怀中,有娠。及生,室有神光异香。(《辽史》一)

在《周书》便转变成"夜梦抱子升天"了。其意义和梦日是相同的:

> 太祖,德皇帝之少子也。母曰王氏。孕五月,夜梦抱子升天。才不至而止。寤而告德皇帝。德皇帝喜曰:虽不至天,贵亦极矣。(《周书》一)

也有仅见到光明,见到星象而便感而生子的。象黄帝母附宝便是"见电绕斗轩,星照郊野"感而生他的。

《河图握拒》云:"附宝之郊,见电绕斗轩,星照郊野,感而生轩(即黄帝)。"《帝王世纪》云:"神农之末,少典娶附宝,见电光绕北斗,枢星照郊野,感附宝而孕。二十月生黄帝于寿丘。"在元代始祖孛端义儿的出生的故事里,可以看出更有趣、更进步的说明来:

> 既而夫亡。阿兰寡居。夜寝帐中,梦白光自天窗中入,化为金色神人,来趋卧榻。阿兰惊觉,遂有娠。产一子,即孛端义儿也。(《元史》一)

这故事和希腊神话里波修士(Perseus)的出生的故事十分相同。波修士母狄娜被其父国王亚克里修士因于塔中,和人世隔绝。因亚克里修士相信预言者的话,说,狄娜所生之子,将要杀死了他。他因狄娜于塔,使她无缘与世人见面,便可以无从有子了。不料有一天晚上,天帝裘彼得化了一阵金光到塔中来和她相见。她怀了孕,生了一子,便是波修士。亚克里修士闻之,大恐。连忙将狄娜和她的儿子都装在箱中,抛入海里去。但狄娜和波修士终于得救。波修士长大了,果然无意中杀害了他的外祖。

像这一类受神的光顾而生子的故事,在希腊神话里最多。

在希伯来民族的故事里,耶稣的母亲马利亚也是以处女而"从圣灵怀了孕"的:

> 耶稣基督怎样生的?记在下面。他母亲马利亚已经许配了约瑟。他们还没有成亲,马利亚就从圣灵怀了孕。她丈夫约瑟本是个义人,不愿意明明的羞辱她,想要暗暗的把她休了。正思念这事的时候,不料有主的一个使者在梦中向他显现,说:大卫的子孙约瑟,不要怕,只管娶过你的妻子马利亚来。因为她要怀的孕,是从圣灵来的。她将要生一个儿子。你要给她起名叫耶稣。因为他要将他的百姓从

罪恶里救出来。这一切的事实就是要应验主借着先知所说的话，说，有一个童女，要怀孕生子，人要称她的名为以马内利。约瑟醒了起来，就遵着主的使者所吩咐的，把他的妻子娶过来，只是没有和她同房。等她生了儿子，就给他起名叫耶稣。(《新约·马太福音》第一章)

耶稣生出时，预言家便宣言道：救世主已出生于世了。东方博士们因了星光的指导而寻到马利亚所在的地方，见到了孩提的耶稣，赞叹礼拜而去。而国王却惧怕得异常，命令将全国初生的孩子都杀害了。而马利亚夫妇因先得了上帝使者的指示，预先带了耶稣躲避过了这场大难。

魏代始祖的母是天女。这故事和"从圣灵怀了孕"也是不殊的：

初，圣武帝尝率数万骑田于山泽，欻见辒辌自天而下。既至，见美妇人，侍卫甚盛。帝异而问之。对曰：我天女也。受命相偶。遂同寝宿。旦，请还，曰：明年周时，复会此处。言终而别，去如风雨。及期，帝至先所田处，果复相见。天女以所生男授帝曰：此君之子也，善养视之。子孙相承，当世为帝王。语讫而去，子即始祖也。(《魏书》一)

《拾遗记》等书所记皇娥白帝子事，也是"从圣灵怀了孕"的故事型之一。

《路史》引《拾遗》、《宝椟》等记曰：星娥一作皇娥，处于璇宫。夜织，抚皋桐梓琴，与神童更倡。"乐而忘归。震而生质白帝子也。"(《路史》语)

董永行孝的故事也可归入这一型中。董永卖身葬父，感得天女下凡，和他为夫妇，生了一子董仲。后来董仲寻到了母亲，见了一面，复回到凡间来。敦煌石室发见的《董永行孝》歌曲便是叙述这个故事的。

但"从圣灵怀了孕"和感龙而孕的一类故事一样,在后代看来,究竟都是有悖礼教,有背伦常的,故从唐以来,便修正而成为仅仅出生时有"赤气上腾"或"虹光烛室,白气充庭"的瑞征了。

朱温出生时,所居庐舍之上,有赤气上腾。

> 母曰文惠王皇后,以唐大中六年岁在壬申十月二十一日夜,生于砀山县午沟里。是夕,所居庐舍之上,有赤气上腾。里人望之,皆惊奔而来,曰:朱家大发矣。及至,则庐舍俨然。既入,邻人以诞孩告。众咸异之。(《旧五代史》一)

李克用的出生,和一般人也不同。他母亲在难产,闻击钲鼓声始产。产时,虹光烛室,白气充庭。

> 在妊十三月。载诞之际,母艰危者竟夕。族人忧骇,市药于雁门。遇神叟告曰:非巫医所及。可驰归,尽率部人,披甲持旌,击钲鼓,跃马大噪。环所居三周而止。族人如其教,果无恙而生。是时,虹光烛室,白气充庭,井水暴溢。(《旧五代史》二十五)

石敬瑭出生时,也有白气充庭:

> 以唐景福元年二月二十八日生于太原派阳里。时有白气充庭。人甚异焉。(《旧五代史》七十五)

后周太祖郭威的出生,也是有异征的:

> 以唐天祐元年甲子岁七月二十八日生帝于尧山之旧宅。载诞之夕，赤光照室，有声如炉炭之裂，星火四迸。（《旧五代史》一一〇）

宋太祖赵匡胤的出生其瑞征也相同：

> 母杜氏。后唐天成二年生于洛阳夹马营。赤光绕室，异香经宿不散。体有金色，三日不变。（《宋史》一）

故匡胤有香孩儿之称。

不仅帝王的出生有异征奇迹，即大奸大恶者的出生也有怪兆可见。像安禄山便是一例：

> 母阿德氏，为突厥巫。无子，祷轧荦山，神应而生焉。是夜，赤光旁照，群兽四鸣，望气者见妖星芒炽，落其穹庐。时张韩公使人搜其庐，不获。长幼并杀之。禄山为人藏匿，得免。（姚汝能《安禄山事迹》卷上）

《水浒传》第一回"洪太尉误走妖魔"，叙洪太尉打开了伏魔殿，放倒了石碑，掘开了石板，石板底下，却是一个万丈深浅地穴。"只见穴内刮喇喇一声响亮。那响非同小可！……那一声响亮过处，只见一道黑气，从穴里滚将起来，掀塌了半个殿角。那道黑气直冲到半天里空中，散作百十道金光，望四面八方去了。"那百十道金光所投处便出生了三十六员天罡星，七十二座地煞星在世上。

《三国志演义》所记"孔明秋夜祭北斗"（卷二十一）事，恰好为这一类感生的故事作一个注脚。

是夜,孔明遂扶疾出帐,仰观天文,大慌失色。入帐,乃与姜维曰:吾命在旦夕矣!维乃泣曰:丞相何故出此言也?孔明曰:吾见三台星中,客星倍明,主星幽隐,相辅列曜以变其色,足知吾命矣。维曰:昔闻能禳者,惟丞相善为之。今何不祈禳也?

孔明遂于帐中祈禳。祭祀到第六夜了,见主灯明灿,心中暗喜。不料魏延入帐报曰:魏兵至矣。延脚步走急,将主灯扑灭。孔明弃剑而叹曰:死生有命,富贵在天,主灯已灭,吾岂能存乎!不可得而禳也!不久,他便病亡。

这足以反证,凡名将名相都是有本命星在天的,或都是天上星宿投生的,或可以说,凡有名的人物都具有来历之信仰,是传统的在民间流行着的。

五

"帝王自有真"这一句话,在中国民间,在很久的时期中被坚强的信仰着。相传罗隐本来有做帝王之分,但后来被换了一身的穷骨,只有"口"部还没有换过。所以他的说话最有应验。"罗隐皇帝口"这个俗语是流传得很久、很广的。冯梦龙编的《醒世恒言》里,有一篇《郑节使立功神臂弓》的话本;那话本说,郑信在命中有若干时天子之分,同时也有一生诸侯之命。当他出生时,地府主者问他:要做若干日的天子还是要做一生的诸侯?他坚执着要做天子。但主者敲打他很利害,强迫他做诸侯。最后,他叹了一口气,道:还是认做了诸侯吧。

望气的事,在很早的历史里便记载着。《史记·高祖本纪》(卷八)说:

> 秦始皇帝常曰：东南有天子气。于是因东游以厌之。高祖即自疑，亡匿，隐于芒砀山泽岩石之间。吕后与人俱求，常得之。高祖怪问之。吕后曰：季所居，上常有云气。故从往，常得季。高祖心喜。

同类的故事，在史书里不少概见。在小说里所叙述的更多。

唐杜光庭的《虬髯客传》所述于望气外，兼及看相。

虬髯客要李靖介绍见李世民。李靖问他何为。他道："望气者言太原有奇气，使访之。"后来到了太原，虬髯看道士和刘文静对弈。世民到来看棋。道士一见惨然下棋子道："此局全输矣，于此失却局哉！救无路矣！复奚言！"罢弈而请去。既出，谓虬髯曰："此世界非公世界，他方可也。勉之，勿以为念！"

看相的事，在《史记·高祖本纪》里也有之。宋太祖和郑恩同去看相时，相者相郑恩以为诸侯之命，相太祖，则大惊，说，恩之所以贵者全为太祖之故。

这一类的故事在中国历史里是举之不尽的。这里只能略述其一二耳。读者殆无不能举一反三，随时添加了无数材料进去的。

以上是"玄鸟"故事研究里的第二个主题，就是说：凡帝王将相，教主名人，乃至大奸大恶之徒，其出生都是有感应的，有瑞征、有怪兆的。换言之，也就是都有来历的。

这个信仰也是普遍于各民族、各时代的；同类的故事在别的民族里也往往流行着。

六

这并不是一种方士的空中楼阁，妄人们的"篝火狐鸣"的伎俩。我们与其说这是一种英雄作为的欺人的举动，无宁说是英雄们、方士们利用着古老的遗传的信仰。

这种古老的遗传的信仰,曾在很久的时期中坚固的存在于民间。大多数的农民们,一直相信着"真命天子"的救世的使命。许多次的农民大起义,主使者所以能够鼓动了和善的农民们的理由之一,便是说,某朝的气数已尽,真命天子已经出来了。

著者童年时,那时已经是在民国初元了——曾有一个时期居住在农民之间。农民们常苦于横征暴赋,叹息于兵戈的扰乱不息。当夏天,夕阳下了山,群星熠熠的明灭于天空,农民们吃过了晚饭,端了木凳,坐在谷场上,嘴里衔着旱烟管,眼望在茫茫无际的天空时,他们便往往若有所思的指点着格外明亮的一颗星道:"喏喏,皇帝星出来了,听说落在西方呢。真命天子出来,天下便有救了。"

这不是惑于妖言。这是传统的信仰在作祟。不知有多少年,多少年了,这信仰还是很坚固的保存在农民们的心上。

许多妄人们,方士们,所谓英雄们便利用了这传统的信仰,创造自己的地位,在诱惑和善的农民们加入他们的阵伍里去。

七

对于这种现象,这种信仰,最老实的解释,是一般儒生们的见解。

明人蔡复赏著的《孔圣全书》(卷二十七)于记述孔子诞生的瑞应时,加以解释道:

按五老降庭,玉书天乐,事不经见,先儒皆以为异,疑而不载。噫,傅说自星生,山甫自岳降,古昔贤哲之生,皆有瑞应,而况天之笃生孔圣乎?张子曰:麒麟之生,异于犬羊,蛟龙之生,异于鱼鳖,圣人之生,而有以异于人,何足怪哉!

这是根据了传统的信仰来解释的；其见解和农民们之相信"真命天子"无异。

这种信仰的来源，远在佛教的轮回说输入之前。凡一切的原始人，都曾相信过，人的出生，是有来历的；不过是一种易形而已，其前是已有一种人、神或星宿存在的，人的诞生不过是易一新形，或从天上降生于凡间而已。这信仰是普遍于各地域的，自埃及到北欧，自希伯来到印度，到中国，都曾这样的相信过。许多变形的故事是更广泛的更普遍的流行于古代诸民族之间的。

但近代的学者们却以另一种眼光来看这些信仰，这些传说。他们以文明社会的直觉来否定这种古老的信仰。这里有一个最好的例子。

章太炎氏对于这种感生的传说，解释得最简单。他说：

《诗经》记后稷底诞生，颇似可怪。因据《尔雅》所释"履帝武敏"，说是他底母亲，足蹈了上帝底拇指得孕的。但经毛公注释，训帝为皇帝，就等于平常的事实了。（章太炎讲《国学概论》，曹聚仁记，页三）

又说：

《史记·高祖本纪》说高祖之父太公，雷雨中至大泽。见神龙附其母之身，遂生高祖。这不知是太公捏造这话来骗人，还是高祖自造。即使太公真正看见如此，我想其中也可假托。记得湖北曾有一件奸杀案。一个奸夫和奸妇密议，得一巧法，在雷雨当中，奸夫装成雷公怪形，从屋脊而下，活活地把本夫打杀。高祖底事，也许是如此。他母亲和人私通，奸夫饰做龙怪的样儿，太公自然不敢进

去了。(同上)

章太炎是不相信经史里有神话存在的。他说,"虽在极小部分中还含神秘的意味,大体并没神奇怪离的论调。并且,这极小部分底神秘记载,也许使我们得有理的解释"。他的解释,粗视之,似颇有理。我们在别的地方还可以替他找到不少像湖北奸杀案那样的例子。最有趣的是,在《醒世恒言》里有一篇《勘皮靴单证二郎神》话本,说,宋徽宗的后宫韩夫人到二郎神庙进香,有感于神的美貌,祷告道:愿来生嫁一个像二郎神似的丈夫。那一夜,她烧夜香时,二郎神果然出现于她的前面。以后,差不多天天的到她房里来。最后,这秘密被揭破了,原来,所谓二郎神,却是孙庙官的冒充。

但后代的实例,如何可以应用到远古的传说上呢?"帝履武敏"的故事,或者便可以照章氏的解释,所谓"帝",是"皇帝",不是"天帝",但又何以解于同一部《诗经》里的"天命玄鸟"的故事呢?

我们还能说,后来的作伪,是利用了古老的传说及信仰来欺人,却不能以后来的作伪,来推翻古老的传说及信仰。

我们要知道古老的传说、神话都是产生于相信奇迹,相信自然的现象的原始时代的。他们自有其产生的原因和背景的。单凭直觉绝对的不能去否定他们,误解他们。

而且,这些古老的信仰,即在今日的文明社会的文化人里实际上也还不能完全消失了去。

(关于服食及迷术和娠孕的关系,材料太多,这里都略去,将另为文详之。)

一九三五年(?)七月十五日于上海。

(原载《中华公论》创刊号)

黄鸟篇

我读着《诗经·小雅·鸿雁之什》，见其中有《黄鸟》一首诗，凡三章，章七句：

黄鸟黄鸟，无集于谷，无啄我粟！此邦之人，不我肯谷！言旋言归，复我邦族。

黄鸟黄鸟，无集于桑，无啄我粱！此邦之人，不可与明！言旋言归，复我诸兄。

黄鸟黄鸟，无集于栩，无啄我黍！此邦之人，不可与处！言旋言归，复我诸父。

这首诗和《秦风》里的同名《黄鸟》的一首诗其情调与题材完全不同。这首诗作何解释呢？《毛诗》云："刺宣王也。"为什么刺宣王呢？郑氏《笺》云："刺其以阴礼教亲而不至，联兄弟而不固。"还是一个不懂。孔颖达《正义》云："《笺》解妇人自为夫所出，而以刺王之由，刺其以阴礼教男女之亲而不至笃，联结其兄弟夫妇之道而不能坚固，令使夫妇相弃，是王之失教，故举以刺之也。"这几句话，比较的能够令人明白些。不管是不是刺宣王，但能够明白的说出"夫妇相弃"这一句话，已有点近于真相了。朱熹云："民适异国，不得其所，故作此诗，托为呼其黄鸟而告之曰：尔无集于谷，而啄我之粟。苟此邦之人，不以善道相与，则我亦不久于此而将归矣。"又引东莱吕氏的话道："宣王之末，民有失所者。意他国之可居也。及其至彼，则又不若故乡焉，故思而欲归。使民如此，亦异于还定安集之时矣。今按《诗》文，未见其为宣王之世。"吕氏和朱氏都是望《诗》之文而作解的，并不能说出这首诗的真实的面目来。他们抛弃了汉儒的传统的说法，却并没有说明郑《笺》为什么要牵涉到"刺其以阴礼教亲而不至"，孔《疏》为什么要说"令其夫妇相异"的话。"阴礼"是什么呢？孔《疏》云："大司徒十有二教，其三曰：以阴礼教亲，则民不怨。注云：阴礼，谓男女之礼。婚姻以时，男不旷，女不怨是也。"我想，郑《笺》把这首诗和"阴礼"联在一起，一定有传统的说法，并不像吕、朱二氏那么简单明了的作着直觉的解释。为什么"此邦之人，不我肯谷"呢？为什么要到"此邦"去？为什么为了"不我肯谷"，便想念着要"言旋言归，复我邦族"呢？这岂仅仅是一首流徙之民的"浩然有归志"之吟叹呢？我以为这一首诗的解释并不简单，这里表现着古代农村生活的一个悲惨面。这个悲惨面，在今日的一部分中国农村里还存在着，并没有消失掉。孔《疏》云"《笺》解妇人自为夫所出"，其实恰恰的相反，乃是夫为妇家所"出"，或为妇家所虐待，故作了这一首诗。古代农村社会里，盛行着赘妇或"入门女婿"的制度。这首诗，我以为，便是一个受了虐待的苦作的赘婿所写的"哀吟"。如果以今语译之，便是这样的：

  黄鸟儿啊黄鸟儿，你们不要飞集在我种的谷上，不要啄食我的谷粟！这里的人，既然不肯给我吃饱，我还不如回到我自己的家里去罢。

  黄鸟儿啊黄鸟儿，你们不要飞集在我种的桑树上，不要啄食我的高粱米！这里的人，既然不能和他们申诉什么话，申诉了也还是没用，我还不如回到我自己的哥哥那里去罢。

  黄鸟儿啊黄鸟儿，不要飞集在我种的栎树上，不要咏食我的黍米儿！我实在不能和这里的人再相处下去了，我还不如回到我自己的爸爸那里去罢。

这个赘婿，为妇家苦作着，终年的耕田种树，既种了稻谷杂粮，又种着桑栎诸树，然而他们却不肯给他吃饱，虐待着他，和他们申诉着也没用，而且也不能有申诉的余地，实在不能再和他们同住下去了，还不如弃之而回到他自己的家里去吧。这样一解释不是很明白的么？同在《小雅·鸿雁之什》里，还有一首《我行其野》，也是同样的一首赘婿之歌，而说得更为明白：

我行其野，蔽芾其樗。昏姻之故，言就尔居。尔不我畜，复我邦家。
我行其野，言采其蓫。昏姻之故，言就尔宿。尔不我畜，言归斯复。
我行其野，言采其葍。不思旧姻，求尔新特。成不以富，亦只以异。

这首诗，《毛诗》也说是"刺宣王"。郑《笺》从而释之道："刺其不正嫁取之数，而有荒政，多淫昏之俗。"朱熹云："民适异国，依其昏姻而不见收恤，故作此诗。言我行于野中，依恶木以自蔽。于是思昏姻之故而就尔居，而尔不我畜也，则将复我之邦家矣。"这首诗，因为原文比较的明白，所以朱氏解释还相当的好，但始终没有说出其中的症结所在来。因为他不明白赘婿制度的情形，所以便不能痛痛快快的说出"昏姻之故，言就尔居"之实际情形，至于为什么后来又"尔不我畜"了之故，他自然更不清楚了。

这首诗比《黄鸟》更惨，更迫切。《黄鸟》的作者是自动的，因受了虐待，做尽了苦工，而食还不能饱，所以浩然有归志。《我行其野》的作者却是一个被遗弃的赘婿；他被妇家驱逐了出来，茫茫无所归，在呼吁着，在田野里漫步着，到底向什么地方去呢，还是回到自己

的家乡吧。以今语译之,也许可以更明白些:

在那田野里茫茫的懒散的走着,走得倦了,便靠在樗树的荫下休息一会儿罢。想起当初你,赘我入门的时候,我们便开始的同居着。不料现在忽然变更了初衷,又把我驱逐了出去,我还是回到自己的地方去了罢。

在那田野里茫茫的懒散的走着,无聊的在采取野生的羊蹄菜。想起当初你赘我入门的时候,我们便开始的同居着。不料现在忽然变更了初衷,又把我驱逐了出去,我还是回到自己的地方去了罢。

在那田野里茫茫的懒散的走着,无聊的在摘取着野生的葍菜儿。你不想想我们从前的相亲相爱,反而要去寻找新的女婿。他会更苦作的使你更加富有起来么?也只不过是喜新厌旧而已。

最惨的是,凡为赘婿的人,大都是穷无所归的苦力,或本来是"长工",他们哪里会有家,会有可以归去的地方!《黄鸟》里所谓回到自己的家里,回到哥哥爸爸那里去的话,也许只是愤语罢了,他是回不去的!他是终身的苦作的奴隶!也许他的情形不同,他家庭里兄弟多,食指众,家里实在养不活,所以不得不出去为人赘婿。他也许还可以回去。《我行其野》的情调却大为不同。他是为其"妇"所弃的。此妇的赘得女婿,原来是为了帮助她耕种的。不知为了什么原故,或是为了他的不肯力作,不合其意,或者为了"喜新厌旧",他便被她所驱逐。他既被驱逐出去,只好在那田野里茫茫无所归的漫步着,悲吟着。他会有家可归么?

像这样的悲剧,几千年来,不断的在中国的农村社会里表演着,然而没有一个人曾经注意到过这个问题,没有几个文人曾经写到过这样的题材,除了《诗经》里的这两篇诗以外,只有《刘知远诸宫调》

一书而已。赘婿本来是终身的"长工",终身的奴隶,是男性的"奴婢";他是被遗弃的人物,在社会里被遗弃,在文学里也被遗弃。

在中国农村社会里,所谓"赘婿",其地位是很低的。农家赘了一个女婿,即等于得到了一个无报酬的终身的长工。其在家庭中的地位恐怕较之童养媳还要不被人重视。稍有身份的人,绝对的不肯为别人家的赘婿。做赘婿的人,大都是穷无所归之辈。他们没有了自己的家,没有了自己的亲属,又结不起婚,所以只好把自己"赘"给别人家,作为"入门女婿"。所以,名义上是女婿,实际上却是终身的"奴隶",终身的长工。有了"女婿"的名义,便不怕他逃去,不怕他离此他去,到别家去做工。

招收"入门女婿"或赘婿的人家,其目的颇有不同。最普通的是,家里有儿子的,招收了赘婿入门,完全是要多了一个帮手,多了一个终身的长工,农事的生产方面可以省费而多产,在经济上是异常的合算的。其次是,家里没有男丁,恐怕不能传宗接代,而女儿娇养惯了的,又不愿意她嫁出门去,做别人家的媳妇,于是招收了一个女婿入门,令其改姓易名,由半子而兼作儿子。前几天在日报上还曾见到像这样的一个启事:

杜王氏启事　兹因无子,赘林若渔为婿,自一月八日起,入赘本宅,并易姓名为杜咸文……云云。

但在古代社会里,赘婿的流行,经济的原因是更重要的。黄河流域的田地,需要劳力,比别的地方更多,而农人们也比别的地方更穷苦。为了增加生产,不能不求更廉价的劳力。赘婿便是最好的无报酬的终身的长工。所以,有女儿的人家,招收"入门女婿",恐怕是很平常的事。

描写赘婿生活最生辣活泼的一段文字,是《刘知远诸宫调》;其后《白兔记》,便差得多了。刘知远因为穷无所归,被李太公赘为女婿,将女三娘嫁给了他。但他的妻兄洪义、洪信却虐待他无所不至。用种种的诡计来迫害他。后来,因暴风雨失了牛只,他便不得不逃出李门,到太原去投军去。他的发达还是靠了他做了岳府的女婿。朱元璋,另一个从流氓做到了皇帝的人,也是靠了他娶了马皇后,得到了子婿的身份,而逐渐的得到了信任,得到了兵权的。

在《刘知远诸宫调》里,写知远受了虐待,本想远走高飞,却因为和李三娘如水似鱼,欲去不能去。结果,却终于不得不远走高飞。他叹息的说道:"劝人家少年诸子弟,愿生生世世,休做入门女婿!"

他的被压迫的重担,还不止是李洪信、洪义夫妇们加给他,连整个村庄里的人,也都看不起他。"大男小女满庄里,与我一个外名难揩洗,都交人唤我做刘穷鬼!"

根据了农村社会的习惯,凡为入赘婿者,其结婚的仪式,乃是用花轿抬进女家大门的;他是"出嫁",不是"娶亲"。在封建社会里,这自然是有损伤于男子的"尊严"的。所以,若不是穷无所归的汉子,决不肯如此低首下心的被抬进女家大门而作为入门女婿的。

刘知远的故事,在民俗学上是属于"玻璃鞋"型(即Cinderella 型)的一支。英国 Marian Roalfe Cox 女士,曾集了同型的故事三百十八种,著《Cinderella》一书。中国最著名的此型的故事的代表,便是"舜"的故事。敦煌石室所发现的《舜子至孝变文》,便是流传于民间的甚久、甚广的东西。关于此型的故事,我将另有他文详细的讨论之。

这里所要提出的,只是赘婿制度在农村社会里所发生的作用。在中国的贫穷的农村社会里,廉价的劳力,最为需要。无报酬的"长工",乃是自耕农所最想雇用之的。有了子婿的关系,这无报酬的

"长工",便可以永久的终身的成为"农奴"了。但其间也有"婚变",好像《我行其野》一首诗里所述的。这样的"婚变",其主因大都为了赘婿的不称职,懒惰,不肯苦作,等等。有时,便不得不把他驱逐出门,另招一个肯苦作的汉子来。

但赘婿们究竟是可靠的居多。这情形正和五代时的军阀们盛行着"养子"制度一样。有了父子的关系,养子们便肯出死力以拥护之了。李克用有十三太保,都是"养子",其间李存孝的故事,也是属于"玻璃鞋"型的。中国沿海一带的做海外贸易的商人们以及渔民们也盛行着"养子"制度,——特别是福建一带。他们用金钱购买了好些外姓的幼童们作为养子,使之出洋飘海,做买卖或打渔,其所得,全都归之"养父",这也是利用着廉价或无代价的劳力以富裕他们自己的一种方法。广东地域则盛行着"多妾"制度,往往一个人购得了好几个妾,使她们作苦工,下田耕种;其所得,也是全归之于"家主"。有了夫妾的名义,便也不怕她逃走或离开去。这也是利用着封建的名义,雇用着廉价或无代价的劳工的另一种方法。

普遍的流行于中国全国的童养媳制度,其作用也相近于此。惨酷无伦的《窦娥冤》的故事便是一个代表。

赘婿的故事及其制度,在其间最不受人注意。但在今日这制度也还存在着。从《黄鸟》、《我行其野》的两首诗的作者们起,将近三千年了,这样的封建制度的残余也还没有扫除干净,可见中国社会里,封建力量之如何巨大了。

该扫除的封建"余孽"或"制度"还不知道有多少呢,赘婿,童养媳,养子和妾,便是其中之二三。

一九四六年二月四日写。
(原载《文艺复兴》第一卷第三期)

释讳篇

一

"名字"的讳避,没有比我们更保留得顽固而久远的。古人讳君名,讳亲名。《尚书·金縢》里有一段文字:

惟尔元孙某,遘厉虐疾。若尔三王,是有丕子之责于天,以旦代某之身。

周公旦不敢称其兄弟武王发之名,而称之曰:某。后人讳圣人之名,于读经书时,每遇孔丘、孟轲之名,读时必将"丘""轲"改读作"某"。像《论语》:

子曰:十室之邑,必有忠信如丘者焉,不如丘之好学也。(《公冶长》第五)

读时,则必讳之曰:"必有忠信如某者焉,不如某之好学也。"
对于神道之名,也往往讳言之。关羽在元代似便已确定了他的神的地位,故元刊《三国志平话》对于张飞、刘备皆称名,独对关羽则称之曰关公而不名:"见关公街前过,生得状貌非俗,衣服褴褛，非是本处人。纵步向前，见关公施礼。关公还礼。"罗贯中的《三国志通俗演义》则对关羽尤为崇敬。在"宗寮"里则无人不称名，独羽则称之曰：关某。在正文里，则也独称之曰关某："共拜玄德为兄，关某次之，张飞为弟。……关某造八十二斤青龙偃月刀。"始终不敢一斥其名。

对于帝王之名，他们讳之尤严，避之尤谨。甚至把古人的姓名也都改了，以避帝王之讳。像东汉显宗名庄，遂把庄忌改为严忌，庄君平改为严君平，庄子陵改为严子陵。东汉宣帝名询，遂把荀卿改为孙卿。汉武帝名彻，因改彻侯为通侯，蒯彻为蒯通。至于因犯当代之帝讳而改名，则更为当然之事了。

杜伯度名操。曹魏时，避曹操讳，故隐操字，而名为伯度。五代时，陶谷本姓唐。避晋祖石敬瑭名，乃改姓为陶。

这种例子实在多极了，我们随时都可以遇到，不必再多引了。

在刻版书流行时代，凡遇帝讳，皆缺笔。今日版本研究者所谓"宋讳缺笔"者，即指避宋帝名而缺笔者。往往借此而得考证出刊刻的年代。

清帝之名，在八股未废时，士子初学为文，便须习知避忌，像"玄"字改作"元"，或写作"玄"；"慎"字因避"禛"字的兼讳而写作"慎"（王鸿绪《明史稿》的原刻初印本，每页版心皆作慎修堂，后印者则慎字皆缺笔矣）。若干年前，遗老们刻书，对于溥仪的名字尚加以讳避，仪字皆刻作"儀"。

对于亲名，人子也往往讳之惟谨。行文时，对于祖父及先代皆称为某某公（往往以官爵称之）而不敢斥名。人有不知，（或有意）犯其祖或父讳者，往往痛哭流涕，视为大可伤心之事，或视为奇耻大辱，终身不忘。《世说新语》记着一段很有趣的故事：

卢志于众坐问陆士衡："陆逊、陆抗是君何物？"答曰："如卿于卢毓、卢珽。"士龙失色。既出户，谓兄曰："何至如此！彼容不相知也。"士衡正色曰："我父祖名播海内，宁有不知。鬼子敢尔！"议者疑二陆优劣。谢公以此定之。(《方正》第五)

士衡对于卢志的有意的侮辱立刻便给以报复，在当时是视为很得体的。

韩愈劝李贺举进士。而与贺争名的人却以贺父名晋肃，以为他不应该举进士。愈因此作《讳辨》：

愈与李贺书，劝贺举进士。贺举进士有名。与贺争名者毁之曰：贺父名晋肃，贺不举进士为是，劝之举者为非。听者不察也，和而唱之，同然一辞。皇甫湜曰：若不明白，子与贺且得罪，愈曰：然。律曰：二名不偏讳。释之者曰：谓若言"征"不称"在"，言"在"不称"征"是也（按：孔子母名征在）。律曰：不讳嫌名。释之者曰：谓若禹与雨、丘与蓲之类是也。今贺父名晋肃，贺举进士，为犯二名律乎？为犯嫌名律乎？父名晋肃，子不得举进士。若父名仁，子不得为人乎？

这一篇《讳辨》骂得很痛快！

但像避"晋肃"之讳而遂谓不应举进士的例子，或因避个人的专名之故而把事物之名改换了的例子，在实际上却也不少概见。

宋朱翌《猗觉寮杂记》三（《学海类编》本）云：

始皇讳政，以"正"月为"端"月。吕后讳雉，以雉为野鸡。杨行密据扬州，州人以蜜为蜂糖。钱元瓘据浙，浙人以一贯为一千。

石勒据长安，北人以罗勒为香菜，至今不改。必是当时犯讳令严，故人不敢犯。本朝宽厚，自非举子为文，臣寮奏牍，不敢犯庙讳，天下人语言，未尝讳也。

在唐之前，大约君与父之讳是被过分地重视着的。至于朋友的名字，也许还不怎样避讳。但到了宋之后，则辈分略长或官爵稍高者之名也都被避讳了。朋友们之间尤以呼"名"为大不敬之条。

《猗觉寮杂记》（一）云：

唐人诗多自用名，及呼人名与第行，皆情实也。杜云：甫昔少年日，白也诗无敌。退之云：愈昔从事大梁下，籍也陇头泷之类。今皆不然。不特不自呼其名，若呼人名，则必取大怨怒。世道浅促，至诚之事扫地矣。

这种讳"名"的风气，到今日还没有改，还很顽强的依附于一般人的心上，几乎每一个读书的人，或略识之无的人，在"名"之外，必定还有"字"，还有"号"，甚至一个人有十个八个的别号。当两个不相识者相见时，必不敢问他的名，必定是于问明了"姓"之后，接着便很谦恭的问道：

"台甫是……？"

被问者也必答之道："贱字是……。"

作者往往接得不相识的来信，于"振铎先生"之旁，注道："未知台甫，敬乞原谅"一类的字样。

元人每以贱役而也有"字"或"号"为愤慨。《太和正音谱》云："异类托姓，有名无字，赵明镜讹传赵文敬，非也。张酷贫讹传张国宾，非也。……古之名娼也，止以乐名称之耳，亘世无字。"刘时中《上高监司》"端正好"套云:"籴米的唤子良,卖肉的呼仲甫,做皮的是仲才、邦辅,唤清之必定开沽,卖油的唤仲明,卖盐的称士鲁……开张卖饭的呼君宝,磨面登罗底叫得夫。可足云乎!"

民国以来,以走卒而为大将者不少。当他们飞黄腾达的时候,便于本名之外,而也有了"字"与"号"了。张宗昌字效坤,他的喽啰们便尊之曰:"效帅";吴佩孚字子玉,人也称之曰:"玉帅"。甚至像段祺瑞一流的人,一般人则称之曰"芝老"(他字芝泉),或曰"合肥"而不名(段为安徽合肥人)。这给新闻记者们以很大的麻烦。他们非有过人的记忆力不可;对于每一个政治舞台上的人物的名号,至少得费个若干时候的探讨的功夫。对于读报者也往往是一个障碍,如果记者只记其字而不写出其名来时。作者从前曾经不知效坤是何许人(宋哲元字明轩,知者也不会很多的)。

卜陈彝《握兰轩随笔》(卷下)云:

凡投刺开面页,古用正字。张居正为相时,避其讳,黏签,后相沿用签。非是。

为了避一个相公之名,连日用的"刺"也都改了样子。可见我们避讳之慎重其事。

在今日还是如此,如果对一个朋友而直呼其名,便有被视作"大不敬"的危险(在法庭上,法官对犯人才呼名的)。

记得去年"国民政府"还有过一个命令,吩咐各报馆不许直书各要人之名。

为什么这个古老的习惯到今日还顽强的产生着呢?为什么呼名便是"不敬"呢?这种"不敬"的观念何以会发生的呢?为什么须避讳,须讳名而可以不讳字呢?

说来话长。总之，也是从很古远很古远的时代遗留下来的原始的"禁忌"的一种。在古远的时代是一种"禁忌"。到了后来，便变成了礼貌或道德或法律的问题了。

二

远古的人，对于自己的名字是视作很神秘的东西的。原始人相信他们自己的名字，和他们的生命有着不可分离的关系。他们相信，每个人的名字乃是他自己的重要的一部分；别人的名字和神的名字也是如此。他们取名以分别人、己。他更相信：知道了神、鬼或人的名字，便可以把这个名字的主人置在他的势力内，便可以给这个名字以危害。因此，他常预防着他的名字为人所知。常对友人隐瞒着，而更永不为其敌人所知。

这个信仰的发生，乃由于原始社会的原始人，对于物与主，名与物，象征与实在的分辨不清。这乃是最普遍的野蛮思想之一。他们对于生物与无生物的区别永远纠葛不清。他们把每株树，每一条河流，每一块岩石，都人格化了，都视作和自己同样的有思想，有感情的东西。

在原始社会里，魔术乃是不可见的恐怖之国的根源。几乎每件东西都成为魔术之媒介。魔术乃是原始人生活的主宰。他们不知物的真相，而相信其可为善或恶的媒介——大体是属于恶的居多。

他们相信，名字乃是他们自己的一部分，和一切身上的东西，例如须、发、爪之类相同，而较他们尤为重要。故必须隐匿起来，以免成为魔术之媒介，而为敌人所利用。

他们相信，知道或懂得某一件事，乃是在实际上捉住或得到那一件事。所以，知道了敌人的名字便是实际上或捉住了或获到了他的自身。

在中国这种信仰在很后期的传奇或小说里还保存得很多。在吴承恩的《西游记》里有一个很好的例子：

> 二魔道："你来寻事，必要索战。我也不与你交兵。我且叫你一声，你敢应我么？"行者道："何怕你叫上千声，我就答应你万声！"那魔执了宝贝，跳在空中，把底儿朝天，口儿朝地，叫声：孙行者，行者却不敢答应，又叫一声，行者却决忍不住应了一声。搜的被他吸进葫芦去，贴上贴儿。

这是第三十四回"魔头巧算困心猿，大圣腾那骗宝贝"的一段。孙行者答应了一声，便被吸进紫金葫芦里去。但后来被行者设计赚出那个葫芦之外来。他变作小妖，盗了那葫芦来，却变了一个假的捧在手里。

在同书第三十五回"外道施威欺正性，心猿获宝伏邪魔"里，作者接着写孙行者和紫金葫芦的主人银角大王斗法。银角大王执的是假的葫芦，行者执的却是真的一个。行者让银角大王先叫他的名字，却吸不进他去。但当行者执着真的紫金葫芦叫一声银角大王时，这妖魔他自己却被吸进葫芦里去了。

> 大圣道："说得是！我就让你先装。"那怪甚喜。急纵身跳将起去，到空中，执着葫芦，叫一声："行者孙！"大圣听得，却就不歇气连应了八九声，只是不能装去。那魔坠将下来，跌脚捶胸道："天那！只说世情不改变哩。这样个宝贝，也怕老公，雌见了雄，就不敢装了！"行者笑道："你且收起，轮到老孙该叫你哩。"急纵觔斗跳起去，将葫芦底儿朝天，口儿朝地照定妖魔，叫声：银角大王！那怪只得

应了一声，倏的装在里面，被行者贴上太上老君急急如律令奉敕的帖子。心中暗喜道："我的儿！你今日也来试试新了！"

还有一个老妖，名金角大王，他也有一件法宝，是净瓶，其作用和银角大王的葫芦相同，却也同样的作法自毙。

那妖抵敌不住，纵风往南逃走。八戒、沙僧紧紧赶来。大圣急纵云跳在空中，解下净瓶，罩定老魔，叫声：金角大王。那怪只道是自家败残的小妖叫声，就回头应了一声，搜的装将进去，被行者贴上太上老君律令。只见那七星剑坠落尘埃，也归了行者。

在《武王伐纣》书里也已有了呼名作法的事。《封神传》所写的呼名落马的事尤多；迷魂阵的布置，以处置敌名为主要的法术之一。第十四回"哪吒现莲花化身"写哪吒既已拆骨肉还了父母，一灵不昧，东西飘荡，到了他师父太乙真人那里。太乙真人把莲花布成哪吒之身，一唤着哪吒的名字，他便幻成了人形。

"既为你，就与你做件好事"。叫金霞童儿，把五莲池中莲花，摘二枝，荷叶摘三个来。童子忙忙取了荷叶莲花，放于地下。真人将花勒下瓣儿，铺成三才。又将荷叶梗儿折成三百骨节，三个荷叶，按上中下，按天地人，真人将一粒金丹，放于居中，法用先天气运九转，分离龙坎虎，绰住哪吒魂魄，望荷莲里一推，喝声："哪吒不成人形，更待何时！"只听得响一声，跳起一个人来，面如傅粉，唇似涂硃，眼运精丸，身长一丈六尺。此乃哪吒莲花化身。

这里唤名的魔术是使用于善的方面的。但大多数唤名的魔术却都是使用于恶的方面的。《封神传》第三十六回"张桂芳奉诏西征"写呼名落马事尤为详尽。

张桂芳仗胸中左道之术,一心要擒飞虎。二将酣战,未及十五合,张桂芳大叫:"黄飞虎不下马,更待何时!"飞虎不由自己,撞下鞍鞒。军士方欲上前擒获,只见对阵上一将,乃是周纪,飞马冲来,抡斧直取张桂芳。黄飞龙、飞豹二将齐出,把飞虎抢去。周纪大战桂芳。张桂芳掩一抢就走,周纪不知其故,随后赶来。张桂芳知道周纪,大叫一声:"周纪不下马,更待何时!"周纪吊下马来。及至众将救时,已被众士卒生擒活捉,拿进辕门。

姜子牙见"桂芳左道呼名落马",无法可施,只好挂上免战牌。但后来哪吒奉师命下山,来助子牙,那左道之术,方才被破。

先行风林领兵出营,城下搦战。探马报入相府。哪吒答言道:"弟子愿往。"子牙曰:"是必小心!桂芳左道,呼名落马。"哪吒答曰:"弟子见机而作。"即登风火轮,开门出城。见一将蓝靛脸,朱砂发,凶恶多端,用狼牙棒,走马出阵。见哪吒脚踏二轮,问曰:"汝是何人?"哪吒答曰:"吾乃姜丞相师姪,李哪吒是也。尔可是张桂芳,专会呼名落马的?"风林曰:"非也!吾乃是先行官风林。"哪吒曰:"饶你不死,只唤出张桂芳来。"风林大怒,纵马使棒来取哪吒,手内枪棒两相架隔。轮马相交,枪棒并举,大战城下。有诗为证:

下山首战会风林,发手成功岂易寻。

不是武王洪福大,西岐城下事难禁。

……

且说风林败回进营,见桂芳备言前事。又报哪吒坐名搦战。张桂芳大怒，忙上马提枪出营。一见哪吒耀武扬威，张桂芳问道："踏风火轮者可是哪吒么？"哪吒答道："然。"张桂芳曰："你打吾先行官是尔！"哪吒大喝一声："匹夫！说你善能呼名落马，特来擒尔！"把枪一晃来取。桂芳急架相迎。轮马相交，双枪并举，好一场杀！一个是莲花化身灵珠子，一个是封神榜上一丧门。

……

话说张桂芳大战哪吒，三四十回合。哪吒枪乃太乙仙传，使开如飞电绕长空，风声临玉树。张桂芳虽是枪法精熟，也自雄威力敌，不能久战。随用道术要擒哪吒。桂芳大呼曰："哪吒不下车来，更待何时！"哪吒也吃一惊，把脚蹬定二轮，却不得下来。桂芳见叫不下轮来，大惊！"老师秘授之叫话捉将，道名拿人，往常响应。今日为何不准？"只得再叫一声。哪吒只是不理，连叫三声。哪吒大骂："大胆匹夫！我不下来凭我，难道你强叫我下来？"

为什么张桂芳不能叫得哪吒下轮呢？这因为哪吒乃莲花化身，"那里有三魂七魄，于此不得叫下轮来"。凡人们则被叫一声，魂魄不居一体，散在各方，自然落马了。第三十七回"姜子牙一上昆仑"里有一段故事很妙：

元始曰："此去但凡有人叫你的，不可应他。若是应他，有三十路征伐你。东海还有一人等你。务要小心！你去罢。"子牙出宫。有南极仙翁送子牙，子牙曰："师兄，我上山参谒老师，恳求指点，以退张桂芳。老师不肯慈悲，奈何奈何？"南极仙翁曰："上天数定，终不能移。只是有人叫你，切不可应他，着实要紧！我不得远送你了。"子牙捧定封神榜，往前行至麒麟崖，才驾土遁，脑后有人叫姜子牙。子牙曰："当真有人叫，不可应他。"后边又叫子牙公。也不应。又叫姜丞相。也不应。连声叫三五次，见子牙不应，那人大叫曰："姜尚，你忒薄情而忘旧也！你今就做丞相，位极人臣，独不思在玉虚宫与你学道四十年！今日连呼你数次，应也不应！"子牙听得如此言语，只得回头看时，见一道人。话说子牙一看，原来是师弟申公豹。

因了子牙这一声答应，惹得后来无数的兵戈。这可以说是关于名字的魔术的最大作用了。同书第四十四回"子牙魂游昆仑山"写子牙因被姚天君把名字写在草人身上而得到了恶疾。

姚天君让过众人，随入落魂阵内，筑一土台，设立香案，台上扎一草人，草人身上写姜尚的名字。草人头上点三盏灯，足下点七盏灯。上三盏名为催魂灯，下七盏名为捉魄灯。姚天君披发仗剑，步罡念咒，于台前发符，用印于空中。一日拜三次。连拜了三四日，就把子牙拜得颠三倒四，坐卧不安。

像这一类的例子是举之不尽的。这里只不过略举其最著者耳。

和哪吒的幻形相同的，还有元王晔《桃花女破法斗周公杂剧》里面写的两件事：其一，在楔子里，桃花女欲救石留住之命，命石留住之母，于三更时候，将马杓儿去那门限上敲三下，叫三声。留住果然因此躲避了他的死亡。

其二，在第四折里，桃花女已被周公咒死，却在事前吩咐彭大向她耳朵根边高叫三声："桃花女快苏醒者！"她便得还魂。

这两个例子都是呼名之术用之于善的方面的。不过更多的却是敌人利用着知道的名字来施展其魔术于那名字的主人的身上。

巫蛊之术都是这法术的一支。至今，把所欲诅咒的人的名字写在木人身上用以厌之、害之的法术，还是流行于民间无知识者的社会里。

三

不仅凡人们会受名字的魔术的影响，就是鬼神也往往因为名字为人所知而被控制而不能施展其超自然的威力。

最有名的一个例子，便是《汤底托》(Tom Tit Tot)，这是一个英国的民间故事。

却说有一个女儿很贪嘴，她食去母亲留下的饼。她母亲很不高兴，坐在门边唱述女儿的事。恰好国王经过那里。

国王问道："你歌唱的是什么事呢？"

老太婆不好意思述出女儿的贪嘴，便说谎道："我唱说，我的女儿一天会绞五架线。"

国王便娶她为妻。但是一个条件：在新婚的十一个月中，她可以衣食称心如意。但到了第十二月的第一天，她每天须要绞五架线。如果绞不完，便要被杀死。

婚后的十一个月，果然十分快乐。到了十一月快尽的时候，她以为国王已经把这件事忘记了。不料，最后的一天，国王却带她到一个小房间里。这房间除了一架绞线机和一张板凳外别无他物。第二天，他给她些麻绳。她开始惊骇，不知怎办好。她坐在板凳上哭着。突然，她听见门外有一个打门的声音，她开了门，进来了一个长尾的小黑物。他说："不要哭，我会帮助你的。我每天取去麻绳，绞好了带回给你。只是我将每夜给你猜三次我的名字。到了月尽，如果还猜不着，你便将成为我的。"这样，一天天的过去。到了月尽的前一夜，她还在乱猜道："是皮尔？"

"不对的。"

"是尼特？"

"不对的。"

"是马克？"

"也不对的。"

他哈哈的笑着，说道："只有明天一夜了！你便是我的了！"

那一天，国王和她一同用饭，只吃了几口，便吃吃的笑个不已。他告诉她说，他在打猎时，看见一个长尾的小黑物，在用一张小小的织机在织着线，一边在唱着：

"不要，不要说出来，

我的名字是汤·底·托。"

她心里喜欢得几乎说不出话来。

到了晚上，这小黑物又来了。他问道："我的名字是什么？再猜不着，你便是我的了！"

她退了几步，一手指着他，故意迟疑的说道："是梭罗门？"

"不对的。"

"是西倍地？"

"也不对的。"

最后，她便指着他道："你的名字是汤·底·托！"

他立刻逃到黑暗里，从此不再出现。

"汤·底·托"型的故事，在全世界都可以找得到。所有这一切同型的故事，其结构的中心都在那怪物的名字的发现。

在一个推洛尔（Tyrol）的故事里，主人翁是一位公爵夫人。她的丈夫有一天在树林里打猎，突然遇到了一个红眼长须的矮人，告诉他说，他侵犯了他的疆界，如果不偿以他自己的生命，便须把他的妻送给了他。公爵再三的恳求他。最后，他让步说，如果在一个月内，公爵夫人找不出他的名字来，她便是他的了。他们约定了，公爵夫人将到一株古树边和他见面三次，每次猜三个名字，共猜九回。到了月尽，她遵约到了古树那里，和矮人见面，猜道：

"是裘尼？"

"是菲契特？"

"是福尔？"

矮人快乐得叫起来，说道："猜不着。"

她回到古堡中，在礼拜堂里虔诚祷告。

到了第二天，她猜第二次。

"是海发？"

"是柏鲁登？"

"是土尔根？"

矮人道："猜不着！"

当第三天她到了古树边时，矮人没有在那里。她信步的向前走去，到了一个可爱的山谷里，看见一所小屋。她蹑足的走到窗前，偷偷的望着，看见那个矮人在屋里快乐的跳来跳去，一面唱着他自己的名字，公爵夫人异常高兴的回到了古树边。

当矮人来时，她故意的逗着他道：

"是蒲尔？"

矮人摇摇头。

"是西格？"

矮人开始有些吃惊了。

"是蒲尔西尼格尔！"她高声的叫道。

于是矮人睁圆了一双红眼，大怒的咆吼而去，没入黑暗中永远的不见了。

在 R.H. Busk 译的 Sagas from the Far East 里，有一则故事说：

一位国王命他的儿子出外游历，以增见闻。太子带了他的好友——首相的儿子同去。在他们回程时，首相的儿子嫉妒太子的智慧，骗他入一座森林里，杀死了他。当太子死时，他说道："阿巴拉契加。"当首相的儿子到了皇宫时，他告诉国王说，太子在途中因病而死，临死时，他只说了一个字："阿巴拉契加！"

于是国王召集他的巫师们来，告诉他们说，如果他们在七天之内，不能发现"阿巴拉契加"这个名字的意义，他们便全都处死刑。

但巫师们焦思苦虑了六天，还猜不出这个名字的意义来。

正当第七天时，有一个学生走来告诉他们说，不要灰心了，他已经为他们找到那个名字的意义了。当他卧在一株树下时，他听见一只鸟儿告诉他的雏鸟说，不要吵着要吃的了，明天早晨可汗要杀死一千人，因为他们找不出"阿巴拉契加"这个名字的意义。这个名字的意义，那只鸟说道，乃是："我的好友骗我到了一座密林里，杀死了我。"

巫师们立刻跑去告诉可汗。他因此把首相的儿子捉来杀了。

这最后的一个故事，和"汤·底·托"型虽略有不同，而其重心在发见一个名字的意义却和发见一个名字很相同。

发见了一个名字，居然具有这样重要的意义与作用，可见野蛮人对于名字的如何重视了。

上文所举的呼名落马等等故事也都可以归在这一部分的研究里。

四

原始人相信一个人身体的实在的附属物，像发、须、爪之类，足以为魔术的或巫蛊的媒介物，跟着便也相信"非实在"的东西，像阴影、影像和名字等，也都足以被当作施展魔术于其身上或巫蛊之用的。

原始人于声光之学毫无所知。他们对于空谷的回声，水中的倒影，跟随在他身后的人影，都觉得可以证明人是有第二个自己，即灵魂的。

巴梭托人（The Basuto）不走河岸上，生怕他的影子落在河上，一只鳄鱼会捉了他，因此施害于他。在韦塔岛（Wetar Island）上，有巫师们专门会以刀矛刺人的阴影以致人于疾痛。亚拉伯人相信，如果有一只土狼踏在一个人影上，那个人便会暗哑的。在近代的罗马尼亚存在着：凡一座新建筑必须葬一个牺牲者给土神的风俗之遗习，即建筑者须骗一个过路人走近，使他的阴影刚好投在基石上，他们相信，这个人在这年内必定会死去。

原始人对于阴影的迷信，同样的在名字上也见到。

维多利亚（Victoria）的黑人，极不愿意把他们的真名告诉别人，生怕会为巫师所利用。塔斯曼人（Tasman）也十分不高兴他们的名字被人说出。

在西非洲的齐语（The Tshi Speaking）族里，一个人的名字，除了最近的亲属外，无人知之，他们都只知道他的诨名，而不知他的真名。依委语（The Ewe Speaking）族的人相信：名字与人具有实际的关联；用着他的名字，便可以给那个人以危害。

不列颠·几内亚（British Guinea）的印度人对于名字看得异常的重要。名字的主人极不愿意说出它来，显然他们相信，名字乃是人的一部分；知道了它，便对他有一部分的控御之力了。为了避免他们的名字为人所知，所以一个印度人对别一个呼唤着时，常依据着他们的亲属关系而称呼着的。

对于一个白人，他们也不愿意告诉其名。这事显然是不便的，因为根本上没有亲属关系，无法可称呼，于是印度人便请白人给他一个名字。这个名字常是写在一片白纸上。当别一个白人问他的名字时，他便将这片纸给他看。

不列颠·科仑比亚（British Columbia）的印第安人，决不愿意说出他的名字。所以你永远不能从他自己那里得到他的真名；但从同伴们口中却可以得到。

美洲的印第安人，名字是一种圣物，不轻易为人所知。

许多黑足人（Black Foot）每一季都要改换一个名字。每当一个黑足人成就了一件功名或事业时，也就改换一个名字。这种改名之俗，在文明社会里也极常见。所谓东坡居士、半山等等的"号"，在我们社会里是极常见的；每因易居一地，新建一室，新得一物而起一新号的。又每当一个武士成就了事功之后，皇帝也常赐姓或赐名以旌异之。

《水浒传》里的呼保义（宋江），智多星（吴用），黑旋风（李逵），乃至浪里白条、母大虫、矮脚虎等等的诨名，也是和这个古老的禁忌有关的。

英国侵略尼泊尔的战争时，尼泊尔人却要侦探出英军统帅的名字而加以巫术。又，在英国侵略印度战争时，莱克将军（Lake）克取一个城池，竟不费吹灰之力，他觉得很奇怪。后来才知道他的名字在土人言语里其意义是鳄鱼。这城原来有一个预言，说要为鳄鱼所攻取。

像这样的例子在中国也不少。《水浒传》里的"遇洪而开"以及什么《烧饼歌》之流，也都是关于名字的谜的作祟而已。

五

古埃及人把姓名遍写于壁上及他处。他们相信,如果名字被涂抹了,人便也不会活着了。

埃及人相信灵魂有八个,第八个是 Reu,即"名字",不朽的我的一部分。没有了它,人便不能生存。

流行于英国人间的一首民歌:

What is your name?

Pudding and tame

If you ask me again I'll tell you the same.

充分的可以表现出这古老的名的禁忌之术,还保存在今日的社会里的遗迹。

在有许多地方,乳名是特别被重视;只有乳名才有被作为魔术之媒介的力量。

这个观念是极为普遍的流行于各时代的。当一个孩子生下来时,取名之礼是很隆重的。在基督教、天主教的诸国里,受洗礼时的名字乃是真名,乃是登记在天上之名。所以,在没有取名之前,他们把孩子保护得异常的周密,生怕为恶鬼所窃去。苏格兰人严守着新生之子,把渔网挂在帐前,以阻魔鬼的人来。丹麦人将盐面包,放在孩子的四周。他们隐藏教名,不使恶鬼害他。

中国人对于小孩,欲其成大无灾,常常取以贱名,如"猪矢"、"小狗"之类。此风俗在沿海一带,如福建等省为尤甚。

我们相信凡人在疾病时,灵魂是失落了——特别是孩子——或迷途了,叫他的名字也会归来:他的魂也许会憬然有悟,归附于体,而病以愈。这叫魂之术,来源极早(《大招》、《招魂》),而今日还甚流行于各地。一盏灯笼,一面锣,一声声的喊着名字,在黑漆漆的夜里,冷寂寂的街上,那景象是极为惨怖的。

六

因此,改名之典,便也被视为十分慎重。

《旧约·创世记》云:"你的名字不再为亚伯兰,要改为亚伯拉罕,因为我已将你作为许多国之父了。"

同书同记又说:"他说你的名字不再叫约可伯,但为以色列,因为你是一个王,有天与人的权力且可得胜。"

在中国,改名以应天象,以应纬谶等等的事,在历史上异常的多。最好的例子是刘歆改名为刘秀的事;因为他相信"刘秀将为天子"的谶语。

历代帝王的改元,也往往都是为了去凶就吉,他们相信,一改了元便可以气象一新。

古人对于改名或另取一"字"是十分慎重的。

《仪礼·士冠礼》里有宾为行冠礼的少年取"字"。其"字辞"极为慎重。其辞:"礼仪既备,令月吉日,昭告尔字。爰字孔嘉,髦士攸宜,宜之于假,永受保之。"

今人也还有"自某年某月某日起,改名某某"的举动。钱玄同先生废姓,改为疑古玄同是好例。

七

名的禁忌,在原始人社会里最为顽固而流行。至今还顽强的保留着不少遗迹。他们有种种的"禁忌",像岳父母之名,不能呼出。在印度人里,妻不呼夫名,称"他"、"家人"等。我们中国人也是如此。

妻称夫为"他",如有子女,则称为某某(子名或女名)的爹。妻名,夫也常不说出,似不应为人所知者,或称为"内人"、"内子"、"贱内"、"家的",或仅称为"她"。

有名的 Cupid and Psyche 的故事及魏格纳歌剧 Lohengrin 的故事,都是关于破坏了这种"禁忌"的一种结果。

至于讳君父之名及神道名,则自是当然的;上文已详之。这里更举一二个例:在西兰地方,国王名水,则"水"易新名,国王名刀,则"刀"易新名。有一个地方,国王登极时,即改名。有言旧名者,杀无赦。

我们由上文所述,可以知道,人类远古的蛮性,其遗留于今日社会中者,实在不少。而中国孔子所欲保存者,有不少便是这一类的东西。

(载《公论丛书》)

伐檀篇
——"《诗经》里所见的古代农民生活"之一

坎坎伐檀兮，置之河之干兮，河水清且涟猗。不稼不穑，胡取禾三百廛兮？不狩不猎，胡瞻尔庭有悬貆兮？彼君子兮，不素餐兮！

坎坎伐辐兮，置之河之侧兮，河水清且直猗。不稼不穑，胡取禾三百亿兮？不狩不猎，胡瞻尔庭有悬特兮？彼君子兮，不素食兮！

坎坎伐轮兮，置之河之漘兮，河水清且沦猗。不稼不穑，胡取禾三百囷兮？不狩不猎，胡瞻尔庭有悬鹑兮？彼君子兮，不素飧兮！

上《诗经·魏风·伐檀》一篇，凡三章，章九句。《毛诗序》道："《伐檀》，刺贪也。在位贪鄙，无功而受禄，君子不得进仕尔。"这样明白晓畅的诗，被《诗序》一解释，反而弄得糊涂了。这首诗里的"君子"，正是诗人讽刺的对象，"诗序"却说什么"君子不得进仕尔"，仿佛做这首诗的，倒是"君子"了。郑氏《笺》全就"序"旨生发，乃亦一无是处。可见汉儒解经之盲从与固执。朱熹《诗集传》道："然其志则自以为不耕则不可以得禾，不猎则不可以得兽，是以甘心穷饿而不悔也。诗人述其事而叹之，以为是真能不空食者。后世若徐稚之流，非其力不食，其厉志盖如此。"也是牵住了"君子"二字来硬做文章的。其实，只要把"君子"一语解释作"地主"或"宦绅"之流，则全诗便能豁然贯通，毫无窒碍了。这位诗人口中的"君子"，全是讥刺之意。此"君子"并非若后人之所谓"君子"也。且以今语将全诗译之如下：

　　坎坎然的在用力斫着檀树，斫下来把它放到河边。河水是那么清，一阵风吹过来，吹得河水潾潾作波纹。他不曾去种田，也不曾去割稻，为什么他却拿了我们的谷去，填满了他的三百间谷仓？他不曾去打猎，也不曾去捕捉野味，为什么看看他的院子里，却有打到的貉子悬挂在那里？那地主啊，他是非吃肉不可的呀！

　　坎坎然的在用力削木做车辐，做好了把它放在河旁。河水是那么清，一阵风吹过来，吹得河水扬扬的直流下去。他不曾去种田，也不曾去割稻，为什么他却拿了我们的三百亿把的谷去？他不曾去打猎，也不曾去捕捉野味，为什么看看他的院子里，却有打到的野兽悬挂在那里？那地主啊，他是非吃肉不可的呀！

　　坎坎然的在用力斫削着车轮，做好了车轮把它放在河沿。河水是那么清，一阵风吹过来，吹得河水在转着圆圈儿。他不曾去种田，也不曾去割稻，为什么他却拿了我们的谷去，堆满了他的三百座圆仓？他不曾去打猎，也不曾去捕捉野味，为什么看看他的院子里，却有打到的鹌鹑悬挂在那里？那地主啊，他是非吃肉不可的呀！

　　这还不够明白么？曹粹中云："檀木坚韧，故伐之之声坎坎然，非若丁丁之易也。"这话很对。车辐和车轮都需要坚韧的檀木来做，所以农人在用力的斫，用力的削。当他在河边斫削着檀木的时候，眼望着河水，心里却不平的在想着地主的享用。他为什么会不耕种，不收割而可以有米盈数百仓；吃着白米饭不算，还要吃着貉子，吃着野味，吃着鹌鹑，而那些东西，也并不是他自己去打猎得来的。为什么他会如此的享用着呢？社会何以会那么不平等呢？他不平，他便讽刺着，反唇相讥着。

所以，这实是一首绝好的农民的讽刺诗。如何会"缠夹"到什么"君子不得进仕尔"一类的思路中去呢？在同书《豳风》里，有一篇《七月》，也是绝妙的农歌。《七月》的第三章和第四章云：

七月流火，八月萑苇。蚕月条桑，取彼斧斨，以伐远扬，猗彼女桑。七月鸣鵙，八月载绩，载玄载黄，我朱孔阳，为公子裳。

四月秀葽，五月鸣蜩。八月其获，十月陨萚。一之日于貉，取彼狐狸，为公子裘。二之日其同，载缵武功。言私其豵，献豣于公。

正可作《伐檀》的注脚。这二章诗句，比较的难懂。现在也把它们译为今语：

在七月的夜里，望着天空，有流星飞过（按"流火"甚难解；毛传云："火，大火也，流下也。"郑氏笺云："大火者，寒暑之候也。火星中而寒暑退，故将言寒，先着火所在。"朱氏《诗集传》云："流，下也；火，大火心星也。以六月之昏，加于地之南方，至七月之昏，则下而西流矣。"均不大明白，故直捷的以流星解之）。在八月里，蒹葭是白茫茫的一片。想起养蚕的一个月啊：有时，连枝的把桑叶采下来；有时，把那扬起的远枝，用斧头研它下来；有时，把嫩的桑叶摘下来，却留着枝干。七月的时候，伯劳在叫着呢。八月，是割麻织布的时候了。有的染了黑色，有的染了黄色，但我的红色却最鲜艳。织了，染了；是为公子们做衣服穿啊！

四月里，远枝在结实。五月里，知了在叫。八月里，可以收获了。十月的时候，草木都黄落了。第一天出去捉捕狐狸；取狐皮来替公子们做皮袭。第二天，又要继续的出去替公家狩猎了！捉来了小野猪留下了给自己，但大豕却要拿出来献给公家！

这诗里所谓"公子",也就是《伐檀》里的所谓"君子",其实,也便是地主,或田主,或公、侯、大夫之有采田者。农人们辛辛苦苦的养了蚕,收割了麻,织成了丝与布,染好漂亮的颜色,却是给地主们做了衣裳!地主们不仅取了他们的谷,也还剥夺着他们的副产品。不仅此也,到了十月的时候,还要替地主出去打猎,捉狐狸,捕野猪;自己只能留下小的,大的却非贡献出来不可。这足够说明了《伐檀》里所讥骂的"不狩不猎,胡瞻尔庭有悬貆兮"的一句话了。原来那野兽也是农民们所贡献给他的!

可见,在当时,农民们虽未必是什么奴隶,但他们耕种着田主们或地主们或公侯、大夫们的田地,却受尽了剥削。他们不仅要照例付纳谷物,还要附带的交纳副产品,像丝绸与麻布之类。在冬天农余的时候,还要为地主们出去打猎,捉狐狸给他们做裘衣,打野猪给他们食用。农民们义务重重,简直被压得透不过气来。他们在名义上虽可能是自由人,但在实际,却是经济上的奴隶。他们被锁在土地上,无法脱离,也无处可逃亡。在《魏风》里,还有一篇《硕鼠》的诗:

硕鼠,硕鼠,无食我黍!三岁贯女,莫我肯顾。逝将去女,适彼乐土。乐土乐土,爰得我所!

硕鼠,硕鼠,无食我麦!三岁贯女,莫我肯德。逝将去女,适彼乐国。乐国乐国,爰得我直!

硕鼠,硕鼠,无食我苗!三岁贯女,莫我肯劳!逝将去女,适彼乐郊。乐郊乐郊,谁之永号!

以今语译之如下:

大鼠，大鼠，不要再食我的黍米了！我佃了你的田，种了三年，你一直不曾顾念到我的辛苦。我现在要离开你走了。我要到别的快乐的地方去。到了那个快乐的地方，我便可以安居下来，不受剥削了！

大鼠，大鼠，不要再食我的麦子了！我佃了你的田，种了三年，你一直不曾见到我的勤恳的好处来。我现在要离开你走了。我要到别的快乐的地方去。到了那个快乐的地方，我便可以得到应该得到的待遇了！

大鼠，大鼠，你连稻苗也不用想再食我的了！我佃了你的田，种了三年，你一点也不觉得我的勤劳。我现在要离开你走了。我要到别的快乐的地方去。到了那个快乐的地方后，谁也不高兴再在你的田地上愁恨的长吁短叹着了！

这简直是在漫骂着了。把田主们比作大鼠。他是偷盗谷物的怯兽！农民道，他要离开了这地方而到别的乐土那里去了。在别的地方，一定会体念他的勤劳苦辛，一定不会剥削他像这里的情形一样，也一定不会像在这里似的常在愁恨地叹叫着。

这可见当时的农民们的确是比较自由的。他们不高兴耕种这地方的田了，他尽可自由的跑到别的地方去。他们总幻想着有一个乐土，在那里，没有硕鼠似的田主，没有剥削，没有愁叹。然而，果真有那样的一个"乐土"么？在那时，果真有那样的一个"世外桃源"么？恐怕到处的田主们都是那么坏，正像天下的老鸦们都一般黑似的。他们虽然想望着自由，幻念着乐土，然而他却跑不开去。他们是被经济的锁炼无形的锁在土地上的。他们不会有自由。跑到那里也是一样。根本上，在那时代的初期封建的农业社会里，是不会有他们所幻想的"爰得我所"、"爰得我直"的乐土的。

他们永远的生活在被封建地主种种剥削、样样侵夺的环境之中，永远的为土地的奴隶。每年全家辛辛苦苦的工作着，而大部分的收获，包括田中的谷物和副产物及其农余的狩猎所得在内，全都贡献给了"不稼不穑"、"不狩不猎"的田主。自己留下的只是很小的一部分，勉强的维持着不至冻馁的生活而已，永远不会有余粮和余财的。

把这样困苦和不平的农民的生活，也就是，把这时代的农民的一般生活，写得最仔细的要算是《七月》一诗了。

七月流火，九月授衣。一之日觱发，二之日栗烈。无衣无褐，何以卒岁！三之日于耜，四之日举趾。同我妇子，馌彼南亩。田畯至喜！（上第一章）

七月的夜里，望着流星飞过天空。已经入秋了。到九月的时候，就要准备御寒的衣裳了，下一天，寒风要凛烈的吹着了；再下一天，天气便要大冷了。我们的寒衣，我们的毛衫都还不曾有呢！怎样能够度过这个年关呢？想到头一天里修理好了耒耜；第二天就要下田去了；我要同妇人孩子们送饭到南边的田地里去。好不高兴啊！

七月流火，九月授衣。春日载阳，有鸣仓庚。女执懿筐，遵彼微行，爰求柔桑。春日迟迟，采蘩祁祁。女心伤悲：殆及公子同归！（上第二章）

七月的夜里，望着流星飞过天空。已经入秋了。到了九月的时候，就要准备御寒的衣裳了。想到春天到了，太阳和暖的照着，黄鹂在叫着，女孩子们手执着精致的筐篮，在小路上走着，采摘着柔嫩的桑叶。春天为何那么迟迟的来到呢？只是采着许许多多的白蒿。她心里在伤悲：将要和"公子"一同到他家里去了罢？！

第三章和第四章，上面已经引到过。

五月斯螽动股，六月莎鸡振羽。七月在野，八月在宇，九月在户，十月，蟋蟀入我床下。穹室熏鼠，塞向墐户。嗟我妇子，曰：为改岁，入此室处。（上第五章）

在五月的时候，蟋蟀跳跃出来了；六月的时候，它在振翼唧唧地叫着。七月的时候，它还在田野里，但到了八月，它便躲到檐下来了；九月的时候，它藏到了门后。到了十月，它却躲在我的床底下来。这时，天气冷了，要看看整个房子，把空隙透风的地方，塞闭起来；也要把老鼠们熏赶出屋了；把向北的窗牖都封塞起来，也把泥土涂没了竹门。唉！我的女人孩子们，快要过年了，房子修理好，就可以住了。

六月食郁及薁，七月亨葵及菽，八月剥枣，十月获稻。为此春酒，以介眉寿。七月食瓜，八月断壶，九月叔苴。采荼薪樗，食我农夫。（上第六章）

六月时候，唐棣树上的果子都甜熟可食了，七月是食葵菜和豆子的时候。八月里，枣子熟了，好打下来了。十月的时候，田里的稻熟了，可以收割了。要酿酒了；到了春天，酒熟了，便可以助助老头儿的兴致了。七月的时候，吃着瓜类的东西。八月里，瓜老了，可以采下来做瓢子用。九月的时候，应该收拾麻子了；还要采了苦菜，供食用，斫了樗树当柴烧，我们农人吃的是这些东西啊！

> 九月筑场圃，十月纳禾稼。黍稷重穆，禾麻菽麦。嗟我农夫，我稼既同，上入执宫功。书，尔于茅；宵，尔索绹；亟其乘屋，其始播百谷。（上第七章）

九月的时候，要开始建造打谷的场地和园圃了；十月的时候，可以把收获来的谷物放进仓里去了；收获的东西可不少！有黍，有谷，有早熟的稻，有晚熟的稻，有麻，有豆，还有麦子。唉！我们农夫啊，收割的工作完毕，又要到田主家里屋顶上去修理罅漏了。白天的时候要去取茅草，晚上的时候还要绞草绳。快点到田主家里屋顶上去修补好了罢，播种的时候不久又要到了。

> 二之日凿冰冲冲，三之日纳于凌阴。四之日其蚤，献羔祭韭。九月肃霜，十月涤场。朋酒斯飨，曰杀羔羊。跻彼公堂，称彼兕觥，万寿无疆！（上第八章）

初二的那一天我们"冲冲的"凿打着河里的冰块，初三便要把他们藏到冰窖里去。初四，起得早早的，到田主家里去献上羔羊和祭祀用的韭菜。是九月的时候了，白霜已经降了；十月的时候，打扫了场地，友朋们喝着酒，大家说，把羔羊杀了吧。但还要跑到田主家里的厅堂上去，捧举着大酒杯子，祝贺他的无竟的万寿呢！

　　细读着《七月》，在这以诗写出的"农历"中，见出农夫们的一年的苦辛的经过。全篇纯然是一片嗟叹之声。他们一年到头的力作着，还不是为田主们忙碌着么！连田主的屋漏也还要他们去修补呢。这是一个老农夫的诗，只有他，才能那么仔细地写出一年间的农家的历日和生活来。他写这诗的时候，大约是在七月的夜里，他眼望着流星飞过天空，思念着一年苦作的经过，而写着这诗，故首三章,皆以"七月流火"一句开始。他心里充满了不平;为他的一家,为他的邻里们,为他的同阶级的农夫们不平。他看着邻女在伤悲哭泣,心里想:她恐怕是要到她的田主家里去了。在这时候,农夫家的少女们,也许也要被送到田主家里去,只要田主们说一声要她。这和农奴们的生活有什么不同呢?

许多解诗的人,都以为《七月》是周公做的诗。"成王立,年幼不能莅阼,周公旦以冢宰摄政,乃述后稷、公刘之化,作诗一篇,以戒成王,谓之'豳风'。"(《诗集传》)有了这个观念,所以把全诗处处都解释作"风俗之厚"、"不敢忘君"等等的话语。这是从那里说起呢!明明是一首农民的不平的控诉之诗,却被解成了歌颂功德之作了。又,说诗者们都把这诗里的"一之日"、"二之日"、"三之日"、"四之日"释作周历的"正月"、"二月"、"三月"、"四月",也是极不可通的。所谓"一之日"等等,实际上只不过说是"初一日"、"初二日"等等而已。否则,何以解"二之日凿冰冲冲,三之日纳于凌阴"呢?在二月里打凿下来的冰块,要到三月里才被藏到冰窖里去,有是理么?"一之日觱发,二之日栗烈",正好解作"头一天起了北风,第二天天气好冷",如何能够解作"正月起了寒风,到了二月,天气才发冷"呢?

《小雅·甫田之什》里,有《大田》一篇,也是写农民的生活的。

大田多稼,既种既戒。既备乃事,以我覃耜。俶载南亩,播厥百谷。既庭且硕,曾孙是若。

既方既皁,既坚既好。不稂不莠,去其螟螣,及其蟊贼,无害我田稺。田祖有神,秉畀炎火。

有渰萋萋,兴雨祁祁。雨我公田,遂及我私。彼有不获稺,此有不敛穧;彼有遗秉,此有滞穗,伊寡妇之利。

曾孙来止,以其妇子,馌彼南亩,田畯至喜!来方禋祀,以其骍黑,与其黍稷,以享以祀,以介景福。

《毛诗序》说是"刺幽王也。言矜寡不能自存焉",不知所云。在这诗里一点也没有"刺"的意思。似乎只是农民祀神的一首歌罢。所谓"曾孙",大约指的便是田主罢。这是已经收获完毕的时候,颇为丰收,故祀祖致谢的。诗里追述耕种收获的经过和情形,很可以见出古代农村社会的生活状态来。但也颇为难懂。现在试译之为今语如下:

莽莽的一片田地,收获是那么多。选择了谷种之后,便端整着耒耜。什么事都准备好了,便携着我的利锐的耒耜,开始到了南边的田地上去。我播下了好些谷种,苗长出来,又直又大,好不顺遂了我田主的心!

谷稻已经开始成穗结实了,看样子是又坚实,又肥大。既没有杂粱,也没有杂草。像蝗虫那样的害稻的种种虫儿,都得除去,不让他们害我的幼禾。"田祖"在上有灵,把这些害虫们都投到大火里烧死了罢。

天上的乌云拥拥挤挤的布满着,雨点渐渐沥沥的落个不停。这场雨把公田灌溉得足了,我自己的田地上也不缺水。这场雨,使我们农家们全都丰收。他那里有好些低小的穗实儿来不及割下,我这里也有来不及收获的谷束。他那里有抛弃掉的一把把的稻实,我这里也有不少不要了的谷穗。这些,都是留给村子里寡妇们拾取的。

田主来到田地里,察看着。家里的妇人孩子们正送饭给南边田地上在收获的人吃。心里好不高兴!我要向四方的神祇们虔诚的致谢,杀了赤色和黑色的牲畜,还用着新收获的黍谷,以享祭"田神",以求多福!

这里"雨我公田,遂及我私"及"彼有不获穉……伊寡妇之利"二语,最可注意。所谓"公田",是否便指的是井田制度里的公田呢?古代果有所谓"公田"制度么?这是需要更详尽的探讨的。在古代,寡妇们大约是农村里的一类应该公共矜恤着的人物,所以收割的时候,留在田地上的余谷,全都要归她们所有。

同什里的《甫田》一诗,大约是播种时候的祀神之作吧,故有着种种的企望,祷求神赐以力,俾得丰收,能够使田主收获到千仓万箱的谷来!

倬彼甫田,岁取十千。我取其陈,食我农人。自古有年。今适南亩,或耘或耔,黍稷薿薿。攸介攸止,烝我髦士。

以我齐明,与我牺羊,以社以方。我田既臧,农夫之庆。琴瑟击鼓,以御田祖。以祈甘雨,以介我稷黍,以谷我士女。

曾孙来止,以其妇子,馌彼南亩,田畯至喜。攘其左右,尝其旨否。禾易长亩,终善且有。曾孙不怒,农夫克敏。

曾孙之稼,如茨如梁;曾孙之庾,如坻如京。乃求千斯仓,乃求万斯箱。黍稷稻粱,农夫之庆。报以介福,万寿无疆!

现在仍以今语译之,俾能更容易明白些:

莽莽的大片田地,在太阳光里耀晒着,一年要纳万斛的谷给田主呢。年年都丰收,我农人天天吃的却是去年的陈谷。现在到了南边的田地上去,有的人在拔野草,有的人在施肥料。稻苗是那么齐齐密密的苗长着,又大又肥,将用来烝祭我的俊秀的士大夫们呢。

用我的谷物和我的作为牺牲的羊,来祭着四方之神和后土之神。我的耕播的事已经告竣了,这是我农夫的幸福。我们要鼓琴奏瑟,还要击着土鼓,以迎"田祖"。祷求着他能够给我以好雨,养大了我的谷物，使我们一家都能够有得米吃。

田主来了，家里的妇人和孩子们正送饭到南边的田地上去。心里好不高兴！但田主却抢着饭筐儿，一筐筐的尝着，试试看好吃不好吃。田里的稻苗收拾得那么齐齐整整，一片的绿波起伏，一定是会长得肥大，而且丰收的。田主见了，方才不生气。农夫是那么勤快的忙碌着啊。

但愿田主的稻，像那房屋似的鳞比密接着，像车梁似的一层层的穹起着；田主的露天堆着的谷，像水中高地似的堆起，像尚丘似的高起，但还祈求着能够堆满了一千个仓库，堆满了一万个车箱。耕种了那么多的黍呀，稷呀，稻呀，粱呀的，却都是我农夫们的功呀。得报以大福，祈求他们"万寿无疆"啊！

就在这祭神的歌里，农夫们对于田主们也还杂以嘲笑和不满呢。"攘其左右，尝其旨否"，态度是那么轻薄无赖。"曾孙不怒"，是不容易的事；可见他们到田地上视察的时候，见禾稻不良，是常常要发"怒"责骂的。

在上面的两首诗里，我把"田畯至喜"，译作"心里很高兴"，把"曾孙"释作"田主"，也许有许多人一定很怀疑。根据着传统的解释，"田畯"是"典田官"，以劝农为职，但在这些诗里，却不明白为什么这"典田官"会突然的出现。"畯"的另外一个解释是"草野之称"，即习语所谓"寒畯"之意。所以，"田畯"指的正是农夫他自己，并不是另有其人；喜的也是农夫，并不是什么"典田官"。

"曾孙"怎么会释做"地主"呢？一则，就诗的语气看来，应该是指的"地主"；再则，研究古代社会阶级，所谓"曾孙"，总是指的统治阶级。"武王祷名山大川，曰：有道曾孙周王发是也。"又《曲礼》："临祭祀，外事曰：曾孙某侯某。"（均见《诗集传》）可见"曾孙"并不是一般平民所能自称的。

《诗经》是一个无穷无尽的宝库,正像《旧约》里的《雅歌》,是人类的永久的珠玉一样。我们在那里可以掘发出不少古代社会的生活状态来,特别是古代农民们的生活的描写,在别的地方是发掘不到的。这个古代的诗歌总集所包含的是那么丰富的文学的与历史的珠宝啊!

我的解释,也许不免有牵强处,但自信离古代社会的实际情况是不很远的。

一九四六年四月二十二日写毕。
(原载《理论与现实》第三卷第一期)

作俑篇

仲尼曰：始作俑者，其无后乎？为其象人而用之也。(《孟子·梁惠王上》)

孟子所引的仲尼的这句话，不见于《论语》，也不见于别的地方，不知是不是他自己杜撰的。但这句话，至少表现出春秋战国时代的学者们对于以人殉葬的事，十分的深恶痛绝之，所以迁怒到始作"俑"者，诅咒他们"绝后"。他们以为"俑"是象人之形的，有了用"俑"放入墓中伴葬的事实，于是后来的帝王们便想到以活人放到墓中去殉葬的举动，所以觉得始作"俑"的人是那么可怕可恶，他是引导着后来的帝王们"以人为殉"的惨酷绝伦之举的。

在春秋战国时代，以人为殉的事，大约是很流行的，恐怕每一个"帝"或"诸侯"死了，都要将他所爱宠的人们闭入墓道中殉死的。

《史记正义》引《括地志》云："齐桓公墓在临菑县南二十一里牛山上，亦名鼎足山，一名牛首坬。一所二坟。晋永嘉末，人发之。初得版，次得水银池，有气，不得入。经数日，乃牵犬入中。得金蚕数十薄，珠襦、玉匣、缯彩、军器不可胜数。又以人殉葬，骸骨狼藉也。"（见《史记》卷三十二《齐世家》）

齐桓公号称贤主，但他死了，却以许多人殉葬，以至"骸骨狼藉"。然当时史籍皆不记此事。可见以人殉葬的事，已是"当然"之举，每一"王"每一"诸侯"之死，必定要有若干"人"殉葬的，书不胜书，故不复书。我们读《史记·周本纪》及诸世家，均无特书此事者；很怀疑，并不是周代及诸国已"文明"到废"人"用"佣"来殉葬，乃是因系习见之举，故不必特书也。《史记正义》所引《括地志》，乃因晋人发齐桓公墓，故附著之。《史记》本文便不提此举。但在《史记》（卷五）《秦本纪》中，却有一段文字，提及殉葬事："缪公卒，葬雍。从死者百七十七人。秦之良臣子舆氏三人，名曰奄息、仲行、针虎，亦在从死之中。"同时，司马迁复从而论之曰："死而弃民，收其良臣而从死。且先王崩，尚犹遗德垂法，况夺之善人良臣百姓所哀者乎？"因为秦穆公以秦之良臣三人奄息、仲行及针虎来殉葬，闹得太不成样子了，故秦之人哀之，不能不记。在《诗经》里，便有一篇哀悼的诗：

交交黄鸟，止于棘。谁从穆公？子车奄息。维此奄息，百夫之特。临其穴，惴惴其栗！彼苍者天，歼我良人！如可赎兮，人百其身！
交交黄鸟，止于桑。谁从穆公？子车仲行。维此仲行，百夫之防。临其穴，惴惴其栗！彼苍者天，歼我良人！如可赎兮，人百其身！
交交黄鸟，止于楚。谁从穆公？子车针虎。维此针虎，百夫之御。临其穴，惴惴其栗！彼苍者天，歼我良人！如可赎兮，人百其身！
（《诗经·秦风·黄鸟》）

读了这首诗，可见秦人对于子车氏（即子舆氏）的三位"良人"哀慕之深！"临其穴，惴惴其栗！"甚至要"人百其身"以赎其死！假如殉死者只是一百七十七个宫中的爱宠们，则史也不会书，诗人也不会如此痛心的哀吊之了。所谓"死而弃民"，指的便是以人为殉之举。

但史记此段文字，系依据《左传》而写的。《左传·文公六年》

云:"秦伯任好卒,以子车氏之三子奄息、仲行、𫗪虎为殉,皆秦之良也。国人哀之,为之赋《黄鸟》。君子曰:秦穆之不为盟主也宜哉!死而弃民!先王违世,犹诒之法,而况夺之贤人乎?"又应劭注《汉书》云:"秦穆公与群臣饮酒酣。公曰:'生共此乐,死共此哀。'于是奄息、仲行、𫗪虎许诺。及公薨,皆从死。《黄鸟》诗所为作也。"这是替穆公辩解的,不知应氏所据何书。

又《史记·秦始皇本纪》(卷六)云:"二世曰:'先帝后宫非有子者,出焉不宜。'皆令从死,死者甚众。葬既已下,或言工匠为机,臧皆知之,臧重即泄。大事毕,已臧,闭中羡,下外羡门,尽闭工匠臧者,无复出者。"可见向来的习惯,"先帝后宫"都是"皆令从死"的。

为了这个可怕的惨酷之极的"习惯",学者们便不能不抗议着,不诅咒着。

又《西京杂记》记汉广川王去疾,好像无赖少年,游猎罼弋无度,国内冢藏,一皆发掘。所记发晋幽公冢云:"甚高壮。羡门既开,皆是石垩。拨除丈余深,乃得云母深尺余。见百余尸,纵横相枕藉,皆不朽。唯一男子,余悉女子,或坐或卧,亦犹有立者。衣服彩色,不异生人。"此百余尸,皆殉葬之人也。

像这样残酷绝伦的"习惯",在春秋战国是那么流行着;恐怕此风决不止齐、晋、秦数国有之的罢。因为此风盛行,所以学者们不能不诅咒着,反抗着;他们是站在理智上、人道上立言的。他们甚至迁怒到"作俑"的人,以为是作俑者开始了此风的。这样的呼吁,说明了古代哲人们所抱的人道主义的强烈的主张。孔子以及其他哲人们全都是执持着"救世""救人"的主义的。所以反对一切非人道的行为。

但以"人"为"殉"之举,是否看了以"俑"为"殉"之事,而后才"学样"而代之以死者所爱宠的"活人"们的呢?

用"俑"是否在用"活人"掏葬之先呢？

朱熹《孟子集注》："俑，从葬木偶人也。古之葬者，束草为人，以为从卫，谓之刍灵，略似人形而已。中古易之以俑，则有面目机发，而太似人矣。故孔子恶其不仁。而言其必无后也。"（卷一）

朱熹的主张是，先有刍灵，后有俑，但他并没有说用活人殉葬之事。他以为俑是刍灵的进步，而且，俑是"木偶人"。这话可靠么？束草为人的事，不见于记载，也无实物为据——如果有之，但草也早已腐尽了——今日所见的"俑"，全都是陶器，并不是什么木偶人。

关于俑，古代的文献，少得很。盗墓的人都只注意到珠玉及其他珍宝、古物，从来没有想到要保存"俑"的。

罗振玉说道："光绪丁未冬，予在京师，始得古俑二于厂肆。肆估言，俑出中州古冢中，盖有年矣。鬻古者，取他珍物，而皆舍是。此购他物时随意携归者，不知其可贸钱也。予乃具明以墟墓间物，无一不可资考古，并语以古俑外，有他明器者，为我毕致之。估乃亟请明器之目。适案头有《唐会要》，检示之。估诺诺而去。明年春，复挟诸明器来，则俑以外，伎乐、田宅、车马、井灶、杵臼、鸡狗之物悉备矣。予亟厚值酬之。此为古明器见于人间之始。是时海内外好古之士，尚无知者。厂估既得厚偿，则大索之芒洛之间。于是邱墓间物，遂充斥都市。顾中朝士夫无留意者，海外人士乃争购之。厂估之在关中者，遂亦挟关中之明器以归。"（《古明器图录序》）古明器和古俑的研究，恐怕要以罗氏为开山祖。"前籍之记古明器者，仅宋岳珂撰《古冢槃盂记》、《博古图》载一陶鼎而已。他无闻焉。"（同上序）按前人关于古墓发掘之记载，叙及明器者多有之（《太平广记》卷三百八十九至卷三百九十，所载甚详）。惟所称"皆以石为鹰犬，捧烛石人男女四十余，皆立侍。"（《太平广记》卷三百八十九）"见铜人数十枚"（同书，同卷）以及"每门中各有铜人马数百，执持干戈，其制精巧"（同书，卷三百九十）云云，今日却不曾有"实物"发见。今日所见之明器，几乎全都是陶器。收藏家收之。惟伪造者亦不少。此项明器，自古俑（包括侍从、女俑、乐伎等等）、任器（陶罂、枭尊、鼎、壶、瓶等等）、灶、舍、井厩、杵臼、牛车以至驼、马、牛、羊、犬、豕、鸡、鹜、鸮之属无不具备，足供考古学者及历史家以许多重要的研究资材。明器学正在发展中，其前途是很光明的。

但现在所发现的明器（除玉器、铜器、镜及鼎彝等外）为什么会以陶器为主呢？为什么铜人铜马以及石人男女、石为之鹰犬等等均不曾发现过呢？也许古籍所载发墓事，多得之传闻，每步夸张罢。惟载及殉葬的"活人"事颇少，可见此风自秦以后便很少见。以汉高祖之宠爱戚夫人，吕后之妒恨她，而高祖死时，却也不曾以她为殉，可见以"人"为殉之风，斯时已被认为不合理、不道德而加以废弃了。

惟此种风气，在后世还不曾完全绝迹。英国人在不久的时候以前，凡战死的人下葬时，必将其爱马牵于墓上杀之。印度到了今日，夫死妻殉之风，也还未完全被扑灭。中国殉夫之风，今日也还间一见之。这些都是这古代遗习的保存。由于这野蛮的遗风的存留，到后来却变成了道德的信条了。殉夫被视为至高的美德。所谓"烈妇"曾为无数的文士们所咏叹着。

在中古时代，狠毒的人也曾利用着这遗风而杀死其所妒者。例如：

> 干宝字令升，父莹为丹阳丞。有宠婢，母甚妒之。及莹亡，葬之，遂生持婢于墓。干宝兄弟尚幼，不之审也。后十馀年，母丧，开墓，而婢伏棺如生。载还，经日乃苏。言其父恩情如旧；地中亦不觉为恶。既而嫁之，生子。(《太平广记》卷三百七十五引《五行记》)

又死者亦每以携去其所爱宠者为念，像下面的故事，就是一个好例：

北齐时，有伎人姓梁，甚豪富。将死，谓其妻子曰："吾平生所爱奴马，使用日久，称人意。吾死，可以为殉。不然，无所弃也。"及死，家人囊盛土，压奴杀之，马犹未杀。奴死四日而苏，说云："初不觉去。忽至官府，留止在门。经宿，见亡主被楪，兵卫引入。见奴谓曰：'我谓死人得使奴婢，故遗言唤汝。今各自受其苦，全不相关，今当白官放汝。（《法苑珠林》）

这里所谓"吾平生所爱奴马，使用日久，称人意。吾死，可以为殉"的念头，可以说明古代为什么会有活人殉葬的习惯。

原来野蛮人相信"第二世界"的存在，相信：人虽死，其灵魂仍存在，死者的行为是和活人相同的。他生前所喜爱的东西，死后也一定同样的喜爱着。所以，当他死时，他生前所常用的器物玩好以及所爱宠的人或兽，都要带到"第二世界"里去。这便是古墓中所以会发掘出许多古物和殉死的尸体的原因。后来，人类虽然逐渐的进步了，但这种信仰还根深蒂固地存在着。不过，古代社会里，仅有特殊阶级，有权力可以以人为殉，以珍宝、玩好为殉。许多平民们，困于经济的力量，他们实在不会有许多殉葬物的，同时，也绝对的不能有活人为殉的。但由于这信仰，却又不能不有若干殉葬物。于是便产生了以陶器做成的许多具体而微的器物、灶舍、牛羊和侍从、女俑等等，用来供给死者之用。这是一种象征，以陶器、俑人来代替实物和活人。

到了后来，由于道德观念的发展，以人为殉之举，渐被视为不人道，许多特殊阶级便也舍人而用俑了。

所以"俑"是象征活人的，其产生的时代决不会比"以人为殉"

的时代早。其产生的原因,是代替"活人"用的,最初是由于经济力量的不足及其他理由;其后,才因了道德观念的发展而废人用俑。孟子所谓"始作俑者,其无后乎"的诅咒,恰好是颠倒了事实的。并不是因了用俑为殉之后,才用活人为殉的;恰恰相反,"俑"乃是象征了活人而被使用作殉葬物的。

在中国,此风今日还遗留着;不过不用"俑"了。人死后,其后裔却用了许多纸扎的房舍、箱笼、舟车、器用乃至纸人,焚化了给死者使用。不用实物,不用明器,而用易于"焚化"的纸扎之人物,其程度虽有不同,其信仰与作用却是"一贯"的。

一九四六年四月二十一日写。
(《昌言》创刊号,一九四六年)

元曲叙录

关汉卿

关汉卿号已斋叟,大都人,太医院尹(见《录鬼簿》)。杨维桢《元宫词》云:"开国遗音乐府传,白翎飞上十三弦。大金优谏关卿在,《伊尹扶汤》进剧编。"关卿大约即指汉卿。据此则汉卿当曾仕于金。惟其为太医院尹,则不知为在元或在金时事耳。陶九成《辍耕录》又载他与王和卿相嘲谑的事。汉卿生平事迹之可考者已尽于此,杨朝英的《朝野新声》及《阳春白雪》曾载汉卿小令套曲若干首,其中大都为情歌,游趴事迹,于其中绝不易考。惟汉卿有套曲《一枝花》一首,题作《杭州景》者,曾有"大元朝新附国,亡宋家旧华夷"之语,借此可知其到过杭州,且可知其系作于宋亡(公元一二七八年)之后耳,大约汉卿于元灭宋之后,曾由大都往游杭州,或后竟定居于杭州也难说,所以元刊的《古今杂剧》,《西蜀梦》则标"大都新编",《单刀会》则标"古杭的本"。他的戏剧生活,似当分为二期,前期活动于大都,后期则当活动于杭州。汉卿名位不显,后半期的生活,或并去太医院尹之职,而仅为伶人编剧以为生;以其既为职业的编剧者,故所作殊夥。"离了利名场,钻入安乐窝"(《四块玉》),盖为不得志者的常语。《录鬼簿》作于至顺元年(公元一三三〇),已称汉卿为"已死名公才人",且列之于篇首，则其卒至迟当在一三〇〇年之前，其生年则至迟当在金亡（公元一二三四）之前的二十年（即一二一四）。我们假定他的生卒年份为公元一二一四——一三〇〇年，则他来游杭州之年（一二七八年以后的一二年〔？〕）正是他年老去职之时，故得以漫游于江南故都而无所牵挂。

汉卿作品，于小令套曲十余首外，其全力完全注重于杂剧，所作有六十五本之多，即除去疑似者外，至少亦当有六十本以上。今古才人，似他著作力的如此健富者殊不多见（惟李玄玉作传奇三十三本，朱素臣作传奇三十本差可比拟耳）。《太和正音谱》评汉卿之词，以为"如琼筵醉客"，又以为"观其词语，乃可上可下之才"。然汉卿所作，通俗者为多，如《谢天香》、《金线池》、《望江亭》、《玉镜台》之类，诚未必高出于马致远、郑德辉诸作者，然如《救风尘》之结构完整，《窦娥冤》之充满悲剧气氛，《单刀会》之慷慨激昂，《拜月亭》之风光旖旎，则皆为时人所不及，其笔力之无施不可，比之马、郑、白、王（实甫），实有余裕。即其套曲小令，亦温绮多姿，可喜之作殊多，例如：

碧纱窗外静无人，跪在床前忙要亲。骂了个负心，回转身。虽是我话儿嗔，一半儿推辞，一半儿肯。

多情多绪小冤家，迤逗得人来憔悴煞。说来的话先瞒过咱。怎知定一半儿真实，一半儿假。(《一半儿·题情》)

之类，绝非东篱之一味牢骚的同流。"可上可下"之语，实非定评。

(《小说月报》二十一卷一号，一九三〇年一月)

关汉卿作品全目

《关张双赴西蜀梦》（存），《董解元醉走柳丝亭》，《丙吉教子立宣帝》，《薄太后走马救周勃》，《太常公主认先皇》，《曹太后死哭刘夫人》，《荒坟梅竹鬼团圆》，《闺怨佳人拜月亭》（存），《风月状元三负心》，《没兴风雪瘸马记》，《金银交钞三告状》，《苏氏进织锦回纹》，《介休县敬德降唐》，《升仙桥相如题柱》，《金谷园绿珠坠楼》，《汉匡衡凿壁偷光》，《刘夫人书写（一作写恨）万花堂》，《吕蒙正风雪破窑记》，《晏叔元风月鹓鸰天》，《钱大尹智宠谢天香》（存），《姑苏台范蠡进西施》，《开封府萧王勘龙衣》，《杜蕊娘智赏金线池》（存），《柳花亭李婉复落娼》，《望江亭中秋切鲙旦》（存），《甲马营降生赵太祖》，《贤孝妇风雪双驾车》，《双提尸冤报汴河冤》，《老女婿金马玉堂春》，《宋上皇御断姻缘簿》，《崔玉箫担水浇花旦》，《晋国公裴度还带》，《隋炀帝牵龙舟》，《风雪狄梁公》，《屈勘宣华妃》，《月落江梅怨》，《烟月旧风尘》（即《救风尘》）（存），《管宁割席》，《白衣相高凤漂麦》，《孙康映雪》，《唐明皇哭香囊》，《唐太宗哭魏征》，《邓夫人哭存孝》，《关大王单刀会》（存），《温太真玉镜台》（存），《武则天肉醉王皇后》，《翠华妃对玉钗》，《汉元帝哭昭君》，《刘夫人救哑子》，《刘盼盼闹衡州》，《吕无双铜瓦记》，《风流孔目春衫记》，《萱草堂玉簪记》，《钱大尹鬼报绯衣梦》（存），《楚云公主酹江月》，《鲁元公主三噉赦》，《醉娘子三撒嵌》，《诈妮子调风月》（存），《感天动地窦娥冤》（存），《包待制三勘蝴蝶梦》（存），《状元堂陈母教子》，《刘夫人庆赏五侯宴》，《包待制智斩鲁斋郎》（存），《姻缘簿》（疑即《宋上皇御断姻缘簿》），《伊尹扶汤》，《续西厢》（存）。

计关氏作剧六十五本，今存者凡十四本，未见者凡五十一本。

其著作力的丰健,时人无匹,其存剧之多,亦时人无匹,将来也许更有续见也不一定。

(《小说月报》二十一卷一号,一九三〇年一月)

钱大尹智宠谢天香杂剧

元大都关汉卿撰《元曲选》(甲集下)本

〔楔子〕柳永好酒好色,与上厅行首谢天香打得厮热,一日,因欲赴举,便辞了天香而去。恰好钱大尹到任,要天香去接。永说,钱大尹是他好友,要托他照觑她。

〔登场人物〕冲末:柳。正旦:谢天香。净:张千。

〔正旦唱〕仙吕赏花时。么篇。

〔第一折〕钱可道到了任,柳永去见他,三番两次以谢氏为托。钱尹颇为恼怒,数说了他一场。柳永便含怒别去,上京应举。天香送他到城外,张千也去送,抄了他一首《定风波》词而回。

〔登场人物〕外:钱大尹。张千。柳。正旦。众旦。

〔正旦唱〕仙吕点绛唇。混江龙。油葫芦。天下乐。金盏儿。醉中天。金盏儿。醉扶归。赚煞。

〔第二折〕《定风波》词中有可可二字;可字系犯钱尹的讳。他有意要折辱天香,便命她唱这词。她却将可可改为己己,改为齐微韵到底,因此,钱尹便除了她乐籍,送她到私宅,说是做小夫人。

〔登场人物〕钱大尹。张千。正旦。

〔正旦唱〕南吕一枝花。梁州第七。隔尾。贺新郎。牧羊关。二煞。煞尾。

〔第三折〕三年之后,钱尹将天香放在家中,不偢不问。一日,二姬约她掷色数儿。恰好,大尹来了,说明要立她为小夫人,叫她换衣服去。

〔登场人物〕正旦。钱尹。二旦。

〔正旦唱〕正官端正好。滚绣球。倘秀才。滚绣球。倘秀才。穷河西。滚绣球。倘秀才。呆骨朵。倘秀才。醉太平。二煞。一煞。煞尾。

〔第四折〕柳永中了状元,夸官三日,钱尹令张千强邀了他至衙饮酒。他知天香为大尹娶去,抑抑孤欢。大尹令天香出来行酒,他们都不乐不饮。于是府尹说明情由,即送天香到状元宅中去。

〔登场人物〕钱大尹。张千。柳永。祇候。正旦。

〔正旦唱〕中吕粉蝶儿。醉春风。石榴花。斗鹌鹑。上小楼。么篇。哨遍。耍孩儿。二煞。随尾。

题目 柳耆卿错怨开封主
正名 钱大尹智宠谢天香

(《小说月报》二十一卷一号,一九三〇年一月)

温太真玉镜台杂剧

元大都关汉卿撰《元曲选》(甲集下)本

〔第一折〕温峤为翰林学士,尚未结婚。他姑母被他接来,住在他处。她只有一女名刘倩英,他一见她便留情。他姑母要他教倩英读书写字。

〔登场人物〕老旦:夫人。梅香。正末:温峤。旦:倩英。

〔正末唱〕仙吕点绛唇。混江龙。油葫芦。天下乐。那吒令。

鹊踏枝。寄生草。么篇。六么序。么篇。醉扶归。金盏儿。醉中天。赚煞尾。

〔第二折〕第二天,他去教小姐弹琴写字,见她打扮得别样不同,更为醉心。他姑娘托他为小姐寻一门亲事,他便说,有一个学士可以,他代他保亲,且以玉镜台为聘礼。不料,第二天,官媒来了,娶亲的却是他自己。夫人不得已而允将小姐嫁他。

〔登场人物〕老夫人。正末。梅香。旦。官媒。

〔正末唱〕南吕一枝花。梁州第七。牧羊关。隔尾。四块玉。牧羊关。贺新郎。隔尾。红芍药。菩萨梁州。煞尾。

〔第三折〕他们结了婚,小姐十分的不喜他,因他年纪已老,她不允与他同房。他说了许多好话,也是无用。

〔登场人物〕正末。赞礼。官媒。梅香。旦。

〔正旦唱〕中吕粉蝶儿。红绣鞋。迎仙客。醉高歌。醉春风。红绣鞋。普天乐。满庭芳。上小楼。么篇。耍孩儿。四煞。三煞。二煞。煞尾。

〔第四折〕二月之后,夫人尚不肯与他和好。王府尹奉旨,特设一宴,名曰水墨宴,又叫做鸳鸯会。专请他们夫妻赴会。王府尹说,有诗的学士,金钟饮酒,夫人插金凤钗,搽官定粉,无诗的学士,瓦盆里饮水,夫人头戴草花,墨乌面皮。她因此着急,要他着意做诗。他诗做成了,她便插上金凤钗。因此,他们两口儿从此和好。

〔登场人物〕外:王府尹。祗从。正末。旦。

〔正末唱〕双调新水令。驻马听。乔牌儿。挂玉钩。川拨棹。豆叶黄。乔牌儿。挂玉钩。水仙子。甜水令。折桂令。雁儿落。得胜令。鸳鸯煞。

题目　王府尹水墨宴

正名 温太真玉镜台

（《小说月报》二十一卷一号，一九三〇年一月）

赵盼儿风月救风尘杂剧

元大都关汉卿撰《元曲选》（乙集上）本

〔第一折〕周舍要娶宋引章，引章也要嫁他。整说了半年，方才成事。引章原和安秀实相好，秀实托姨姨赵盼儿劝她，她不作理会。

〔登场人物〕冲末：周舍。正卜儿。外旦：宋引章。外：安秀实。正旦：赵盼儿。

〔正旦唱〕仙吕点绛唇。混江龙。油葫芦。天下乐。那吒令。鹊踏枝。寄生草。村里迓鼓。元和令。上马娇。游四门。胜葫芦。么篇。赚煞。

〔第二折〕周舍娶了引章，同回郑州，很虐待她。引章托王货郎寄书给她母亲，叫赵盼儿救她去。赵盼儿便想好了一条计策。

〔登场人物〕周舍。外旦。卜儿。正旦。

〔正旦唱〕商调集贤宾。逍遥乐。金菊香。醋葫芦。么篇。么篇。后庭花。柳叶儿。双雁儿。浪来里煞。

〔第三折〕赵盼儿和张小闲同到郑州，寻见了周舍，说要嫁他。但须先休了宋引章。周舍答应了她。

〔登场人物〕周舍。店小二。丑：张小闲。正旦。外旦。

〔正旦唱〕正官端正好。滚绣球。倘秀才。滚绣球。么篇。倘秀才。脱布衫。小梁州。么篇二煞。黄钟尾。

〔第四折〕周舍到家，递了休书给引章，引章连忙出门。他要娶盼儿，盼儿也已走了。他便追上去，设一计赚了休书来咬碎了。不料这休书早已为盼儿所换过，他便扯了她们去告官。盼儿说，引章原有丈夫。于是安秀实也来了，李公弼便断引章与秀实团圆。

〔登场人物〕外旦。店小二。正旦。外：李公弼。张千。安秀实。

〔正旦唱〕双调新水令。乔牌儿。庆东原。落梅风。雁儿落。得胜令。沽美酒。太平令。收尾。

题目　安秀才花柳成花烛
正名　赵盼儿风月救风尘

（《小说月报》二十一卷一号，一九三〇年一月）

包待制三勘蝴蝶梦杂剧

元大都关汉卿撰《元曲选》（丁集下）本

〔楔子〕王老生有三子，读书为业，只是家计贫寒。

〔登场人物〕外：字老。正旦。冲末：王大。王二。丑：王三。

〔正旦唱〕仙吕赏花时。么篇。

〔第一折〕王老至街为儿买纸笔，却为葛彪打死在街，三个兄弟知道了，便去寻他，也把他打死了。他们被捉见官。

〔登场人物〕字老。净：葛彪。副末：地方。王大。王二。王三。正旦。净。公人。祗候。

〔正旦唱〕仙吕点绛唇。混江龙。油葫芦。天下乐。那吒令。鹊踏枝。寄生草。金盏儿。后庭花。柳叶儿。赚煞。

〔第二折〕他们解到了包公处。包公着将王大、王二偿命。王母叫起屈来。他命将王三偿命，她却默默不言。包公以为王三一定不是他生的，不料王三却正是她的亲子。于是包公大为惊异，想起曾作一梦，他救了一个小蝴蝶。于是设下一计，把他们都下了囚牢。

〔登场人物〕张千。祗候。外：包拯。犯人：赵顽驴。王三。正旦。解子。

〔正旦唱〕南吕一枝花。梁州第七。贺新郎。隔尾。斗虾蟆。牧羊关。隔尾。牧羊关。红芍药。菩萨梁州。水仙子。黄钟尾。

〔第三折〕王母到监中探子，张千受了包公分付，只放了王大、王二与她同回，却叫王三在此偿命，她忍住了泪而回。

〔登场人物〕张千。李万。王大。二。三。正旦。

〔正旦唱〕正官端正好。滚绣球。倘秀才。脱布衫。醉太平。笑和尚。叨叨令。上小楼。么篇。快活三。朝天子。尾煞。(中插王三唱：端正好。滚绣球。)

〔第四折〕第二天，他们到狱墙外寻王三的尸身。见了尸身，正在哭泣，王三却出来了，他们还以他为鬼。他说是包公盆吊死了偷马贼赵顽驴替了他，放了他出狱。大家正在喜欢，包公又冲上来，将王大宣入朝，以王三为中牟县令，合家乃因祸得福。

〔登场人物〕王三。赵尸。王大。王二。正旦。包公。

〔正旦唱〕双调新水令。驻马听。夜行船。挂玉钩。沽美酒。太平令。风入松。川拨棹。殿前欢。水仙子。鸳鸯煞。

题目　葛皇亲挟势行凶横　赵顽驴偷马残生送
正名　王婆婆贤德抚前儿　包待制三勘蝴蝶梦

(《小说月报》二十一卷一号，一九三〇年一月)

包待制智斩鲁斋郎杂剧

元大都关汉卿撰《元曲选》（戊集下）本

〔楔子〕鲁斋郎到了许州，见银匠李四的妻有姿色，便夺了她去。李四追到郑州要告他，犯急心疼病倒在地上。有都孔目张珪把他抬回家，由他妻李氏治好了。二人认为姊弟。孔目劝他回家，不要惹事。

〔登场人物〕冲末：鲁斋郎。张龙。外：李四。旦。二俫。正末：张珪。祗候。贴旦。二俫。

〔正末唱〕仙吕端正好。么篇。

〔第一折〕清明时节，张珪带妻子上坟。鲁斋郎因已厌了李四的妻，也到郊外，要物色一个美妇人。他打了一弹，打破了张家孩子的头。他们大骂，却不知他是鲁斋郎。张珪见是他，吓得跪下不迭。他要他把妻子第三天送去。

〔登场人物〕鲁。正末。贴旦。俫儿。张龙。

〔正末唱〕仙吕点绛唇。混江龙。油葫芦。天下乐。金盏儿。后庭花。青哥儿。赚煞。

〔第二折〕第二天，张珪没法，只得把他妻骗到鲁斋郎宅中，然后说明原由。鲁斋郎却将李四的妻赏给他为妻子。

〔登场人物〕鲁。张龙。正末。贴旦。

〔正末唱〕南吕一枝花。梁州第七。牧羊关。四块玉。骂玉郎。感皇恩。采茶歌。黄钟尾。

〔第三折〕张龙正将李四妻送给他，李四又来寻他，见了他妻，各自留意。他觉得很怪，后来，冲了回来，闻知原因，才知原来是李四的妻。他便决心出家，将家缘都交于李四看管。

〔登场人物〕李四。俫儿。正末。张龙。旦。

〔正末歌〕中吕粉蝶儿。醉春风。红绣鞋。迎仙客。红绣鞋。

石榴花。斗鹌鹑。上小楼。么篇。十二月。尧民歌。耍孩儿。二煞。煞尾。

〔第四折〕包拯收留了张、李二家两对儿女，教养成亲。十五年后，乃设计奏知圣上，斩了鲁斋郎。又叫他们到云台观去追荐父母。恰好李四和妻，还有张妻也都到这观里，于是大家厮认。后来，张珪也来了，大家劝他还俗，他不肯。包拯也到观中，乃主张一切，使他还俗。二子已各得官，皆各娶了二女。

〔登场人物〕外：包。从人。净：观主。李四。旦儿。贴旦。李俫。小旦。张俫。小旦。正末。

〔正末唱〕双调新水令。风入松。甜水令。折桂令。雁儿落。得胜令。川拨棹。七弟兄。梅花酒。收江南。收尾。

题目 三不知同会云台观
正名 包待制智斩鲁斋郎

(《小说月报》二十一卷一号，一九三〇年一月)

杜蕊娘智赏金线池杂剧

元大都关汉卿撰《元曲选》（辛集上）本

〔楔子〕韩辅臣上京应举，路过济南，访府尹石好问，石留他住在杜蕊娘家中，二人一见留情。

〔登场人物〕末：韩。正旦：杜。外：石。张千。

〔正旦唱〕仙吕端正好。么篇。

〔第一折〕二人作伴了半年，一心想要嫁娶，为娘板障，不肯许这亲事。她欲送了秀才出门，更欲设法使二人不和。

〔登场人物〕杜。梅香。旦。卜儿。

〔正旦唱〕仙吕点绛唇。混江龙。油葫芦。天下乐。醉扶归。金盏儿。醉中天。寄生草。赚煞。

〔第二折〕这时石府尹考满朝京,鸨母乘机要拉韩辅臣出门去,他一怒而走。但走后却逗留在济南二十多天,不忍便离。一日趁鸨母在茶房吃茶,便到杜家去看蕊娘。她因中了鸨母的谗言,正怪他一去不来,见他到了,便假装弹琴不理会他。他也误会了,以为她真的不理他。

〔登场人物〕韩。杜。梅香。

〔正旦唱〕南吕一枝花。梁州第七。牧羊关。骂玉郎。感皇恩。采茶歌。三煞。二煞。尾煞。

〔第三折〕石府尹复任济南府,韩辅臣求他拘拿杜氏母女来出气。石府尹劝他复与蕊娘和好。于是他央了曲中姊妹,为他设酒在金线池请蕊娘。酒半,辅臣去见她。她愤气未平,仍不理会辅臣。他以为蕊娘真的是不喜欢他了。

〔登场人物〕韩。杜。石。张千。外旦三人。

〔正旦唱〕中吕粉蝶儿。醉春风。石榴花。斗鹌鹑。普天乐。醉高歌。十二月。尧民歌。上小楼。么篇。耍孩儿。二煞。尾煞。

〔第四折〕韩辅臣因此大怒,便到石府尹处告杜蕊娘,恳求他拘了她来。石府尹不得已而拘了她来,要给她一个失误官身的罪名,她惊惶无措。见辅臣在旁,便求他恳告宽刑,他要她答应嫁他才肯说,于是蕊娘乃声言肯嫁给他。石府尹便为他们主婚。

〔登场人物〕杜。韩。石。张千。

〔正旦唱〕双调新水令。沉醉东风。沽美酒。太平令。川拨棹。七兄弟。梅花酒。收江南。

题目 韩解元轻负花月约 老虔婆故阻燕莺期
正名 石好问复任济南府 杜蕊娘智赏金线池

(《小说月报》二十一卷一号,一九三〇年一月)

感天动地窦娥冤杂剧

元大都关汉卿撰《元曲选》(壬集下)本

〔楔子〕窦天章欠蔡婆的钱,将女儿端云给她为儿媳妇。她送钱给他上京应举去。

〔登场人物〕卜儿。冲末:窦天章。正旦:端云。

〔冲末唱〕仙吕赏花时。

〔第一折〕十三年后,蔡婆向赛卢医讨债,却为他骗至野外要勒死。亏得张老父子前来救了她。不料张老之子张驴儿却又持着救命之恩,要她嫁给他父亲,他自己娶了窦娥。他们一同回家。窦娥不肯。因此,只好管待他们在家。

〔登场人物〕正旦。卜儿。净:医。孛老。副净:驴。

〔正旦唱〕仙吕点绛唇。混江龙。油葫芦。天下乐。一半儿。后庭花。青哥儿。寄生草。赚煞。

〔第二折〕蔡婆有病,张驴儿要买一点药,毒死了她,好娶窦娥。不料却误杀了他自己的父亲。他因此要挟持窦娥嫁他,她不肯。遂告到当官,以毒死公公定罪。

〔登场人物〕医。驴。卜儿。孛老。正旦。净。孤。祗候。

〔正旦唱〕南吕一枝花。梁州第七。隔尾。贺新郎。斗虾蟆。隔尾。

牧羊关。骂玉郎。感皇恩。采茶歌。黄钟尾。

〔第三折〕第二天，窦娥便处斩了，她与婆婆哭别，临刑时并言，她的血将飞派丈二白练上；她死后天将大雪；楚州将大旱三年。不料果一一皆应其言。

〔登场人物〕外：监斩官。净：公人。刽手。正旦。卜儿。

〔正旦唱〕正官端正好。滚绣球。倘秀才。叨叨令。快活三。鲍老儿。耍孩儿。二煞。一煞。煞尾。

〔第四折〕窦天章在十六年后，得了两淮廉访使归来。这时窦娥已死三年了。她夜间来托梦于他，细诉前事。他第一天上堂，调了案卷，捉了人犯来，才知前后事。便将张驴儿杀了。

〔登场人物〕丑：张千。祗从。外：州官。丑：吏。丑：解差。驴。医。卜儿。

〔魂旦唱〕双调新水令。沉醉东风。乔牌儿。雁儿落。得胜令。川拨棹。七弟兄。梅花酒。收江南。鸳鸯煞尾。

题目 秉鉴持衡廉访法
正名 感天动地窦娥冤

（《小说月报》二十一卷一，一九三〇年一月）

望江亭中秋切鲙杂剧

元大都关汉卿撰《元曲选》（癸集上）本

〔第一折〕白姑姑在清安观里为住持，有一个女人谭记儿常来和她闲谈。白姑姑有一个姪儿白士中，因就官潭州，经过庵门。白姑姑便设计命他们结为夫妇上任。

〔登场人物〕旦儿：白姑姑。正末：白。正旦。谭。

〔正旦唱〕仙吕点绛唇。混江龙。村里迓鼓。元和令。上马娇。胜葫芦。么篇。后庭花。柳叶儿。赚煞尾。

〔第二折〕他们到任后，夫妇相得。但有杨衙内因求娶谭记儿不得，怀恨在心，朦奏圣上，得了金牌势剑，要取白士中首级。老夫人使院公将这消息通知他。他大惊。但夫人却定下了一策。

〔登场人物〕净：杨衙内。张千。院公。白。正旦。

〔正旦唱〕中吕粉蝶儿。醉春风。红绣鞋。普天乐。十二月。尧民歌。煞尾。

〔第三折〕这时正是中秋夜。谭记儿扮了卖鱼婆，到了杨衙内船边，以切鲙鱼为名，哄得他喜欢，灌得他酒醉，便取了金牌势剑文书而去。

〔登场人物〕正旦。杨。张千。李稍。

〔正旦唱〕越调斗鹌鹑。紫花儿序。金蕉叶。调笑令。鬼三台。圣药王。秃厮儿。络丝娘。收尾。中插（马鞍儿）一曲，李稍唱，张千唱，衙内唱，众合唱。

〔第四折〕杨衙内没了金牌势剑，无法治白士中之罪。白士中又取他淫词挟制他。他无法，只得说，两下罢休。但要请夫人一见。夫人出来，乃即卖鱼婆也。正在这时，湖南巡抚李秉忠，奉了圣上的命来查，他免了杨衙内职，白士中夫妇团圆。

〔登场人物〕白。祗候。杨。张千。李稍。正旦。外：李秉忠。

〔正旦唱〕双调新水令。沉醉东风。雁儿落。得胜令。锦上花。么篇。清江引。

题目　清安观邂逅说亲
正名　望江亭中秋切鲙

（《小说月报》二十一卷一号，一九三〇年一月）

关大王单刀会杂剧

元大都关汉卿撰《元刊古今杂剧三十种》本

〔第一折〕孙权将荆州借给了刘备。备既得了西川,却将荆州占住,以关羽为守将,并无归还东吴之意。孙吴君臣对此都甚愤愤。孙权久有兴兵夺取荆州之计。鲁肃献了一策,谓可不战而定荆州,即设宴去骗了关羽来江东,强迫他交出荆州来。乔国老知道了这事,力谏吴王不可造次行事。

〔登场人物〕驾。侍从们。外末:鲁肃。正末:乔国老。

〔正末唱〕点绛唇。混江龙。油葫芦。天下乐。那吒令。鹊踏枝。寄生草。金盏儿。醉扶归。金盏儿。(此下另有金盏儿一曲,文全同,当系衍文。)后庭花。赚煞尾。

〔第二折〕司(原文作同,误)马德操隐居于山间林下,逍遥自在。鲁肃前来访他。与他说起欲请关羽赴宴事。德操具说西川将士之勇,关公人马之威,恐怕肃下不的他手。

〔登场人物〕正末:司马德操。鲁肃。道童。

〔正末唱〕端正好。滚绣球。倘秀才。滚绣球。倘秀才。滚绣球。倘秀才。滚绣球。叨叨令。尾。

〔第三折〕关羽坐镇荆州,曹、吴皆不敢小窥于他。有一天,东吴鲁肃派人来请他过江赴宴。他准备着要去。他的儿子关平因恐东吴有诈,力阻他前往。他甚自信,以为东吴即使有诈,也奈何他不得。"一人拼命,万夫难当……交他每鞠躬又送的我来船上。"

〔登场人物〕正末:关羽。关舍人。净:周仓(?)。

〔正末唱〕粉蝶儿。醉春风。十二月。尧民歌。石榴花。斗鹌鹑。上小楼。么。快活三。鲍老儿。剔银灯。蔓菁菜。柳青娘。道和。尾。

〔第四折〕羽既决定前去赴宴,便带了单刀,轻身坐船,前往江东而去。鲁肃早已定好计策,伏兵在两厢。关公处处提防。在欢宴之间,鲁肃提起交还荆州之事,关羽便大怒而起。他劫持了鲁肃,教他直送他下船。肃在他支配之下,无法可想,狡谋一不能展施。只得听命,送羽下船而别。

〔登场人物〕正末:关羽。鲁肃。关舍人。净:周仓(?)。船夫。兵士们(?)。

〔正末唱〕新水令。风入松。胡十八。庆东原。沉醉东风。雁儿落。得胜令。搅筝琶。离亭宴带歇指煞。沽美酒。太平令。

题目 乔国老谏吴帝 司〔马徽〕休官职
〔鲁子〕敬索荆州〔关〕大王单刀会

(《小说月报》二十一卷一号,一九三〇年一月)

关张双赴西蜀梦杂剧

元大都关汉卿撰《元刊古今杂剧三十种》本

〔第一折〕刘玄德从荆州入西蜀,得立下基础,进位为西蜀皇帝。文有诸葛亮,武有关、张等为辅。后关羽为孙吴所杀。玄德起兵报仇。中途,张飞又为其部下所刺死。玄德因此悲愤益深。誓欲灭绝东吴,以报此仇。

〔登场人物〕玄德。侍从(?)。

〔玄德唱〕点绛唇。混江龙。油葫芦。天下乐。醉中天。金盏儿。醉中天。金盏儿。尾。

〔第二折〕诸葛孔明早知道了关、张被杀的消息。他见玄德如此挂念着关、张,直是不敢开口报知。然而玄德在睡梦中却早已知道了关、张被杀之事。孔明想起关、张二将如此英雄，到头来只落得"盖世功名纸半张"，深为浩叹。

〔登场人物〕诸葛亮。（？）。

〔诸葛唱〕一枝花。梁州。隔尾。牧羊关。贺新郎。牧羊关。收尾。

〔第三折〕张飞为张达所杀，灵魂飘荡，在黑云中行走，只看见他的二哥关羽也在走过。他知道自己是阴魂，不敢陷他，吓得他直向阴云中躲去，然而不料关羽却也是一位阴魂。他们互相谈起被害之事，十分悲戚；他们三个，本是同行同坐的，怎先亡了他们兄弟两个。他们先去见诸葛军师于梦中，后入宫庭，托梦于玄德。他们满心只想捕捉到了陷害他们的刘封、张达来报仇。

〔登场人物〕张飞。关羽。（？）。

〔张飞唱〕粉蝶儿。醉春风。红绣鞋。迎仙客。石榴花。斗鹌鹑。上小楼。么。哨遍。耍孩儿。三。二。收尾。

〔第四折〕张飞他们的鬼魂，进了宫庭，暗然心伤。"往常真户尉见咱当胸叉手。今日见纸判官趋前退后。元来这做鬼的比阳人不自由。立在丹墀内，不由我泪交流，不见一班儿故友。"他们见到此时萧索之景，念及前事，不禁痛泪交流。见了刘备，为了自己阴魂，欲前又却。他们流连着不忍便去，然又不能不去。临去时只是叮宁的说，要报冤仇。

〔登场人物〕张飞。关羽。刘备。（？）。

〔张飞唱〕端正好。滚绣球。倘秀才。滚绣球。叨叨令。倘秀才。呆古朵。倘秀才。滚绣球。三煞。二。尾。

（原无题目正名）

（《小说月报》二十一卷一号，一九三〇年一月）

闺怨佳人拜月亭杂剧

元大都关汉卿撰《元刊古今杂剧三十种》本

〔楔子〕兵部尚书王镇,奉命往边庭公干;夫人及小姐瑞兰,设宴为他送行。一声珍重早回,他们便相别了。

〔登场人物〕孤:王镇。夫人。旦:王瑞兰。梅香。

〔旦唱〕赏花时。么。

〔第一折〕不久,元兵南下,金人迁都,各处大乱。王夫人偕瑞兰也随众避难而去。中途,与夫人与瑞兰相失。同时,有蒋瑞隆者与其妹瑞莲,也因逃避相失。王夫人与蒋瑞莲相遇,认她为女,一路作伴,瑞兰则与蒋生相遇;他们为避人耳目计,不得已权作夫妻同行。他们夫妻俩中途为强人所劫去。强人的首领满陀兴福,却是瑞隆的结义兄弟,便于欢宴之后,赠金与他们,相别而去。

〔登场人物〕夫人。旦。正末:蒋瑞隆。小旦:蒋瑞莲。外末:满陀兴福。其他兵士强人等。

〔旦唱〕点绛唇。混江龙。油葫芦。天下乐。醉扶归。后庭花。金盏儿。醉扶归。金盏儿。赚尾。

〔第二折〕蒋生与瑞兰在旅邸中成了婚,不幸蒋生忽然生了病,客中卧病,凄凉万状,与他相对无策者,惟有他的妻而已。某日,有官吏经由此处;侍从们认出了瑞兰,便去告诉了老爷。原来这位老爷便是她的父亲王镇。瑞兰羞答答的诉知她父亲,说她已与蒋生结婚。但王镇大怒,立迫她与他同归。任瑞兰如何的恳求苦说,都不成。她只得与蒋生凄惨的相别而去。

〔登场人物〕孤。旦。正末。夫人。小旦。店家。侍从们。

〔旦唱〕一枝花。梁州。牧羊关。贺新郎。牧羊关。斗虾蟆。哭皇天。乌夜啼。三煞。二煞。收尾。

〔第三折〕王镇带了瑞兰同归,中途又遇见了他的妻王夫人,及义女蒋瑞莲,他们一家是团圆着了。但瑞兰总是郁郁寡欢的在想念着她的丈夫。瑞莲也因她哥哥不知消息,甚以为闷。一夕,瑞兰在中庭烧香拜月,祝拜她丈夫的无恙与团圆。瑞莲上场冲破了她,她羞涩的说出她丈夫的姓名时,瑞莲也失声而哭。瑞兰反为之愕然,以为她当是她丈夫的旧妻妾。等她说明是世隆的妹子时,她方才回嗔作喜。

〔登场人物〕夫人。小旦。旦。梅香。

〔旦唱〕端正好。滚绣球。倘秀才。呆古朵。倘秀才。滚绣球。伴读书。笑和尚。倘秀才。叨叨令。倘秀才。呆古朵。三煞。二。尾。

〔第四折〕蒋世隆在旅邸遇见了满陀兴福,一同上京应举。各中了文武状元。王镇宴之于家,意欲招他们为婚。瑞兰见了世隆,大喜,即使他与他妹妹相见。他们全都团圆了。瑞莲也便嫁给了兴福为妻。全剧便在夫妇团圆、天子封拜中结束了。

〔登场人物〕孤。夫人。正末。外末:兴福。媒人。旦。小旦。

〔旦唱〕新水令。驻马听。庆东原。镇江回。步步娇。雁儿落。水仙子。胡十八。挂玉钩。乔牌儿。夜行船。么。殿前欢。沽美酒。阿忽令。

(题目正名原无)

(《小说月报》二十一卷一号,一九三〇年一月)

钱大尹智勘绯衣梦

元大都关汉卿撰　有顾曲斋刊本

〔第一折〕汴梁王员外有女王闰香,与李十万的儿子李庆安曾指腹为婚。后来李十万穷了,王员外想要悔婚,叫嬷嬷去说,并送了十两银子、一双鞋子给他。李老闻言,气极无语。庆安刚好由书塾归来,因同学笑他无个风筝放,便去向父亲要。他闻知此事,并不在心,只是穿了新鞋,取了钱去买风筝放。他放起风筝,落在人家梧桐树上,便脱了鞋儿上树去取。不料这人家却正是王员外家。王闰香这时心中闷闷不乐,去游后花园,见了树下的鞋子;便叫庆安下地。说起了才知道便是指腹为婚的人。她约庆安今夜到园中等着,她将着梅香送钱物给他,做财礼来娶她。

〔登场人物〕冲末:王员外。嬷嬷。李老。小末:李庆安。正旦:王闰香。梅香。

〔正旦唱〕仙吕点绛唇。混江龙。油葫芦。天下乐。后庭花。青哥儿。赚煞。

〔第二折〕王员外这天在典解库中闲坐,强人裴炎将衣服去当钱,王员外不收。裴炎大怒,决意要于夜间去杀他全家。夜间,梅香奉了闰香之命,将着金珠财宝,等待李庆安去取。不料正冲着裴炎,被他所杀,取了金宝而去。等到庆安来时,却见梅香已死,染了一身鲜血,急忙着逃回。闰香见梅香不回,自去看她,一见尸身,便大喊起来。王员外断定梅香必是庆安所杀,到了他家,又见门上有血手印,便扯了他见官去。

〔登场人物〕王员外。邦老:裴炎。梅香。小末。正旦。嬷嬷。李老。

〔正旦唱〕南吕一枝花。梁州。四块玉。骂玉郎。感皇恩。采茶歌。尾声。

〔第三折〕这时,钱可为开封府府尹,见庆安是个文弱少年,不像杀人之徒,便将他囚于狱神庙中,听他睡中说的什么话。庆安作寝语云:"非衣两把火,杀人贼是我。赶的无处藏,走在井底躲。"钱尹由这语中,猜出杀人犯必是姓裴名炎或姓炎名裴的。便唤窦鉴来，着他去查。

〔登场人物〕孤：钱大尹。从人。令史。小末。李老。窦鉴。魔眼鬼。（窦鉴的同伴。）

〔第四折〕窦鉴等到了棋盘井底巷茶坊中坐着；裴炎正在将一腿狗肉强卖给茶三婆。三婆不要。裴炎不管，放下狗腿自去。窦鉴闻知此人名叫裴炎，便放在心上，命魔眼鬼扮着货郎。裴妻要配刀，却认得担上的刀是她家的。因此，她便招出真情来，捉了裴炎了案。钱尹放了庆安。由闺香为李老及她父亲讲和。钱尹便命王员外做个筵席与李庆安夫妇团圆。

〔登场人物〕茶博士。茶三婆。窦鉴。张千。（魔眼鬼。）裴炎。净旦：裴妻。钱尹。李老。王员外。小末。正旦。

〔茶三婆唱〕越调斗鹌鹑。紫花儿序。寨儿令。鬼三台。调笑令。尾声。

〔正旦唱〕双调新水令。乔牌儿。雁儿落。得胜令。

题目　王闺香夜闹四春园　钱大尹智勘绯衣梦
正名　李庆安绝处幸逢生　狱神庙暗中彰显报

（按：此剧第三折无曲套，第四折则有二套曲，实元剧的创例。恐误。或者第四折的前半当归并于第三折之中。又"新水令"一曲，照惯例也为未完之曲套。）

（《小说月报》二十一卷一号，一九三〇年一月）

诈妮子调风月杂剧

元大都关汉卿撰《元刊古今杂剧三十种》本

〔第一折〕有某家侍妾名燕燕者，奉夫人命到书斋伏侍小千户。

小千户极为夫人所钟爱。燕燕聪明伶俐，面貌姣好，小千户一见便留情于她。燕燕初时不肯与他相爱，但也舍不得"脱过这郎君"，便依顺了他，专等以后做"世袭千户的小夫人"。

〔登场人物〕老孤。正末。卜儿。夫人。正旦：燕燕。

〔正旦唱〕点绛唇。混江龙。油葫芦。天下乐。那吒令。鹊踏枝。寄生草。么。村里迓鼓。元和令。上马娇。胜葫芦。么。后庭花。柳叶儿。尾。

〔第二折〕清明时节，燕燕为女伴们约去蹴秋千，赴宴席。她为了挂记着小千户，很早的便逃席而回。小千户那天也在郊外踏青，却与小姐相遇，两相有情。他取了她的手帕为表记。他见燕燕回时，微微喘息，语言恍惚，颇为生疑，但他却有事在心，未及顾到此。他饭也不吃，衣也不更地痴想着。等到燕燕为他更衣时，手帕却落下地来，为她所拾。燕燕因此，大为悲愤，数落了他一顿，情词极为沉痛；小千户无言可答。

〔登场人物〕外孤。正末。外旦。六儿。正旦。

〔正旦唱〕粉蝶儿。醉春风。朱履曲。满庭芳。十二月。尧民歌。江儿水。上小楼。么。哨遍。耍孩儿。五煞。四。三。二。尾。

〔第三折〕燕燕自经此变，心中郁郁不欢。跟小千户的书僮六儿却有意于燕燕，乘机前来她房中调戏。她巧言赚他出房，却呼地闭上房门，铺的吹灭残灯。六儿叫不开门，便忿忿而去。第二天，夫人命燕燕到小姐处求亲。燕燕推却不去。六儿却在夫人面前撺掇着。夫人大怒，骂了燕燕一顿。她只得愤愤地衔命而去。她前去见了相公，说道："夫人使来问小姐亲事，相公许不许？"相公许了，又命她自去问小姐。小姐却也一诺无辞。燕燕因此大为不快，欲着几句话破了这门亲，刚说得一句："小姐，那小千户酒性歹。"却为小姐所喝骂。她只得垂头丧气地回去覆命。

〔登场人物〕孤。夫人。末:六儿。正旦。外孤。外旦。

〔正旦唱〕斗鹌鹑。紫花儿序。么。梨花儿。紫花序儿。小桃红。调笑令。圣药王。鬼三台。天净沙。东原乐。绵搭絮。拙鲁速。尾。

〔第四折〕到了小千户与小姐结婚之日,燕燕虽为小姐装扮插带,心中却极为不愿。"说得他儿女夫妻,似水如鱼,撇得我鳏寡孤独。"他们行礼时,命她说好话,她却满嘴里是咒语。直到了相公夫人抬举她为小千户的"小夫人"时,她方才满心欣然的拜谢着。

〔登场人物〕老孤。外孤。众外。夫人。正末。正旦。外旦。

〔正旦唱〕新水令。驻马听。甜水令。折桂令。水仙子。殿前欢。乔牌儿。挂玉钩。落梅风。雁儿落。得胜令。阿古令。

正名 双莺燕暗争春
诈妮子调风月

(《小说月报》二十一卷二号,一九三〇年二月)

破幽梦孤雁汉宫秋杂剧

元马致远撰《元曲选》(甲集上)本

〔楔子〕呼韩耶单于欲循故事,求婚汉室。这时汉元帝正听了毛延寿之劝,派他到各处图选宫妃。

〔登场人物〕冲末:番王。部落。净:毛。正末:元帝。内官。宫女。

〔正末唱〕仙吕赏花时。

〔第一折〕毛延寿已选了九十九名宫女,只少一名。选至成都姊归县,得了王嫱。因她家不曾用钱买托,因此将美人图点破,不得亲幸。她一夕弹琵琶自遣,却遇见了元帝。帝得之大喜。立命捉住延寿斩首。

〔登场人物〕毛。正旦：王嫱。二宫女。驾。内官。

〔正末唱〕仙吕点绛唇。混江龙。油葫芦。天下乐。醉中天。金盏儿。醉扶归。金盏儿。赚煞。

〔第二折〕单于求亲，汉主以公主尚幼为辞。毛延寿逃出汉境，即将昭君图献给单于。他便指名要昭君下嫁。这时元帝正沉迷着昭君，日在宫中。群臣逼他送出昭君，以免有动干戈。他只得送她去了。

〔登场人物〕番王。部落。毛。旦。宫女。驾。外：尚书。丑：常侍。番使。

〔正末唱〕南吕一枝花。梁州第七。隔尾。牧羊关。贺新郎。斗虾蟆。哭皇天。乌夜啼。三煞。二煞。黄钟尾。

〔第三折〕汉帝百般无奈，亲送昭君北去。昭君到了番营。番王拔营北归，到了黑龙江，明妃跳江而死。番王惊悔。乃葬之江边，号为青冢，并将毛延寿送回汉廷治罪。

〔登场人物〕番使。旦。驾。文武内官。番王。部落。

〔正末唱〕双调新水令。驻马听。步步娇。落梅风。殿前欢。雁儿落。得胜令。川拨棹。七弟兄。梅花酒。收江南。鸳鸯煞。

〔第四折〕自明妃和番去后，汉帝一百日不曾设朝。一夕梦见昭君，醒后，又听雁嘹长空，倍觉凄楚。第二天，番使却送了毛延寿来，并说明和亲之意。汉帝便命杀了延寿以祭明妃。

〔登场人物〕驾。内官。旦。番兵。尚书。

〔正末唱〕中吕粉蝶儿。醉春风。叫声。剔银灯。蔓菁菜。白鹤子。么篇。上小楼。么篇。满庭芳。十二月。尧民歌。随煞。

题目 沈黑江明妃青冢恨

正名 破幽梦孤雁汉宫秋

(《小说月报》二十一卷二号，一九三〇年二月)

半夜雷轰荐福碑杂剧

元马致远撰《元曲选》（丁集上）本

〔第一折〕范仲淹奉命巡游各处。他心中记念着结义的兄弟张镐。一日，扬州牧宋公序辞出赴任。他要招个女婿。仲淹便说张镐可以。仲淹到了张家庄，镐正在张浩家中授学徒。他与了镐三封书，一封给黄员外，一封给刘团使，一封给宋公序，张镐便辞馆而去。

〔登场人物〕冲末：范。外：宋公序。净：张浩。正末：张镐。学生们。

〔正末唱〕仙吕点绛唇。混江龙。后庭花。油葫芦。天下乐。那吒令。鹊踏枝。寄生草。么篇。六么序。么篇。金盏儿。醉扶归。赚煞。

〔楔子〕张镐到了洛阳，投第一书给黄员外，当夜黄员外便犯病而死。他又到黄州去投刘仕林。

〔登场人物〕旦：黄妻。正末。

〔正末唱〕仙吕赏花时。么篇。

〔第二折〕范仲淹献上了张镐的万言策，圣上便命张镐为吉阳县令。使命到了张家庄。却错认了张浩。于是他便冒名上任去。镐正欲投奔黄州，却知刘仕林又死了。这时他与张浩交背而过。浩故意不认他，却叫"曳刺"去杀他。他对"曳刺"说明了原因，这个"曳刺"便放了他去，取了他血襟等信物而回。张浩要灭口，推他下井，却推他不下。这时宋公序恰经过这里，便捉了二人去审问。

〔登场人物〕范。使官。净。正末。行者。龙神。曳刺。宋。随从。

〔正末唱〕正宫端正好。滚绣球。叨叨令。滚绣球。倘秀才。醉太平。倘秀才。滚绣球。呆骨朵。倘秀才。滚绣球。煞尾。

〔第三折〕张镐又到了饶州，住在荐福寺。寺中有一碑，乃颜真卿写的。长老要打千份,送他为盘费,不料半夜里这碑却为雷轰坏了。他欲撞树自杀,仲淹上来救了他,与他一同赴京。

〔登场人物〕范。外:长老。正末。龙神。鬼力。

〔正末唱〕中吕粉蝶儿。醉春风。石榴花。斗鹌鹑。普天乐。红绣鞋。上小楼。么篇。满庭芳。快活三。鲍老儿。十二月。尧民歌。耍孩儿。二煞。一煞。煞尾。

〔第四折〕他们到京,张镐中了首名状元。宋公序恰来见他们,范仲淹便定张浩以冒名张镐的罪;以赵实为吉阳县令,且命镐娶了宋女。

〔登场人物〕范。正末。长老。宋。赵实。张浩。

〔正末唱〕双调新水令。驻马听。雁儿落。得胜令。落梅风。水仙子。川拨棹。七弟兄。梅花酒。收江南。鸳鸯煞。

题目 三封书谒扬州牧
正名 半夜雷轰荐福碑

(《小说月报》二十一卷二号,一九三〇年二月)

吕洞宾三醉岳阳楼杂剧

元马致远撰《元曲选》(丁集下)本

〔第一折〕吕岩在蟠桃会上见下界青气冲天,便到了岳州,要度这人,他改装为一个卖墨的先生。他上了岳阳楼,假作醉卧。这时,柳树精正上楼来,他便劝他出家。先令他投胎于郭家为人。

〔登场人物〕净:酒保。正末:吕岩。外:柳精。

〔正末唱〕仙吕点绛唇。混江龙。油葫芦。天下乐。那吒令。

鹊踏枝。寄生草。么篇。后庭花。金盏儿。醉中天。忆王孙。金盏儿。赚煞。

〔第二折〕柳树精投胎为郭马儿,他的妻便是白梅花精,投胎为贺腊梅。他们在岳阳楼卖酒。洞宾第二次去度他。他妻已省,他却不省,仍然没有结果。他险些儿把洞宾推入水中去。

〔登场人物〕郭。旦儿。正末。

〔正末唱〕南吕一枝花。梁州第七。贺新郎。梧桐树。隔尾。牧羊关。红芍药。菩萨梁州。哭皇天。乌夜啼。三煞。二煞。黄钟尾。

〔楔子〕郭马儿改了卖酒。洞宾又来了,与了他一只剑,叫他杀了媳妇出家去。

〔登场人物〕郭。正末。

〔正末唱〕仙吕赏花时。

〔第三折〕不料当夜三更时,却有人杀了他媳妇。他便告诉了社长,同去告官,发了文书给他。他们冲见了洞宾,要捉住他,却为他打脱而去。二人分途前追。

〔登场人物〕郭。丑:社长。正末。旦。

〔正末唱〕正宫端正好。滚绣球。倘秀才。滚绣球。叨叨令。倘秀才。滚绣球。伴读书。笑和尚。煞尾。

〔第四折〕郭马儿追上了洞宾,捉住了他,同去见官。洞宾说,他妻不曾死。果然她便来了。跟从也不见了,只见一群道士。于是他乃省悟。

〔登场人物〕正末。郭。旦。外。钟离。大仙。(孤一行人)

〔正末唱〕双调新水令。驻马听。沉醉东风。七弟兄。梅花酒。收江南。水仙子。收尾。

题目 郭上灶双赴灵虚殿

正名 吕洞宾三醉岳阳楼

（《小说月报》二十一卷二号，一九三〇年二月）

西华山陈抟高卧杂剧

元马致远撰《元曲选》（戊集上）本

〔第一折〕赵大舍和郑恩去买卦，遇见了陈抟，他算定他们有帝王之分。

〔登场人物〕冲末：赵。净：郑恩。正末：陈抟（道扮）。

〔正末唱〕仙吕点绛唇。混江龙。油葫芦。天下乐。醉中天。后庭花。金盏儿。后庭花。金盏儿。醉中天。金盏儿。赚煞。

〔第二折〕赵大舍果为天子，乃遣使臣党继恩来请他下山，他不得已为了天下走一遭。

〔登场人物〕外：使臣。卒子。正末。

〔正末唱〕南吕一枝花。梁州第七。隔尾。牧羊关。红芍药。菩萨梁州。隔尾。牧羊关。贺新郎。牧羊关。哭皇天。乌夜啼。黄钟煞。

〔第三折〕他到了山下，入了朝中，赵天子意劝他为官，他不为之动。

〔登场人物〕赵。侍臣。正末。

〔正末唱〕正官端正好。滚绣球。倘秀才。滚绣球。倘秀才。叨叨令。倘秀才。滚绣球。倘秀才。滚绣球。倘秀才。三煞。二煞。煞尾。

〔第四折〕郑恩命美女来戏他，陈抟也不为之动。他把门闭上了，陈抟只在门内秉烛待旦。

〔登场人物〕郑。色旦。正末。

〔正末唱〕双调新水令。驻马听。步步娇。沉醉东风。搅筝琶。雁儿落。川拨棹。七弟兄。梅花酒。收江南。水仙子。太平令。离亭宴带歇指煞。

题目 识真主汴梁卖课 念故知征贤救佐
正名 寅宾馆天使遮留 西华山陈抟高卧

（《小说月报》二十一卷二号，一九三〇年二月）

邯郸道省悟黄粱梦杂剧

元马致远撰《元曲选》（戊集上）本

〔第一折〕东华帝君知吕岩有神仙之分，便差正阳子（钟离）去点度他。在邯郸道黄花店见了他。他功名心急，憪然不省。钟离便使他大睡一场。

〔登场人物〕冲末：东华。正旦：王婆。外：吕。正末：钟离权。

〔正末唱〕仙吕点绛唇。混江龙。油葫芦。天下乐。金盏儿。后庭花。醉中天。金盏儿。醉雁儿。后庭花。醉中天。一半儿。金盏儿。赚煞。

〔楔子〕吕岩拜了兵马大元帅，娶了高太尉女翠娥为妻，生了一男一女。他因反了吴元济，便带兵辞了丈人去讨伐。

〔登场人物〕正末：高太尉。旦儿：翠娥。两俫。洞宾。

〔正末唱〕仙吕赏花时。么篇。

〔第二折〕他出征之后，不到半年，太尉死了。他妻与魏舍有不伶俐的勾当。二人正在吃酒，洞宾却因卖了一阵，得了不少金宝，私自回家，恰被冲上。魏舍逃了，他要杀妻，却被老院公劝住。这时，朝廷又命使命来取他的首级。但第二个使命又来，只叫他递配远恶军郡去。

〔登场人物〕旦儿。净：魏舍。洞宾。正末：院公。末：使命。丑：解子。两侯。

〔正末唱〕商调集贤宾。逍遥乐。金菊香。醋葫芦。么篇。么篇。么篇。么篇。么篇。么篇。么篇。么篇。么篇。后庭花。双雁儿。高过浪里来。随调煞。

〔第三折〕解子送他到了荒山之中，把他放了。这时大雪飞扬，他和二子都冻倒了，亏得一个樵夫救醒了他，指引他到山前草团标里问先生去。

〔登场人物〕洞宾。二侯。解子。正末：樵夫。

〔正末唱〕大石调六国朝。归塞北。初问口。怨别离。归塞北。么篇。雁过南楼。六国朝。归塞北。擂鼓体。归塞北。净瓶儿。玉翼蝉煞。

〔第四折〕到了团标，见一卜儿，问她要饭吃。她儿子回家，杀了洞宾的二子，又追杀了他。这时，他大梦十三年方才醒来；原来卜儿即王婆，邦老即钟离。店中所煮黄粱尚未熟呢。

〔登场人物〕旦：卜儿。洞宾。二侯。正末：邦老。东华。众仙。

〔正末唱〕正宫端正好。滚绣球。倘秀才。叨叨令。倘秀才。滚绣球。笑和尚。叨叨令。倘秀才。滚绣球。煞尾。

题目　汉钟离度脱唐吕公
正名　邯郸道省悟黄粱梦

（《小说月报》二十一卷二号，一九三〇年二月）

江洲司马青衫泪杂剧

元马致远撰《元曲选》（己集上）本

〔第一折〕白乐天为吏部侍郎，与贾浪仙、孟浩然同到裴兴奴家中去游顽吃酒。白与兴奴二人，一见便互相留情。却因贾、孟二人醉了，不得不送他们回去。他临行时，与兴奴约定明日独至。

〔登场人物〕冲末：白。外：贾；孟。正旦：裴。老旦：卜儿。梅香。

〔正旦唱〕仙吕点绛唇。混江龙。油葫芦。天下乐。醉扶归。后庭花。金盏儿。后庭花。金盏儿。赚煞。

〔楔子〕白居易与裴兴奴正相伴颇洽，不料被宪宗贬为江州司马。二人相别时，兴奴誓志要守到他回来。

（登场人物）外：宪宗。内官。白。裴。梅香。

〔正旦唱〕仙吕端正好。

〔第二折〕白居易去后，兴奴守志不留客。有浮梁茶客刘一郎，却要来娶她。她坚执不从。她嬷嬷设了一计，令人传假信，说白氏已死。她祭奠了白后，只好随了茶客上船。

〔登场人物〕净：刘。丑：张小闲。卜儿。裴。

〔正旦唱〕正宫端正好。滚绣球。倘秀才。滚绣球。呆骨朵。倘秀才。滚绣球。叨叨令。倘秀才。滚绣球。醉太平。一煞。二煞。三煞。四煞。尾煞。

〔第三折〕半年之后，元微之过江州，白居易与他同在一船上饮酒。这时刘一郎的茶船也泊在江州。他喝酒去了，只留下裴兴奴在船。她心中闷苦，弹琵琶自遣。白闻琵琶声，知为她，即令人邀过船来，同诉衷情，才知虔婆之计。元微之允于回朝时奏知此事。茶客正在这时回船，烂醉如泥。她伏侍他睡了之后，便上了白居易船，与他同走了。刘一郎醒来不见兴奴，叫地方拿人。地方疑他谋害了她，欲将他锁拿去了。

〔登场人物〕白。裴。刘。外:元。梅香。地方。杂当。

〔正旦唱〕双调新水令。驻马听。步步娇。搅筝琶。雁儿落。小将军。沉醉东风。拨不断。挂搭沽。沽美酒。太平令。川拨棹。七弟兄。梅花酒。收江南。水仙子。太清歌。二煞。鸳鸯煞。

〔第四折〕元微之回朝奏知宪宗,他便赦了白居易,复任他为侍郎,并召裴兴奴入朝,问她始终因由。乃由他宣判:将裴归白;虔婆决杖六十,刘一郎流窜远方。

〔登场人物〕元。白。裴。宪宗。内官。贾。孟等。

〔正旦唱〕中吕粉蝶儿。醉春风。迎仙客。石榴花。斗鹌鹑。上小楼。么篇。红芍药。红绣鞋。喜春来。普天乐。快活三。鲍老儿。叫声。剔银灯。蔓菁菜。随煞。

题目 浔阳商妇琵琶行

正名 江州司马青衫泪

(《小说月报》二十一卷三号,一九三○年三月)

马丹阳三度任风子杂剧

元马致远撰《元曲选》(癸集下)本

〔第一折〕马丹阳见下界终南山甘河镇青气冲天,晓得居民任屠有半仙之分,便禀知师父去度他。他到了甘河镇,化得镇人皆不吃荤,因此屠户亏本,任屠便挺身要杀他。

〔登场人物〕冲末:马丹阳。正末:任屠。旦:李氏。众屠户。

〔正末唱〕仙吕点绛唇。混江龙。油葫芦。天下乐。那吒令。

鹊踏枝。寄生草。金盏儿。赚煞尾。

〔第二折〕任屠见了马丹阳要去杀他，却被他点化，反拜他为师，在花园中修行。

〔登场人物〕马。正末。旦。外。神子。

〔正末唱〕正宫端正好。滚绣球。倘秀才。滚绣球。倘秀才。穷河西。叨叨令。三煞。二煞。煞尾。

〔第三折〕他的妻知他出家，抱了孩子和小叔同去劝他。他毫不动念。且休了妻，摔死了幼子。于是他的妻便无法可想而归。

〔登场人物〕旦。小叔。正末。马。

〔正末唱〕中吕粉蝶儿。醉春风。红绣鞋。石榴花。斗鹌鹑。上小楼。么篇。满庭芳。普天乐。耍孩儿。二煞。三煞。四煞。五煞。煞尾。（俫不出场大约是用砌末）

〔第四折〕十年之后，马丹阳再使六贼及他摔死的孩鬼来魔障他。见他道行已深，毫不动念，便知他功成行满，可以证果朝元了。于是众仙才各执乐器来迎他。

〔登场人物〕六贼。正末。俫。马。众仙。（六贼——六个人）

〔正末唱〕双调新水令。驻马听。川拨棹。雁儿落。得胜令。川拨棹。七弟兄。梅花酒。收江南。尾。

  题目 甘河镇一地断荤腥
  正名 马丹阳三度任风子

（《小说月报》二十一卷三号，一九三〇年三月）

张君瑞闹道场杂剧（《西厢记》第一本）

元王实甫撰《西厢十则》本

〔楔子〕崔夫人带领了莺莺、欢郎和婢红娘，同住在河中府普救寺西边的另造宅子里。一日，暮春天气，好生困人，她命红娘伴了小姐到前边庭院，"闲散心耍一回去来"。

〔登场人物〕夫人。莺莺。红娘。欢郎。

〔夫人唱〕仙吕赏花时。〔莺莺唱〕么篇。

〔第一折〕张君瑞欲赴蒲关，往依同学友人杜君实。路经此处，往游普救寺，蓦遇莺莺，心绪缭乱，不得自遣。

〔登场人物〕正末：张生。侠：琴童。店小二。法聪。红娘。莺莺。

〔张唱〕仙吕点绛唇。混江龙。油葫芦。天下乐。村里迓鼓。元和令。上马娇。胜葫芦。么篇。后庭花。柳叶儿。寄生草。赚煞。

〔第二折〕夫人要为相国作道场，命红娘去问长老法本日期。这时，恰好张生又来了。他向长老要了西厢居住读书。又要附一份斋，追荐他父母。法本一一允之。他乘间向红娘问话，被她抢白了一顿。

〔登场人物〕夫人。红娘。张生。法本。法聪。

〔张唱〕中吕粉蝶儿。醉春风。迎仙客。石榴花。斗鹌鹑。上小楼。么篇。脱布衫。小梁州。么篇。快活三。朝天子。四边静。哨遍。耍孩儿。五煞。四煞。三煞。二煞。尾声。

〔第三折〕这一夜。莺莺和红娘烧夜香。张生在墙上看她。他高哼了一首诗，她也和他一首。他正欲冲去见她，却见角门呀的一声关上，二人已不见了。

〔登场人物〕莺莺。红娘。张生。

〔张唱〕越调斗鹌鹑。紫花儿序。金蕉叶。调笑令。小桃红。秃厮儿。圣药王。麻郎儿。么篇。络丝娘。东原乐。绵搭絮。拙鲁速。么篇。尾。

〔第四折〕三月十五日做佛事，张生又见了莺莺一面，且第一次拜见了夫人。僧众见了莺莺，无不颠倒。

〔登场人物〕莺莺。夫人。红娘。法本。僧众。张生。

〔张唱〕双调新水令。驻马听。沉醉东风。雁儿落。得胜令。乔牌儿。甜水令。折桂令。锦上花。碧玉箫。鸳鸯煞。

题目 老夫人闲春院 崔莺莺烧夜香
正名 小红娘传好事 张君瑞闹道场

（《小说月报》二十一卷四号，一九三〇年四月）

崔莺莺夜听琴杂剧（《西厢记》第二本）

元王实甫撰《西厢十则》本

〔第一折〕莺莺自做佛事后，心里也甚想念着君瑞，只是闷在心头，说不出来。忽然，孙飞虎领了五千人围住僧院，要掳莺莺为妻。合寺大惊。夫人便传道：有谁退得贼兵，便以莺莺妻之。张生献策，先用缓兵计：令飞虎等候三天，然后叫人向杜确去求救兵。

〔登场人物〕孙飞虎。卒子。法本。夫人。莺莺。红娘。张生。

〔莺莺唱〕仙吕八声甘州。混江龙。油葫芦。天下乐。那吒令。鹊踏枝。寄生草。六么序。元和令带后庭花。柳叶儿。青哥儿。赚煞。

〔楔子〕贼兵果退一箭地。惠明便奉命送书到白马将军处。他立刻领了五千兵来，斩了孙飞虎。夫人命红娘邀张生住到她家去。却不提起婚事。

〔登场人物〕法本。张生。惠明。夫人。杜确。卒子。飞虎。

〔惠明唱〕正宫端正好。滚绣球。叨叨令。倘秀才。滚绣球。白鹤子。

二。一。耍孩儿。二。收尾。

〔第二折〕张生移居崔宅。夫人命红娘请他宴会。他们都以为婚事在即,张生欣然而去。

〔登场人物〕张生。红娘。

〔红娘唱〕中吕粉蝶儿。醉春风。脱布衫。小梁州。么篇。上小楼。么篇。满庭芳。快活三。朝天子。四边静。耍孩儿。四煞,五煞。二煞。收尾。

〔第三折〕莺莺也甚满意。张生到时,夫人命她出来,说一声:小姐拜见哥哥者。他们都呆了。张生酒也饮不下了。莺莺去后,他向夫人诘问。她说,莺莺原已许聘与郑恒。只将金帛多酬张生。张生愤懑不已。红娘劝他夜间弹琴,以探莺莺之心。

〔登场人物〕张生。莺莺。夫人。红娘。

〔莺莺唱〕双调五供养。新水令。么篇。乔木查。搅筝琶。庆宣和。雁儿落。得胜令。甜水令。折桂令。月上海棠。么。乔牌儿。清江引。殿前欢。离亭宴带歇拍煞。

〔第四折〕莺莺和红娘烧夜香。月光溶溶,她心绪无聊。张生在西厢内弹琴,她在窗外细听,更有所感。

〔登场人物〕莺莺。张生。红娘。

〔莺莺唱〕越调斗鹌鹑。紫花儿序。小桃红。天净沙。调笑令。秃厮儿。圣药王。麻郎儿。么。络丝娘。东原乐。绵搭絮。拙鲁速。尾。络丝娘煞尾。

题目 张君瑞解贼围　小红娘昼请客

正名 老夫人赖婚事　崔莺莺夜听琴

(《小说月报》二十一卷四号,一九三〇年四月)

张君瑞害相思杂剧（《西厢记》第三本）

元王实甫撰《西厢十则》本

〔楔子〕莺莺命红娘去看张生一遭。

〔登场人物〕莺莺。红娘。

〔红唱〕仙吕赏花时。

〔第一折〕红娘去见了张生，他将一简叫她递给小姐，以为必有回音。

〔登场人物〕红娘。张生。

〔红唱〕仙吕点绛唇。混江龙。油葫芦。天下乐。村里迓鼓。元和令。上马娇。胜葫芦。么篇。后庭花。青哥儿。寄生草。赚煞。

〔第二折〕红娘将简帖儿放在妆盒里。莺莺见了，责备红娘一番。然后又写覆书，叫她将去，命她传语张生，下次不可如此。红娘见了张生，便说，不济事了。张生也甚凄惶。等他见到覆简里的四句诗时，他却喜笑了。原来她约他晚上在花园相会。

〔登场人物〕莺莺。红娘。张生。

〔红唱〕中吕粉蝶儿。醉春风。普天乐。快活三。朝天子。四边静。脱布衫。小梁州。换头。石榴花。斗鹌鹑。上小楼。么。满庭芳。耍孩儿。四煞。三煞。二煞。煞尾。

〔第三折〕红娘对莺莺却不说破。只请她到花园烧香去。正在这时，张生跳墙而过，莺莺大怒，拒之。红娘故意数说了他一顿。

〔登场人物〕张生。红娘。莺莺。

〔红唱〕双调新水令。驻马听。乔牌儿。搅筝琶。沉醉东风。乔牌儿。甜水令。折桂令。锦上花。清江引。雁儿落。得胜令。离亭宴带歇拍煞。

〔第四折〕自受这场气后，第二天张生便病重。夫人命红娘去看病，且命人去请医生。莺莺也叫了红娘去，给她一张简帖，说今夜相会。却骗她说是上好药方。张生见了这方，顿时病也没有了。

〔登场人物〕夫人。红娘。莺莺。张生。

〔红唱〕越调斗鹌鹑。紫花儿序。天净沙。调笑令。小桃红。鬼三台。秃厮儿。圣药王。东原乐。绵搭絮。么。煞尾。

题目 张君瑞寄情诗 小红娘递密约
正名 崔莺莺乔坐衙 老夫人问医药

（《小说月报》二十一卷四号，一九三〇年四月）

草桥店梦莺莺杂剧（《西厢记》第四本）

元王实甫撰《西厢十则》本

〔楔子〕红娘促莺莺去赴会，二人乃同行。

〔登场人物〕红娘。莺莺。

〔红唱〕正官端正好。

〔第一折〕张生倚在门边等着，莺莺果来了。她终夕无一语。天未明，红娘便来，捧之而去。张生犹疑在梦中。

〔登场人物〕红娘。莺莺。张生。

〔张唱〕仙吕点绛唇。混江龙。油葫芦。天下乐。那吒令。鹊踏枝。寄生草。村里迓鼓。元和令。上马娇。胜葫芦。么。后庭花。柳叶儿。青哥儿。寄生草。赚煞。

〔第二折〕他们的事，不久便为夫人所觉。她叫红娘来问，红娘直说不讳。于是夫人无可奈何，只得命张生上京求名，然后把女儿给他。

〔登场人物〕夫人。欢郎。红娘。莺莺。张生。

〔红唱〕越调斗鹌鹑。紫花儿序。金蕉叶。调笑令。鬼三台。秃厮儿。圣药王。麻郎儿。么。络丝娘。小桃红。么。东原乐。收尾。

〔第三折〕张生别了莺莺赴京。他们在十里长亭送行。二人嗟叹不已。

〔登场人物〕夫人。红娘。张生。莺莺。

〔莺莺唱〕正宫端正好。滚绣球。叨叨令。脱布衫。小梁州。么。上小楼。么。满庭芳。快活三。朝天子。四边静。耍孩儿。五煞。四煞。三煞。二煞。一煞。收尾。

〔第四折〕张生离了蒲东二十里外,在草桥店歇夜。他转辗不能入睡。睡时,却做着梦。先梦莺莺的语声唱着,次梦莺莺来寻他,他邀她入庭。卒子追来寻他。他以言吓退卒子,便抱小姐。不料却错抱了琴童。他的梦方醒了过来,心中惆怅不已。

〔登场人物〕张生。琴童。店小二。莺莺。卒子。

〔张唱〕双调新水令。步步娇。落梅风。〔莺莺在内唱:乔木查。搅筝琶。锦上花。清江引。〕庆宣和。乔牌儿。

〔莺莺唱:甜水令。折桂令。水仙子。〕雁儿落。得胜令。鸳鸯煞。络丝娘煞尾。

  题目　小红娘成好事　老夫人问由情
  正名　短长亭斟别酒　草桥店梦莺莺

(《小说月报》二十一卷四号,一九三〇年四月)

张君瑞庆团圆杂剧（《西厢记》第五本）

元关汉卿撰《西厢十则》本

〔楔子〕张生一举及第，时已在半年之后，先令琴童赉信，报告夫人小姐。

〔张唱〕仙吕赏花时。

〔第一折〕莺莺正在家闷想张生。琴童恰到。他见了夫人后，又赉信给小姐。小姐便将汗衫、裹肚、袜子等物交琴童带去给他。

〔登场人物〕童。红娘。莺莺

〔莺莺唱〕商调集贤宾。逍遥乐。挂金索。金菊香。醋葫芦。么。梧叶儿。后庭花。青哥儿。醋葫芦。金菊香。浪里来煞。

〔第二折〕张生在京犯了病，因奉圣旨着他在翰林院编修四史，不能出京。恰好琴童将了赠物及信至。他一一珍惜。

〔登场人物〕张。琴童。

〔张生唱〕中吕粉蝶儿。醉春风。迎仙客。上小楼。么。满庭芳白鹤子。二煞煞。四煞。五煞。快活三。朝天子。贺圣朝。耍孩儿。二煞。三煞。四煞。煞尾。

〔第三折〕郑恒到了蒲东，先唤了红娘去问婚事，被她抢白了一顿。第二天，他去见夫人，心生一计，说张生在京已另娶一妻。夫人大怒，便允将莺莺嫁给他。

〔登场人物〕郑恒。夫人。红娘。

〔红娘唱〕越调斗鹌鹑。紫花儿序。天净沙。小桃红。金蕉叶。调笑令。秃厮儿。圣药王。麻郎儿。络丝娘。么。收尾。

〔第四折〕张生实授河中府尹，出京，到了夫人家中。他们受了郑恒谗言，不大理会他。杜将军来和他们主婚。经了解释之后，才信郑恒之言不真。正在他们结婚时，郑恒却来了。他无颜自存，便触树身亡。这里，有情人却成了眷属。

〔登场人物〕法本。杜将军。夫人。张生。红娘。莺莺。郑恒。

〔张唱〕双调新水令。驻马听。乔牌儿。雁儿落。得胜令。庆东原。〔红娘唱：乔木查。〕搅筝琶。〔莺莺唱：沉醉东风。〕落梅风。〔红娘唱：甜水令。折桂令。〕〔莺莺唱：雁儿落。得胜令。〕〔杜将军唱：落梅风。〕沽美酒。太平令。锦上花。清江引。随尾。

题目　小琴童传捷报　崔莺莺寄汗衫
正名　郑伯常干舍命　张君瑞庆团圞

明刊本《西厢记》，往往分作五卷，二十折，惟即空观主人翻刻周王本，分为五剧，每剧四折，为独存元剧面目，今从之（《西厢十则》本的《西厢记》即系翻即空观本者）。王伯良本《西厢校注》别有"总名""张君瑞巧做东床婿，法本师主持南禅地。老夫人开宴北堂春，崔莺莺待月西厢记"四句，他本皆无（金人瑞本有之，系承袭伯良本者），不知伯良何据，惟《录鬼簿》、《太和正音谱》二书，著录实甫《西厢》，亦作"崔莺莺待月西厢记"，恰与实甫总名末句相类，或者伯良竟有所本也难说。今姑附存于此。

（《小说月报》二十一卷四号，一九三〇年四月）

四丞相高会丽春堂杂剧

元大都王实甫撰《元曲选》（己集上）本

〔第一折〕蕤宾节时，金主命左丞相徒单克宁为押宴官，宴会诸臣，并较射。有右丞相管军元帅乐善射中，得了锦袍玉带之赏。有副将军李圭却射不中。他羞愤交迸，设一计，要于次日和右丞相打双陆,赢了他的袍带。

〔登场人物〕冲末:徒单克宁。正末:乐善。净:李圭。祗从。

〔正末唱〕仙吕点绛唇。混江龙。油葫芦。天下乐。那吒令。鹊踏枝。赏花时。胜葫芦。么篇。赚煞。

〔第二折〕次日,在香山设宴,左丞相仍为押宴官。右丞相与李圭打双陆。第一次是右丞相赢了,得到李圭的八宝珠衣,第二次却是李圭赢了,他要抹右丞相一个黑脸。他大怒,殴打李圭搅扰了宴会。押宴官便去奏圣。

〔登场人物〕冲末。正末。净。祗从。

〔正末唱〕中吕粉蝶儿。醉春风。迎仙客。红绣鞋。上小楼。么篇。满庭芳。石榴花。斗鹌鹑。耍孩儿。尾声。

〔第三折〕右丞相打了李圭后,贬至济南府歇马,常常钓鱼自乐。府尹很奉承他,命妓琼英与他把酒唱曲。正在这时,王命下来,宣他去攻征草寇。得胜之后,回复原官。于是府尹便与他送行。

〔登场人物〕外:孤。正末。旦儿。左相。使命。

〔正末唱〕越调斗鹌鹑。紫花儿序。小桃红。金蕉叶。调笑令。秃厮儿。圣药王。麻郎儿。么篇。东原乐。绵搭絮。络丝娘。拙鲁速。么篇。收尾。

〔第四折〕夫人知右相回来消息,特在厅中安排酒饭伺候。使命众官与他贺喜。左相最后奉命至,宣布复他原官,并着李圭来负荆请罪。因草寇闻他回朝,便即投降也。于是全剧遂以欢宴结束。

〔登场人物〕正末:右相。老旦:夫人。家僮。使命。众官。左相。李圭。杂当。

〔正末唱〕双调五供养。乔木查。一锭银。相公爱。醉娘子。金字经。山石榴。么篇。落梅风。雁儿落。得胜令。风流体。古都白。唐兀歹。搅筝琶。沽美酒。太平令。

题目　李监军大闹香山会
正名　四丞相高宴丽春堂

(《小说月报》二十一卷四号，一九三〇年四月)

裴少俊墙头马上杂剧

元白仁甫撰《元曲选》(乙集下)本

〔第一折〕裴尚书命子少俊代他去访求名花异卉，充实名园，他和张千同去，至李宅，遇李千金，二人相顾，各有情意，乃互通诗笺，约定于黄昏见面。

〔登场人物〕冲末：裴。老旦：夫人。外：李总管。正末：少俊。张千。正旦：李千金。梅香。

〔正旦唱〕仙吕点绛唇。混江龙。油葫芦。天下乐。那吒令。鹊踏枝。寄生草。么篇。金盏儿。后庭花。么篇。赚煞。

〔第二折〕黄昏时，二人相会了，却为妈妈所觑破，但她并不声张。他们数人乃决定相逃之计，离了李府而去。

〔登场人物〕夫人。老旦：嬷嬷。正旦。梅香。张千。少俊。

〔正旦唱〕南吕一枝花。梁州第七。牧羊关。骂玉郎。感皇恩。采茶歌。隔尾。红芍药。菩萨梁州。牧羊关。三煞。二煞。黄钟煞。

〔第三折〕他们同到裴宅，只住在后花园，住了七年，生了一男一女，裴尚书还不知道。后来，他到后花园冲见了孩子，问起情事，乃知一切，便大怒，迫着少俊写休书给她。少俊不得已送她回家，自己去应举去，孩子则留在裴家。

〔登场人物〕尚书。裴少俊。院公。正旦。端端。重阳。夫人。

〔正旦唱〕双调新水令。驻马听。乔牌儿。么篇。豆叶儿。挂玉钩。

沽美酒。太平令。川拨棹。七弟兄。梅花酒。收江南。雁儿落。得胜令。沉醉东风。甜水令。折桂令。鸳鸯煞。

〔第四折〕她回家后,父母双亡,守着家业。少俊则中了状元,做洛阳府尹。他见她来,她负气不肯认,公婆也来了,她也不肯认,后由两个孩子恳求,方才认了,合家团圆。

〔登场人物〕正旦。梅香。少俊。祇候。尚书。夫人。端端。重阳。

〔正旦唱〕中吕粉蝶儿。醉春风。满庭芳。普天乐。迎仙客。石榴花。斗鹌鹑。上小楼。么篇。十二月。尧民歌。耍孩儿。煞尾。

题目 李千金月下花前
正名 裴少俊墙头马上

(《小说月报》二十一卷五号,一九三〇年五月)

唐明皇秋夜梧桐雨杂剧

元白仁甫撰《元曲选》(丙集上)本

〔楔子〕安禄山失师当斩,张守珪将他解送朝中,明皇不听国忠、九龄之谏,竟赦了他。与贵妃为儿,做洗儿会,且命他为渔阳节度使。

〔登场人物〕冲末:张守珪。卒子。净:安禄山。正末:玄宗。旦:杨贵妃。高力士。杨国忠。宫娥。外:张九龄。

〔正末唱〕正宫端正好。么篇。

〔第一折〕七夕时,杨贵妃在长生殿乞巧。与玄宗步月诉情。

〔登场人物〕旦。宫娥。正末。

〔正末唱〕仙吕八声甘州。混江龙。油葫芦。天下乐。醉中天。金盏儿。忆王孙。胜葫芦。金盏儿。醉扶归。后庭花。金盏儿。醉中天。

赚煞尾。

〔第二折〕禄山起兵渔阳，以讨国忠为名，一路无人可敌。明皇在宫中正看贵妃霓裳羽衣舞，仓卒之间，李林甫来奏，便决策幸蜀。

〔登场人物〕禄山。众将。正末。高力士。郑观音。宁王。花奴。黄翻绰。旦。外：使臣。净：林甫。

〔正末唱〕中吕粉蝶儿。叫声。醉春风。迎仙客。红绣鞋。快活三。鲍老儿。古鲍老。红芍药。剔银灯。蔓菁菜。满庭芳。普天乐。啄木儿尾。

〔第三折〕明皇贵妃幸蜀，留太子讨贼。六军至中途不肯发，杀了国忠，又缢死了贵妃才肯复行。明皇不得已而允之。

〔登场人物〕外：陈玄礼。正末。旦。国忠。力士。太子。郭子仪。李光弼。众父老。

〔正末唱〕双调新水令。驻马听。沉醉东风。庆东原。步步娇。沉醉东风。雁儿落。拨不断。搅筝琶。风入松。胡十八。落梅风。殿前欢。沽美酒。太平令。三煞。太清歌。二煞。川拨棹。鸳鸯煞。

〔第四折〕贼平后，明皇回宫，终日思念贵妃不已。听了梧桐上的雨声更觉凄楚万分。梦她来，又不见了。

〔登场人物〕力士。正末。旦。

〔正末唱〕正宫端正好。么篇。滚绣球。倘秀才。呆骨朵。白鹤子。么。么。么。倘秀才。芙蓉花。伴读书。笑和尚。倘秀才。双鸳鸯。蛮姑儿。滚绣球。叨叨令。倘秀才。滚绣球。三煞。二煞。黄钟煞。

　　题目　安禄山反叛兵戈举　陈玄礼拆散鸾凤侣
　　正名　杨贵妃晓日荔枝香　唐明皇秋夜梧桐雨

（《小说月报》二十一卷五号，一九三〇年五月）

黑旋风双献功杂剧

元高文秀撰《元曲选》（丁集下）本

〔第一折〕孙荣孔目要和浑家郭念儿同到泰安神州还香愿，便与宋江讨了李逵来做护臂，改名王重义，宋江嘱他小心忍耐。

〔登场人物〕冲末：孙。搽旦：郭念儿。外：宋江。吴学究。喽啰。正末：李逵。

〔正末唱〕正官端正好。滚绣球。倘秀才。伴读书。笑和尚。耍孩儿。一煞。二煞。三煞。哨遍。煞尾。

〔楔子〕郭念儿原与白衙内有些不伶俐的勾当。他们到火炉店安下。孙荣与李逵去寻房子去，他却与白衙内早已约定，说了一声暗号，二人便同逃了

〔登场人物〕搽旦。净：白衙内。丑：店小二。孙孔目。正末。

〔正末唱〕越调金蕉叶。么篇。

〔第二折〕孙荣先回，不见了念儿，李逵在半途上冲见了一男一女同骑一马，跌了一交，回来一说，拐去她的正是此人。问起店小二，知此人乃白赤交衙内。

〔登场人物〕正末。净。搽旦。店小二。孙。

〔正末唱〕仙吕点绛唇。混江龙。油葫芦。天下乐。醉扶归。一半儿。后庭花。醉扶归。赚煞尾。

〔第三折〕白衙内知孙荣要去告他，便借了大衙门坐三天。恰好孙孔目蝶投蛛网，便被他关入死牢内。李逵知道了，乔装庄家呆厮，设计用闷药醉倒了禁子，便放走了孔目，叫他先上山。

〔登场人物〕白。张千。孙。丑：牢子。正末。

〔正末唱〕双调新水令。落梅风。夜行船。甜水令。得胜令。归塞北。雁儿落。川拨棹。后庭花。梅花酒。收江南。归塞北。雁

儿落。小将军。鸳鸯煞。

〔第四折〕李逵又乔装了祗候,混入衙内,杀了白赤交、郭念儿,将两颗头去献功。恰好宋江领人马接应他去,刚好在中途相见。

〔登场人物〕正末。白。郭。孙。宋江。吴学究。卒子。

〔正末唱〕中吕粉蝶儿。醉春风。上小楼。么篇。小梁州。么篇。满庭芳。十二月。尧民歌。随尾。

题目　及时雨单责状
正名　黑旋风双献功

（《小说月报》二十一卷六号,一九三〇年六月）

须贾大夫𧩙范叔杂剧

元高文秀撰《元曲选》（庚集下）本

〔楔子〕魏齐当国,遣中大夫须贾到齐迎接公子申回国。须贾荐了范雎同去。

〔登场人物〕净：魏齐。冲末：须贾。正末：范雎。卒子。

〔正末唱〕仙吕端正好。么篇。

〔第一折〕他们至齐后,被范雎一席话,说得齐王大喜,遂允放公子申回国。他们临行时,中大夫驺衍,设宴请范雎。赐与千金,他却不受。须贾也来辞,即受了驺一顿羞辱。他因此怀恨,且疑范将阴事告齐。

〔登场人物〕外：驺。张千。

〔范唱〕仙吕点绛唇。混江龙。油葫芦。天下乐。那吒令。鹊踏枝。寄生草。金盏儿。醉扶归。金盏儿。赚煞。

〔第二折〕回魏之后。须贾设宴请魏齐；那天是范雎生日，却将他捉来，三推六问，吊拷绷打，要追问他将魏阴事告齐之事。范被打死，抬放在粪坑中。过了一会，范却醒来。遇院公赠他衣银，放走了他。他便赴秦而去。

〔登场人物〕冲末：范。净：须贾。外：魏齐。院公。卒子。祗从。

〔范唱〕南吕一枝花。梁州第七。隔尾。牧羊关。隔尾。牧羊关。红芍药。菩萨梁州。隔尾。牧羊关。黄钟尾。

〔第三折〕范雎至秦，改名张禄，为秦丞相。列国各以中大夫来贺。须贾也来了。范改装见他。须贾见范大雪中衣单身冷，尚有故人之情，便赠他以绨袍。范与他同至相府。他问卒子才知此人便是丞相。乃预备第二天肉袒去谢罪。

〔登场人物〕须贾。院公。祗从。范雎。卒子。

〔范唱〕正官端正好。滚绣球。叨叨令。滚绣球。倘秀才。伴读书。笑和尚。滚绣球。呆骨朵。滚绣球。三煞。二煞。煞尾。

〔第四折〕六国使臣驺衍等俱来设宴贺张禄丞相。只有须贾不敢至。范遣人唤他来与驺对证，并使他立于风雪之中，食他以草具。报了前仇。亏得院公上来，才救了他。范命他传语魏王，速将魏齐送至秦地。

〔登场人物〕驺。四个大夫。须贾。范雎。院公。张千。卒子。

〔范唱〕双调新水令。步步娇。沉醉东风。沽美酒。太平令。川拨棹。七弟兄。梅花酒。收江南。清江引。雁儿落。得胜令。收尾。

题目　须贾大夫谇范叔
正名　张禄丞相报魏齐

（《小说月报》二十一卷六号，一九三〇年六月）

包龙图智勘后庭花杂剧

元郑庭玉撰《元曲选》（己集上）本

〔第一折〕廉访使赵忠受圣上恩赐一女，名翠鸾，并着她母亲同来伏侍他。但他怕他夫人利害，不便收留她们。于是先叫王庆领二人去见他夫人。他夫人要王庆杀死了这母女二人。王庆转托李顺下手。但他与李妻有私，李妻乃设计，说李放了他们母女，取了他们的头面。母女正逃出汴梁时，遇巡城卒将他们二人冲散了。

〔登场人物〕冲末：赵。祗从。净：王庆。旦：翠鸾。卜儿。旦：夫人。搽旦：张氏。正末：李顺。俫儿。

〔正末唱〕仙吕点绛唇。混江龙。油葫芦。天下乐。醉中天。金盏儿。一半儿。后庭花。青哥儿。赚煞。

〔第二折〕李顺放了翠鸾母女后，将金钗换了钱来家，吃得醉醺醺的。李妻已与王庆定好计谋。王庆来讨回话，威吓他说，他已知道他放走了翠鸾母女之事。他讨饶。王便迫他写休书。他写了，不合说出到开封告状的话。王便将他杀了。他的哑子在一旁见着这事。

〔登场人物〕李。王。李妻。俫儿。

〔正末唱〕南吕一枝花。梁州第七。牧羊关。贺新郎。牧羊关。哭皇天。乌夜啼。斗虾蟆。黄钟尾。

〔第三折〕翠鸾在狮子店投宿，为店小二所杀，弃尸井中，这夜她母亲也来这店投宿，还有刘天义亦在这店里。翠鸾鬼魂，出与刘唱和。她母亲闻她女儿语声，出来寻她却不见了。便将刘拖到开封府告状。同时，赵廉访因不见了翠鸾母女，便请包待制勘问这事。包吩咐刘向鬼要了一件信物来。

〔登场人物〕旦。净：店小二。卜儿。外：刘天义。赵夫人。王庆。

祗候。正末：包。张千。鬼。

〔正末唱〕双调新水令。沉醉东风。风入松。胡十八。雁儿落。挂玉钩。川拨棹。夜行船。殿前欢。沽美酒。太平令。鸳鸯煞。

〔第四折〕包将此案推详再三。先命张千下井，捞了一个尸首，却是李顺的。由他哑儿指认出来。然后捉了李妻来。刘天义也将信物呈上，乃是一个桃符，包便命张千去寻那一对来。张便寻到狮子店，捉了店小二来，也捞到翠鸾尸首。那店小二自认杀她。同时，包命王庆出来，哑子却指认是他杀了他父亲。于是案情全白。由赵廉访宣判。

〔登场人物〕包。刘。张千。卜儿。王。俫。店小二。搽旦。赵。

〔正末唱〕中吕粉蝶儿。迎仙客。快活三。朝天子。红绣鞋。剔银灯。蔓菁菜。干荷叶。上小楼。满庭芳。倘秀才。呆骨朵。倘秀才。滚绣球。伴读书。笑和尚。煞尾。

题目　老廉访恩赐翠鸾女
正名　包待制智勘后庭花

（《小说月报》二十一卷七号，一九三〇年七月）

楚昭公疏者下船杂剧

元郑廷玉撰《元曲选》（乙集下）本

〔第一折〕吴国宝剑湛卢飞入楚宫，屡索不还，吴人乃下战书，命孙武子、伍子胥统兵伐楚。楚昭公与申包胥商量。包胥主张固守待援，他即去秦邦借兵来。

〔登场人物〕冲末：吴王。卒子。外：孙武子。外：伍子胥。净：

伯嚭。正末：楚王。外：芈旋。使命。外：申包胥。

〔正末唱〕仙吕点绛唇。混江龙。油葫芦。天下乐。那吒令。鹊踏枝。寄生草。么篇。金盏儿。醉扶归。赚煞。

〔第二折〕吴兵至郢。费无忌领兵出战，大败，为子胥所擒。楚王同芈旋只得逃命。

〔登场人物〕净：费。楚王。芈。吴。孙。伯嚭。卒子。

〔正末唱〕越调斗鹌鹑。紫花儿序。调笑令。小桃红。金蕉叶。天净沙。秃厮儿。圣药王。收尾。

〔第三折〕楚王、芈旋及楚王妻、子四人逃至长江边，登上了渔夫的小船。船至江心，风浪大作，艄公说，要疏者下船。于是楚王的妻与子都投下江去了。他们过江后，兄弟二人又分途而去。

〔登场人物〕龙神。鬼力。丑：梢公。正末。芈旋。旦儿。俫儿。

〔正末唱〕中吕粉蝶儿。醉春风。迎仙客。红绣鞋。石榴花。斗鹌鹑。普天乐。上小楼。么篇。满庭芳。耍孩儿。二煞。煞尾。

〔第四折〕申包胥在秦，号哭七日，秦王才允发兵，命姬辇为将。子胥闻秦兵出，即全师而退。于是楚王复国。兄弟以及投江被救之妻、子皆来相会。秦国且以金枝公主与小公子结亲。全剧遂结束于大宴中。

〔登场人物〕外：秦昭公。卒子。申。外：百里奚。净：姬辇。正末。芈旋。二旦。旦儿。俫儿。

〔正末唱〕双调新水令。驻马听。沉醉东风。落梅风。甜水令。折桂令。沽美酒。太平令。锦上花。么篇。清江引。尾。

题目　伍子胥一战入郢
正名　楚昭公疏者下船

（《小说月报》二十一卷七号，一九三〇年七月）

布袋和尚忍字记杂剧

元郑廷玉撰《元曲选》（庚集上）本

〔楔子〕刘均佐原为上天贪狼星下凡。如来怕他迷了本性，便命弥徕来引度他。他一天正在饮酒，有一个乞儿刘均佑冻倒在门口。他便收留了他，与他拜为兄弟。

〔登场人物〕冲末：阿难尊者。正末：刘均佐。旦儿。俫儿。杂当。外：刘均佑。

〔正末唱〕仙吕赏花时。么篇。

〔第一折〕刘均佐生日时，有布袋和尚来募化，在他手上写了一个忍字，洗也不去。又有一个刘九儿来要一贯钱，他一推，便把刘推倒在地上死了。均佐正要逃命，布袋却来，要他出家，便救活了刘九儿。刘九儿活了，他又食言，只肯在家修行。

〔登场人物〕均佐。均佑。旦儿。俫儿。杂当。外：布袋。婴儿。姹女。净：刘九儿。

〔正末唱〕仙吕点绛唇。混江龙。油葫芦。天下乐。那吒令。鹊踏枝。寄生草。醉中天。河西后庭花。金盏儿。河西后庭花。忆王孙。金盏儿。赚煞。

〔第二折〕刘均佐听了师命，在后花园中结一草庵吃素念佛，但他的妻却和均佑天天饮酒作伴，他的儿子便去告诉他。他不禁大怒，提了刀要来杀他们。却不见了奸夫，只见师父来复壁中，他大惊。布袋又劝他一次，他便跟了他到岳林寺出家。将家私交于均佑。

〔登场人物〕均佐。均佑。旦儿。俫儿。布袋。

〔正末唱〕南吕一枝花。梁州第七。骂玉郎。感皇恩。采茶歌。牧羊关。哭皇天。乌夜啼。红芍药。菩萨梁州。牧羊关。黄钟尾。

〔第三折〕岳林寺首座定慧和尚，显化些小境界给均佐看，他便忍不住,又弃寺回家了。

〔登场人物〕外:首座。均佐。布袋。旦儿。俫儿。

〔正末唱〕双调新水令。雁儿落。得胜令。水仙子。川拨棹。七弟兄。梅花酒。喜江南。鸳鸯煞。

〔第四折〕均佐到了他家坟上憩着,却见一个老儿来上坟,原来却是他的孙儿;他去了三个月,人间已是百十余年了。他因此大悟。布袋又来度了他去。

〔登场人物〕布袋。均佐。净:字老。俫儿。

〔正末唱〕中吕粉蝶儿。醉春风。迎仙客。上小楼。么篇。满庭芳。十二月。尧民歌。煞尾。

题目　乞儿点化看钱奴
正名　布袋和尚忍字记

(《小说月报》二十一卷八号,一九三〇年八月)

看钱奴买冤家债主杂剧

元郑廷玉撰《元曲选》(癸集上)本

〔楔子〕周荣祖父亲毁了佛舍修盖宅舍,因此触怒了神明。周荣祖领了妻、子上京求名。

〔登场人物〕正末:周荣祖。旦儿:张氏。俫儿。

〔正末唱〕仙吕赏花时。么篇。

〔第一折〕贾仁穷困无以为生,日至东岳庙诉说,灵派侯乃请了增福神来,说明他本当冻死饿死,今姑且借周家庄的福二十年给他。

〔登场人物〕外：灵派侯。净：贾仁。正末：增福神。鬼力。

〔正末唱〕仙吕点绛唇。混江龙。油葫芦。天下乐。那令。鹊踏枝。寄生草。六么序。么篇。赚煞。

〔第二折〕贾仁自取了周家财，便暴富起来。但他却无寸男尺女。他吩咐门馆先生陈德甫要留心买一个孩子给他。恰好周荣祖回家，见藏银已没，穷苦不堪，便卖了孩子给贾仁，得了他四贯钱。

〔登场人物〕外：陈。净：店小二。正末：周荣祖。旦儿。俫儿。贾仁。卜儿。

〔正末唱〕正官端正好。滚绣球。倘秀才。滚绣球。倘秀才。滚绣球。倘秀才。滚绣球。倘秀才。赛鸿秋。随煞。

〔第三折〕二十年后，孩子长大了，名为贾长寿。一日，因他父亲生病，到东岳庙中烧香。周荣祖夫妻穷至乞化度日，也到了庙中。父子却不相识。

〔登场人物〕小末：贾长寿。兴儿。贾仁。净：庙祝。正末。旦儿。

〔正末唱〕商调集贤宾。逍遥乐。金菊香。醋葫芦。梧叶儿。后庭花。柳叶儿。高过浪来里煞。

〔第四折〕周荣祖夫妻到了洛阳，他妻犯急心疼病，到陈德甫药店里讨药。说明了因由，便叫了贾长寿来认父。这时，贾仁已死。他们便团圆了。周荣祖将银子酬谢陈德甫等。

〔登场人物〕店小二。陈。正末。旦儿。小末。

〔正末唱〕越调斗鹌鹑。紫花儿序。小桃红。鬼三台。调笑令。么篇。天净沙。秃厮儿。圣药王。

题目　穷秀才卖嫡亲儿男
正名　看钱奴买冤家债主

(《小说月报》二十一卷九号，一九三〇年九月)

花间四友东坡梦杂剧

元吴昌龄撰《元曲选》（辛集上）本

〔第一折〕苏轼谪为黄州团练使，路过庐山，访故人佛印禅师，要他娶了白牡丹同出为官，他却不动念。

〔登场人物〕东坡。行者。正末：佛印。旦：白牡丹。

〔正末唱〕仙吕点绛唇。混江龙。油葫芦。天下乐。金盏儿。后庭花。醉中天。金盏儿。金盏儿。赚煞。

〔第二折〕第二夜，东坡又带了白牡丹来，佛印却使行者代替了他，与白欢会。东坡白讨了一场没趣。佛印又使花间四友：柳、梅、竹、桃在梦中与东坡把杯。

〔登场人物〕正末。行者。东坡。旦儿。旦儿：四友。

〔正末唱〕南吕一枝花。梁州第七。隔尾。牧羊关。骂玉郎。感皇恩。采茶歌。贺新郎。哭皇天。乌夜啼。黄钟尾。

〔四友舞唱〕月儿高。

〔第三折〕东坡正和四友欢饮，松神怕上圣见责，速到那里，要追出四友来。四友不得已出来同去。东坡乃由梦中醒来。

〔登场人物〕正末：松神。东坡。四友。行者。

〔正末唱〕正宫端正好。滚绣球。叫声。上小楼。么篇。满庭芳。十二月。尧民歌。耍孩儿。煞尾。

〔第四折〕佛印升座说法，东坡、白牡丹以及四友皆来问禅。白牡丹却为他所说服，也剃度为尼了；东坡也为他难倒了。

〔登场人物〕正末。徒众。行者。东坡。旦儿。四友。

〔正末唱〕双调新水令。水仙子。落梅花。风入松。川拨棹。七弟兄。梅花酒。收江南。鸳鸯煞尾。

题目 云门一派老婆禅
正名 花间四友东坡梦

(《小说月报》二十一卷九号,一九三〇年九月)

张天师断风花雪月杂剧

元吴昌龄撰《元曲选》(乙集上)本

〔第一折〕陈世英到了洛阳,居于太守后花园中。八月十五夜,与桂花仙子相会了一夜,约定明年再见。

〔登场人物〕冲末:陈太守。张千。正末:陈。搽旦:封姨。旦儿。桃花仙子。正旦:桂花仙子。

〔正旦唱〕仙吕点绛唇。混江龙。油葫芦。天下乐。鹊踏枝。河西后庭花。一半儿。金盏儿。醉扶归。醉中天。赚煞尾。

〔第二折〕世英天天思念着桂花仙,生了病,百药不愈。陈太守乃命嬷嬷去问他。这时,正是第二年八月十五夜,他等仙子不来时。他将病原告诉了嬷嬷。

〔登场人物〕太守。张千。陈世英。正旦:嬷嬷。

〔正旦唱〕南吕一枝花。梁州第七。牧羊关。骂玉郎。感皇恩。采茶歌。三煞。二煞。黄钟尾。

〔楔子〕他等到了天明,桂花仙竟不来。他病越发地重了。请了一个太医给他看病。

〔登场人物〕陈。张千。净:太医。

〔正末唱〕仙吕赏花时。

〔第三折〕恰好张天师到府中向陈太守辞行,便结坛治病,勾将荷、菊、梅、桃以及封姨、雪大王来,最后才勾到桂花仙,将他们解到长眉仙处发落。

〔登场人物〕太守。张千。外：天师。道童。直符。荷。菊。梅。桃。雪。封。正旦。陈。

〔正旦唱〕正宫端正好。滚绣球。倘秀才。叫声。上小楼。石榴花。斗鹌鹑。满庭芳。红绣鞋。快活三。鲍老儿。煞尾。

〔第四折〕西池长眉仙判决此事，命罚桂花仙子于阴山，且命勾陈世英之魂来见这事。但后又饶了她。

〔登场人物〕长眉仙。仙童。荷。菊。梅。桃。正旦。封。雪。陈。

〔正旦唱〕双调新水令。折桂令。雁儿落。得胜令。川拨棹。七弟兄。梅花酒。喜江南。

题目 长眉仙遣梅菊荷桃
正名 张天师断风花雪月

（《小说月报》二十一卷九号，一九三〇年九月）

崔府君断冤家债主杂剧

元郑廷玉撰《元曲选》（庚集上）本

〔楔子〕崔子玉与张善友为结义兄弟。崔秉性忠直，上帝屡屡命他判断阴府之事。有一天，崔上京求名，到张处拜别。前一夜，张家被贼赵廷玉偷去了五个银子。第二天，有一个和尚来寄十个银子，却被张妻吞没了。崔来时见气色便知张失财而他的妻得财事。他们备酒与崔饯行，送到城外即别。

〔登场人物〕冲末：崔。正末：张。老旦：卜儿。净：赵。外。和尚。

〔正末唱〕仙吕忆王孙。

〔第一折〕三十年后,张搬到福阳县,成为富翁。生二子,一名乞僧,一名福僧,并各娶了一房媳妇。乞僧善积财,福僧善浪用。以此,家庭中常常争闹不安。终于将家财三份分派了,兄弟各一份,老者留一份。

〔登场人物〕净:乞僧。丑:福僧。净:杂当。丑:杂当。二旦。正末。卜儿。

〔正末唱〕仙吕点绛唇。混江龙。油葫芦。天下乐。那吒令。鹊踏枝。寄生草。赚煞。

〔第二折〕福僧将他自己家私花尽,又将乞僧的家私花尽,乞僧一病而死,他嬷嬷也死了。福僧却将来两个帮闲者柳隆卿、胡子转,将台盏取走了。这时崔子玉正为福阳县来拜望张,知道此事,也无从安慰他。

〔登场人物〕净:柳。丑:胡。正末。崔。祗候。杂当。大旦。乞僧。卜儿。

〔正末唱〕商调集贤宾。逍遥乐。梧叶儿。醋葫芦。么篇。么篇。穷河西。凤莺吟。浪来里煞。

〔第三折〕张家财散尽,次子又死,二媳各归宗去了。张悲愤交迫,到崔子玉衙里控告当境土地和阎神。崔推却不理。

〔登场人物〕正旦。福僧。二旦。杂当。正末。崔子玉。张千。祗候。

〔正末唱〕中吕粉蝶儿。醉春风。红绣鞋。迎仙客。白鹤子。么篇。上小楼。么篇。耍孩儿。二煞。煞尾。

〔第四折〕次日,张又去告。崔使他熟睡了,使他在睡梦中亲见他的二子及妻,乃知福僧是五台山僧,乞僧是赵廷玉;他的妻因赖了和尚十个银子,遍受地狱之苦。张至此才悟得前后因果。

〔登场人物〕正末。崔。祗候。鬼力。阎神。乞僧。福僧。卜儿。

〔正末唱〕双调新水令。驻马听。沽美酒。太平令。水仙子。雁儿落。得胜令。

题目　张善友告土地阎神
正名　崔府君断冤家债主

（《小说月报》二十一卷九号，一九三〇年九月）

汉高皇濯足气英布杂剧

元尚仲贤撰《元曲选》（辛集上）本

〔第一折〕汉楚相持，随何奉刘邦命去说英布。他带了二十人去，说动了英布。这时，楚使恰到，随何却拔剑杀了他，迫得英布不得不降汉。

〔登场人物〕冲末：随何。外：汉王。张良。曹参。净：周勃。樊哈。楚使。正末：英布。卒子。

〔正末唱〕仙吕点绛唇。混江龙。油葫芦。天下乐。那吒令。鹊踏枝。寄生草。玉花秋。后庭花。金盏儿。雁儿。赚煞。

〔第二折〕英布领兵归汉，汉王并不出迎。布不得已自去见他，却见他正在帐中濯足。布大怒，欲自刎，却为随何所阻。又欲拔军至鄱阳湖落草。

〔登场人物〕正末。随何。卒子。汉王。二宫女。

〔正末唱〕南吕一枝花。梁州第七。隔尾。牧羊关。哭皇天。乌夜啼。骂玉郎。感皇恩。采茶歌。煞尾。

〔第三折〕布正着恼，拔营欲去，却见随何领了妓女，带了筵席来，又见张良等来为他把盏，又见汉王亲来献上牌剑，亲自推车。他惊喜过望，便领兵去打项王了。

〔登场人物〕汉王。曹。张。周。樊。卒子。随。厨役。四旦。正末。冲末。宣敕官。

〔正末唱〕正官端正好。滚绣球。倘秀才。滚绣球。脱布衫。小梁州。么篇。叨叨令。剔银灯。蔓菁菜。柳青娘。道和。啄木儿尾。

〔第四折〕布战胜了项羽,由探子口中说出。最后,布领兵归来,汉王大封诸臣,以他为淮南王。

〔登场人物〕汉王。张等四人。随何。二旦。正末:探子。正末:英布。卒子。

〔探子唱〕黄钟醉花阴。喜迁莺。出队子。刮地风。四门子。古水仙子。尾声。

〔英布唱〕侧砖儿。竹枝儿。水仙子。

题目 随大夫衔命使九江
正名 汉高皇濯足气英布

(《小说月报》二十一卷九号,一九三〇年九月)

西游记杂剧

元吴昌龄撰　杨东来批评本

卷之一

〔楔子〕观世音上场,说明西天竺有《大藏金经》五千四十八卷,欲传中土,诸佛议论,着毗卢伽尊者托生中土,为陈光蕊之子,长大出家为僧,往西天取经。这时,陈光蕊正与夫人殷氏,预备要雇船到洪州知府任上去。

〔登场人物〕观世音。陈光蕊。夫人。

〔夫人唱〕仙吕赏花时。

〔第一折〕仆人王安雇到了一只船,水手刘洪,本是一个歹人。他们开船后,到了大姑山脚下,刘洪却将王安、陈光蕊推入水中,占了夫人为妻,仍赴洪州为官。夫人因腹中有八个月身孕,只得依顺了他。

〔登场人物〕刘洪。王安。陈。夫人。

〔夫人唱〕仙吕点绛唇。混江龙。油葫芦。天下乐。村里迓鼓。元和令。上马娇。么。游四门。胜葫芦。后庭花。青哥儿。尾声。

〔第二折〕陈光蕊入水为龙王所救护,因他有十八年水灾也。第二年,他的儿子出世时,刘洪又逼夫人将他弃了。夫人只得将孩儿放入大梳匣,写了血书,将他浮于水上。

〔登场人物〕龙王。夫人。刘洪。孩子。

〔夫人唱〕中吕粉蝶儿。醉春风。迎仙客。石榴花。斗鹌鹑。上小楼。么。十二月。尧民歌。般涉调耍孩儿。么。尾声。

〔第三折〕龙王又将孩子救到金山寺前,为一渔夫所拾,交给丹霞长老收养。过了十八年,这孩子已长大为僧,法名玄奘。长老便教他去访求母亲。他到了洪州,见到母亲,说明前因,又回去约长老来。为他们报仇雪恨。

〔登场人物〕龙王。卒。渔人。丹霞禅师。刘洪。唐僧。夫人。

〔夫人唱〕商调集贤宾。逍遥乐。金菊香。梧叶儿。醋葫芦。么。么。么。仙吕后庭花。柳叶儿。商调浪里来。

〔第四折〕虞世南继为洪州知府。丹霞带了玄奘去见他。乃派人捉了刘洪来。他只得一一承认。乃将他牵到江边,杀祭陈光蕊,不料龙王夜叉,却背了活的陈光蕊出水来。在父子夫妻的团圆中,观音出现,叫玄奘到长安去,祈雨救民,并去取经。

〔登场人物〕虞。丹。玄。刘洪。夫人。公人。龙王。夜叉。陈。

观音。

〔夫人唱〕双调新水令。驻马听。雁儿落。得胜令。川拨棹。七弟兄。梅花酒。收江南。

正名 贼刘洪杀秀士 老和尚救江流
　　观音佛说因果 陈玄奘大报仇

卷之二

〔第一折〕唐僧被封三藏法师，奉诏往西天取经。虞世南诸人皆来送他。尉迟恭独欲他取一个法名，他便为他取号宝林。同时插松一枝于地。说，松枝东向，他便回也。

〔登场人物〕虞世南。秦叔宝。房玄龄。众父老。唐僧。尉迟恭。妇人。

〔尉迟恭唱〕仙吕点绛唇。混江龙。油葫芦。天下乐。醉中天。金盏儿。赏花时。么。尾声。

〔第二折〕胖姑儿等到长安城里去看饯送唐僧，回时，说给老张听。

〔登场人物〕老张。王留。胖哥。胖姑儿。

〔胖姑儿唱〕双调豆叶黄。一锅儿麻。乔牌儿。新水令。雁儿落。川拨棹。七弟兄。梅花酒。收江南。随煞。

〔第三折〕南海火龙三太子，犯法将斩，观音救了他，命他变为白马，差木叉送给玄奘为坐骑。

〔登场人物〕神将。龙君。观音。唐僧。驿夫。木叉。

〔木叉唱〕南吕一枝花。梁州第七。牧羊关。隔尾。牧羊关。斗虾蟆。尾。

〔第四折〕观音为唐僧西游,奏过玉帝,差十方保官,都保唐僧沿途无事。第六个保官便是华光天王。

〔登场人物〕观音。揭帝。华光。

〔华光唱〕正宫端正好。滚绣球。倘秀才。滚绣球。呆古朵。笑和尚。伴读书。尾。

正名　唐三藏登途路　村姑儿逞嚣顽
　　　木叉送火龙马　华光下宝德关

卷之三

〔第一折〕花果山上有孙行者住着。他摄了金鼎国王女为妻,又盗了西王母仙衣仙桃。因此,李天王等带兵来擒他。他被观音压于花果山下,金鼎国王女则被送回家。

〔登场人物〕孙行者。李天王。那吒。卒子。王女。观音。

〔金鼎王女唱〕仙吕八声甘州。混江龙。油葫芦。天下乐。村里迓鼓。元和令。上马娇。油葫芦。么。后庭花。青哥儿。尾。

〔行者唱〕得胜令。

〔第二折〕唐僧到了花果山,救了孙行者,收他为徒。观音将铁戒箍安于行者头上,将他取名为悟空。他如凡心不退,便教唐僧念紧箍儿咒。

〔登场人物〕山神。唐僧。龙马。孙行者。观音。

〔山神唱〕南吕一枝花。梁州第七。隔尾。牧羊关。骂玉郎。感皇恩。采茶歌。哭皇天。乌夜啼。么。红芍药。菩萨梁州。尾。

〔第三折〕他们经过流沙河。遇见了沙僧,行者降伏之,亦为徒同行。又至刘家庄投宿,得知刘太公之女,为黄风山妖银额将军所摄去。行者们便去杀了此妖,救回刘大姐,重复登途。

〔登场人物〕沙和尚。行者。唐僧。银额。刘太公。刘大姐。

〔刘太公唱〕大石调六国朝。喜秋风。归塞北。六国朝。雁过南楼。擂鼓休。归塞北。好观音。观音煞。

〔第四折〕红孩儿在途中,假装要孙行者背负,乘机盗了唐僧去。他们同观音去见佛,佛命四揭帝拿钵盂盖了红孩儿来。红孩儿之母,因子被捕,遂来救他。佛命那吒捕之。迫她皈依,方才救了她母子。她只得皈依了。唐僧因亦被放出。

〔登场人物〕唐僧。行者。沙和尚等。红孩儿。观音。佛。文殊。普贤。四揭帝。鬼子母。鬼兵。那吒。

〔鬼子母唱〕越调斗鹌鹑。紫花儿序。小桃红。调笑令。鬼三台。秃厮儿。麻郎儿。么。络丝娘。拙鲁速。尾。

正名 李天王捉妖怪 孙行者会师徒
　　　沙和尚拜三藏 鬼子母救爱奴

卷之四

〔楔子〕猪八戒自称黑风大王,要冒充了朱太公之子,将他的聘妻骗到山洞中去。恰好裴海棠正差梅香去约朱子。

〔登场人物〕猪八戒。裴女。梅香。

〔裴女唱〕仙吕赏花时。么。

〔第一折〕猪八戒冒名朱子,骗了海棠上山去。

〔登场人物〕猪八戒。裴女。

〔裴女唱〕仙吕点绛唇。么。混江龙。油葫芦。天下乐。穿窗月。寄生草。金盏儿。三犯后庭花。赚煞尾。

〔第二折〕裴女走后，裴、朱两家涉讼。八戒却在山中受用。有一夜，二人正在唱曲，唐僧一行人恰经过山下。行者上山去看看，用一大石将八戒打走了。海棠托他带一个口信给她父母。

〔登场人物〕裴女。猪。行者。

〔裴女唱〕中吕粉蝶儿。正宫六么遍。中吕上小楼。么。乔捉蛇。十二月。尧民歌。般涉调耍孩儿。煞。尾声。

〔第三折〕裴、朱欲打官司，唐僧等恰好经过。行者便将前事说知，裴太公托他救回女儿，与朱子成亲。猪八戒不见裴女，却被行者设了一计，赚他到裴庄来，假装裴女，欲捉他，却被他逃走，反将唐僧也摄去了。

〔登场人物〕裴。朱。小儿。唐。行者。沙。龙。猪。土地。

〔行者唱〕中吕朝天子。

〔裴女唱〕正宫端正好。蛮姑儿。滚绣球。叨叨令。伴书生。笑和尚。倘秀才。滚绣球。尾。

〔行者又唱〕双调雁儿落。么。

〔第四折〕行者去见观音佛，请了灌口二郎同去救唐僧。二郎放了细狗，咬倒八戒。但唐僧却劝他赦了八戒，与他护法西行。

〔登场人物〕二郎。行者。猪。唐僧。

〔二郎神唱〕越调斗鹌鹑。紫花儿序。金蕉叶。调笑令。秃厮儿。圣药王。麻郎儿。么。拙鲁速。么。尾。

正名　朱太公告官司　裴海棠遇妖怪
　　　三藏托孙悟空　二郎收猪八戒

卷之五

〔第一折〕他们到了女人国，女王要逼唐僧为婚配，唐僧不肯。

正在危难之间，亏得韦驮尊天来了，方才救得了他。

〔登场人物〕唐。猪。孙。沙。马。韦驮。诸女。

〔女王唱〕仙吕点绛唇。混江龙。油葫芦。天下乐。那吒令。鹊踏枝。寄生草。么。六么序。么。金盏儿。尾。

〔孙行者唱〕寄生草。

〔第二折〕离了女人国，他们又行了一个月，见一个采药仙人，向他问路。他说前有火焰山，须向铁扇公主借扇扇之，方可过去。行者自告奋勇，前去借扇。

〔登场人物〕唐。孙。猪。沙。马。仙人。山神。

〔仙人唱〕南吕玉交枝。么。么。么。醉乡春。双调小将军。清江引。碧玉霄。随尾。

〔第三折〕铁扇公主见了孙行者，一言不合，便不肯借扇于他。二人斗了许久，铁扇公主败了，便取出扇来，将行者扇走了。

〔登场人物〕铁扇。小鬼。行者。

〔公主唱〕正宫端正好。滚绣球。倘秀才。滚绣球。叨叨令。石鹤子。中吕快活三。鲍老儿。古鲍老。道和。柳青娘。尾。

〔第四折〕行者不得已，只得去见观音。观音着风雨雷电神即时下中界，就除此火山之害，送唐僧过山，且免使后人受苦。

〔登场人物〕观音。电母。风伯。雨师。雷公。唐僧。

〔电母唱〕黄钟醉花阴。喜迁莺。出队子。四门子。塞儿令。神仗儿。尾。

正名 女人国遭嶮难 采药仙说艰难
　　孙行者借扇子 唐僧过火焰山

卷之六

〔第一折〕他们一行人到了中天竺国,唐僧命行者先寻个打火做宿处。行者却与卖胡饼的贫婆问话,却被她问倒了。亏得唐僧代去解答了。

〔登场人物〕唐。孙。猪。沙。马。贫婆。

〔贫婆唱〕仙吕点绛唇。混江龙。油葫芦。天下乐。那吒令。鹊踏枝。醉中天。金盏儿。醉中天。金盏儿。煞尾。

〔第二折〕诸天们去接唐僧。给孤长者则引度他于诸天帝君,着取金经回东土去。孙、猪、沙三人,先在天竺圆寂了,唐僧将他们火化,另有成基、惠光、恩昉、敬测四人伴送唐僧回东土。

〔登场人物〕灵鹫山神。众。给孤长者。唐。寒山。拾得。回来大权。行者。八戒。沙和尚。

〔给孤长者唱〕商调集贤宾。逍遥乐。梧桐儿。醋葫芦。么。么。么。么。仙吕后庭花。青哥儿。商调浪来里煞。

〔第三折〕成基等四人,叫唐僧闭了眼,便送他到长安。是日,恰是唐僧去国十七年,松枝忽向东,众皆到城外相接。

〔登场人物〕成基等。众父老。众官。唐僧。尉迟总管。

〔成基唱〕越调斗鹌鹑。紫花序。小桃红。金蕉叶。调笑令。圣药王。鬼三台。拙鲁速。么。尾。

〔第四折〕唐僧回后,开坛阐教。佛便命飞仙引他入灵山会,正果朝元。

〔登场人物〕佛。四金刚。飞仙。唐僧。

〔飞仙唱〕双调新水令。驻马听。雁儿落。南吕金字经。么。双调沽美酒。太平令。

正名　胡麻婆问心字　孙行者答空禅
　　　灵鹫山广众会　唐三藏大朝元

（《小说月报》二十一卷九号，一九三〇年九月）

尉迟恭单鞭夺槊杂剧

元尚仲贤撰《元曲选》（庚集下）本

〔楔子〕唐将围困尉迟恭于介休城。以刘武周首级示之，而招降了他。

〔登场人物〕冲末：徐茂公。净：尉迟恭。正末：李世民。卒子。

〔正末唱〕仙吕端正好。

〔第一折〕三日后，尉迟恭开城投唐。他从前曾打了三将军一鞭，怕他记仇，但李世民安慰了他，且亲自到圣人处奏知，就将的牌印来。

〔登场人物〕尉迟。卒子。正末。徐茂公。

〔正末唱〕仙吕点绛唇。混江龙。油葫芦。天下乐。那吒令。鹊踏枝。寄生草。后庭花。青哥儿。赚煞。

〔第二折〕世民去后，元吉守着营寨，他和段志贤设了一计把尉迟恭陷入牢中，只要死的，不要活的。但徐茂公知道这事，连忙去追了世民回营来。元吉说谎，说他要逃回山后，是他去追捉了来。但世民叫他试演看。他三次为尉迟所捉。于是他便不敢再说。这时，单雄信正引兵来。世民便带了段志贤去看洛阳城，却叫徐和尉迟随后接应。

〔登场人物〕净：元吉。丑：段志贤。外：单雄信。卒子。正末。尉迟。

〔正末唱〕正宫端正好。滚绣球。倘秀才。脱布衫。小梁州。么篇。

上小楼。么篇。随煞尾。

〔第三折〕单雄信追赶李世民，他这时正在看洛阳城。徐茂公阻挡不住。以旧情动之，他则割袍绝交。正在无路可走之时，尉迟上来，打走了雄信，救了世民。

〔登场人物〕单雄信。卒子。段志贤。正末。徐茂公。

〔正末唱〕越调斗鹌鹑。紫花儿序。耍三台。调笑令。小桃红。秃厮儿。圣药王。收尾。

〔第四折〕李世民又在榆科园与单雄信交锋，大败。徐茂公忙叫尉迟恭去接应。双方战情，由探子口中说出。原来，又是尉迟恭杀得雄信大败而逃，于是茂公杀牛备酒，等他们回来赏功贺喜。

〔登场人物〕正末。探子。徐茂公。

〔正末唱〕黄钟醉花阴。喜迁莺。出队子。刮地风。四门子。古水仙子。煞尾。

题目　单雄信断袖割袍
正名　尉迟恭单鞭夺槊

（《小说月报》二十一卷十号，一九三〇年十月）

洞庭湖柳毅传书杂剧

元尚仲贤撰《元曲选》（癸集上）本

〔楔子〕泾河小龙娶了洞庭湖龙王龙女三娘为妻，夫妻不和；他在父亲面前挑拨，他便命她在泾河岸上牧羊去。

〔登场人物〕外：泾河老龙王。水卒。净：小龙。正旦：龙女。

〔正旦唱〕仙吕端正好。么篇。

〔第一折〕柳毅上京求名，下第而归，在泾河岸上遇见了龙女；

龙女便托他便道寄书回家。

〔登场人物〕冲末：柳毅。老旦：卜儿。正旦。

〔正旦唱〕仙吕点绛唇。混江龙。油葫芦。天下乐。那吒令。鹊踏枝。寄生草。么篇。赚煞。

〔第二折〕柳毅寄了书去，洞庭君与夫人读之而悲。这时为他兄弟钱塘君火龙所知，大怒，即点起水卒而去。吞了小龙在腹，泾河老龙知了，心中悲愤，怨恨寄书人，要想报仇。

〔登场人物〕柳。净：夜叉。外：洞庭君。老旦：夫人。外：钱塘君。小龙。水卒。老龙。正旦：电母。

〔正旦唱〕越调斗鹌鹑。紫花儿序。小桃红。紫花儿序。鬼三台。调笑令。秃厮儿。圣药王。拙鲁速。么篇。收尾。

〔第三折〕钱塘君得胜回来，设宴款待柳毅，就便要与他提亲。他因见三娘牧羊时形容憔悴，便不允诺。不料宴次，三娘出来拜见，却是一个仙人。他们送了不少财物给他回去。

〔登场人物〕洞庭君。水卒。夜叉。钱塘君。柳。正旦。

〔正旦唱〕商调集贤宾。金菊香。梧叶儿。后庭花。柳叶儿。醋葫芦。金菊香。浪来里煞。

〔第四折〕龙女奉父母之命，假为卢氏女，由媒说合，与柳毅结婚。婚时，毅见其甚似三娘，问起缘原，乃知果为牧羊女也。

〔登场人物〕卜儿。柳。正旦。媒。洞庭。夫人。钱塘。鼓乐。

〔正旦唱〕双调新水令。驻马听。夜行船。沽美酒。太平令。雁儿落。得胜令。鸳鸯尾煞。

题目　泾河岸三娘诉恨
正名　洞庭湖柳毅传书

（《小说月报》二十一卷十号，一九三〇年十月）

散家财天赐老生儿杂剧

元武汉臣撰《元曲选》（丙集上）本

〔楔子〕刘从善无儿，家中招了一婿张郎。其侄引孙，不容于家，他给他一百两银子而去。婢小梅有孕在身。从善烧了借券，分了家财，自到庄家去住，将小梅托于婆婆看管。

〔登场人物〕正末：从善。净：卜儿。丑：张郎。旦儿。冲末：引孙。搽旦：小梅。

〔正末唱〕仙吕赏花时。

〔第一折〕张郎因小梅怀孕，心中不快，怕她生了子。他的妻引张，与他定下一计，只说小梅逃走了，到庄上报信。从善非常难过，便要散财。

〔登场人物〕张郎。旦儿。卜儿。正末。丑：兴儿。

〔正末唱〕仙吕点绛唇。混江龙。油葫芦。天下乐。那吒令。鹊踏枝。寄生草。后庭花。青哥儿。赚煞尾。

〔第二折〕他们在开元寺中散钱，大乞儿一贯，小乞儿五百。引孙也来要钱，他们不给，从善却在暗中给了他些钱，并将家私交了张郎。

〔登场人物〕张郎。正末。卜儿。旦。引孙。净：大都子。刘九儿。小都子。

〔正末唱〕正宫端正好。滚绣球。倘秀才。呆骨朵。脱布衫。小梁州。么篇。倘秀才。滚绣球。煞尾。

〔第三折〕清明时，大家去上坟。张郎却先上张家坟，不上刘家坟。引孙却来上坟。从善因此说动婆婆，感悟了她，乃命引孙当家。

〔登场人物〕张郎。旦儿。社长。引孙。正末。卜儿。

〔正末唱〕越调斗鹌鹑。紫花儿序。调笑令。小桃红。鬼三台。

紫花儿序。秃厮儿。圣药王。收尾。

〔第四折〕从善生辰时,张郎夫妇来拜贺,从善不让他们入门。引张乃唤了小梅和孩子同来。乃知三年来,小梅皆是引张养着。于是二老大喜,将家财分为三份。

〔登场人物〕正末。卜儿。引孙。张郎。旦儿。小梅。俫儿。

〔正末唱〕双调新水令。清江引。碧玉箫。落梅风。水仙子。雁儿落。得胜令。

题目 指绝地苦劝糟糠妇
正名 散家财天赐老生儿

(《小说月报》二十一卷十号,一九三〇年十月)

李素兰风月玉壶春杂剧

元武汉臣撰《元曲选》(丙集下)本

〔第一折〕李斌号玉壶生,因游学至嘉禾。踏青得遇上厅行首李素兰,互达情愫,允至她家。

〔登场人物〕老旦:卜儿。正末:玉壶生。琴童。旦:素兰。梅香。

〔正末唱〕仙吕点绛唇。混江龙。油葫芦。天下乐。那吒令。鹊踏枝。寄生草。六么序。么篇。后庭花。柳叶儿。赚煞。

〔楔子〕李斌故人陶伯常,任满上朝,路过嘉兴,去见他,取了他万言长策而去,允在圣人前保奏他。

〔登场人物〕冲末:陶伯常。祗候。正末。琴童。

〔正末唱〕仙吕端正好。

〔第二折〕二人相陪伴了一年之后,玉壶生钱也无了,但素兰却情好益笃，终日相伴，又画一幅壶兰，唱《玉壶春词》。虔婆另招了一个山西客人甚黑子，赶了李生去。秦兰不忿，剪了发不肯从。

〔登场人物〕卜儿。素兰。梅香。正末。琴童。净：甚舍。

〔正末唱〕南吕一枝花。梁州第七。牧羊关。隔尾。贺新郎。四块玉。隔尾。骂玉郎。感皇恩。采茶歌。牧羊关。二煞。黄钟尾。

〔第三折〕玉壶生不忍别了素兰而去，便去央托第二个行首陈玉英，叫她请了素兰来，到她家里相见。虔婆知道了，便和甚舍同去，大闹了一场又要去告官。不料这官正是新任嘉兴府尹陶伯常。

〔登场人物〕贴旦：陈玉英。正末。旦。卜儿。甚舍。陶伯常。张千。

〔正末唱〕中吕粉蝶儿。醉春风。迎仙客。红绣鞋。满庭芳。石榴花。斗鹌鹑。快活三。鲍老儿。十二月。尧民歌。上小楼。么篇。耍孩儿。四煞。三煞。二煞。煞尾。

〔第四折〕他们到了衙门，陶伯常上厅勘问，单请李斌立着，因他已由他保奏，做了同知。他主张素兰嫁给玉壶生。甚舍却争着：他们是同姓。素兰说，她原姓张。于是他们团圆了。

〔登场人物〕陶。祇候。卜儿。甚舍。正末。旦。

〔正末唱〕双调新水令。驻马听。水仙子。落梅风。雁儿落。得胜令。沽美酒。太平令。

题目　甚黑子花柳鸣珂巷
正名　李素兰风月玉壶春

（《小说月报》二十一卷十号，一九三〇年十月）

包待制智赚生金阁杂剧

元武汉臣撰《元曲选》(癸集下)本

〔楔子〕郭成问卦,知有百日血光灾,须到千里外才可躲避。他便与妻别了父母,带了生金阁而上京去。

〔登场人物〕冲末:孛老。卜儿。旦儿。正末:郭成。

〔正末唱〕仙吕赏花时。

〔第一折〕他们到了路上,遇了大雪,至一家酒店内喝酒。恰遇庞衙内也到这店内。郭成将生金阁献给他,图个一官半职,又叫浑家出来拜见他。他领他们到他家中,欲将他的妻夺来,命他再去娶一个。他不肯,便吊他到马槽中去。

〔登场人物〕净:庞衙内。随从。正末。旦儿。丑:店小二。

〔正末唱〕仙吕点绛唇。混江龙。油葫芦。天下乐。金盏儿。醉扶归。金盏儿。后庭花。青哥儿。赚煞。

〔第二折〕郭妻不肯顺从他,他命人叫了嬷嬷来劝她。嬷嬷由她处知道这事,也骂他不已。他在窗外窃听,便命人把嬷嬷抛在井中,并将郭成杀了。郭成死后,却提了头跳过墙去了。

〔登场人物〕正旦:嬷嬷。衙内。随从。旦儿。正末。俫儿:福童。

〔正旦唱〕越调斗鹌鹑。紫花儿序。小桃红。凭栏人。鬼三台。寨儿令。么篇。金蕉叶。调笑令。收尾。

〔第三折〕元宵时,庞衙内出外赏灯。街上热闹非常,却被没头鬼提了头追上衙内,把这会搅散了。老人、里正只得到酒店中略饮一杯。恰遇包拯由西延边上赏军归来,也在这店中息足。闻知有此异事,大怪。在途中又遇鬼魂。便命娄青去勾鬼来听审。

〔登场人物〕鼓乐。外:老人。里正。衙内。随从。魂子。店小二。正末:包拯。张千。娄青。

〔正末唱〕南吕一枝花。梁州第七。牧羊关。贺新郎。牧羊关。哭皇天。乌夜啼。黄钟尾。

〔第四折〕鬼魂诉了前情,第二天,旦儿逃出庞府,和福童同来告状。包拯请庞衙内来喝酒,智赚了他的生金阁来,并把他拿下死牢。

〔登场人物〕正末。祗候。张千。娄青。魂子。旦儿。俫儿。衙内。小厮。

〔正末唱〕双调新水令。沉醉东风。庆东原。雁儿落。得胜令。沽美酒。太平令。

题目 李幼奴挝伤似玉颜
正名 包待制智赚生金阁

(《小说月报》二十一卷十号,一九三〇年十月)

梁山泊李逵负荆杂剧

元康进之撰《元曲选》(壬集下)本

〔第一折〕强人宋刚、鲁智恩假借了梁山泊宋江、鲁智深之名,抢了老王林的女儿满堂娇。李逵下山喝酒,知道了这事,便气愤愤的回山,要向二人问罪。

〔登场人物〕冲末:宋江。外:吴学究。净:鲁智深。卒子。老王林。净:宋刚。丑:鲁智恩。旦儿:满堂娇。正末:李逵。

〔正末唱〕仙吕点绛唇。混江龙。醉中天。油葫芦。天下乐。赏花时。金盏儿。赚煞。

〔第二折〕李逵回山,一见面便大骂一顿。宋江知道了他的情由,便与他赌头,同到山下质证。

〔登场人物〕宋。吴。鲁。卒子。正末。

〔正末唱〕正官端正好。滚绣球。倘秀才。滚绣球。倘秀才。叨叨令。一煞。黄钟尾。

〔第三折〕他们到了王林店中一对证,却原来不是他们二人。李逵心里很惊惶,只怪他们吓坏了王林,不肯说实话。他们便先回山寨了。李逵却慢腾腾的也回去了,这时宋刚、鲁智恩却送了满堂娇来见丈人。王林连忙用酒灌醉了二人,上山去报信,要搭救李逵。

〔登场人物〕李。王。宋。鲁。满。净。丑。

〔正末唱〕商调集贤宾。逍遥乐。醋葫芦。么篇。么篇。后庭花。双雁儿。浪来里煞。

〔第四折〕李逵负荆请罪,宋江不理,只要他的头。他不得已,借了宋江的剑来要自刎。恰在这时,王林来了,他叫道:刀下留人!于是乃诉说二贼已在他家。宋江便命李逵、鲁智深同去捉了他们上山杀了。

〔登场人物〕李。鲁。王。吴。宋。卒。净。丑。满堂娇。

〔正末唱〕双调新水令。驻马听。搅筝琶。沉醉东风。步步娇。乔牌儿。殿前欢。离亭宴煞。

题目　杏花庄王林告状
正名　梁山泊李逵负荆

(《小说月报》二十一卷十一号,一九三〇年十一月)

同乐院燕青博鱼杂剧

元李文蔚撰《元曲选》（乙集上）本

〔楔子〕重阳令节，宋江放诸首领三十天假下山下。如违了三天，便要斩首。燕青到四十天才回。宋江欲杀他，亏得吴学究劝住，只打了六十，抢下山去，再也不用。燕青因此一口气坏了双眼。宋江给他钱叫他去寻求医生。

〔登场人物〕冲末：宋江。外：吴学究。喽啰。正末：燕青。

〔正末唱〕仙吕端正好。么篇。

〔第一折〕燕和和燕顺兄弟同居。燕和娶了王蜡梅，叔嫂不和，因此燕顺负气另住。蜡梅和杨衙内有不伶俐的勾当，约好清明日同乐院相见。这时，燕青下了山，被店家逐出门外，正在乞花，却为杨马冲了一交。遇见燕二，他用神针法灸，医好了他的双眼。二人认为兄弟而别。

〔登场人物〕冲末：燕大。搽旦：蜡梅。外：燕二。净：杨。丑：店小二。正末。

〔正末唱〕大石调六国朝。喜秋风。归塞北。雁过南楼。六国朝。憨货郎。归塞北。初问口。尾声。

〔第二折〕燕青到同乐院博鱼去。燕大博赢了他的，他哀求，又还了他。正走时，又遇见杨衙内，折了他的扁担，碎了他的鱼盆。他便在同乐院中打了衙内一顿，又和燕大认为兄弟。

〔登场人物〕净：店小燕大。搽旦。正末。杨衙内。

〔正末唱〕仙吕点绛唇。混江龙。那吒令。金盏儿。油葫芦。醉中天。醉扶归。后庭花。金盏儿。赚煞尾。

〔第三折〕中秋日，燕大、燕青被蜡梅灌醉了酒，他们睡去了。他却约了杨在后花园中喝酒。燕青去乘凉，窥见了，便叫了燕大同去捉奸,却被他逃了。正要杀她,杨却带了人捉了他们下在死牢内。

〔登场人物〕搽旦。燕大。正末。杨。随从。

〔正末唱〕中吕粉蝶儿。叫声。醉春风。倘秀才。叫声。滚绣球。么篇。煞尾。

〔第四折〕燕二投奔梁山泊,做了首领,知道此信,便下山来打算救他们,不料他们已经劫牢逃出。杨和她带弓兵追去,却反为他们三人所捉。宋江命将二人处死。

〔登场人物〕燕二。大。正末。杨。搽旦。弓兵。宋江。偻㑩。

〔正末唱〕双调新水令。沉醉东风。搅筝琶。乔木查。甜水令。折桂令。离亭宴带歇指煞。

题目 梁山泊宋江将令
正名 同乐院燕青博鱼

(《小说月报》二十一卷十一号,一九三〇年十一月)

赵氏孤儿大报雠杂剧

元纪君祥撰《元曲选》(壬集上)本

〔楔子〕屠岸贾与赵盾有隙,杀了他家三百口,且设计杀了驸马赵朔。朔吩咐其妻善抚腹中孤儿,预备将来报仇。

〔登场人物〕净:屠岸贾。卒子。冲末:赵朔。旦儿:公主。外:使命。从人。

〔冲末唱〕仙吕赏花时。么篇。

〔第一折〕屠岸贾知公主生子,命人把守前后门,怕婴儿脱逃了。

把门的恰是下将军韩厥。公主叫人请了程婴来，命他将赵氏孤儿救出，她自己自缢而死。韩厥知婴救出婴孩，也同意放他出门，并自刎灭口。

〔登场人物〕屠。卒子。旦儿。俫儿。外：程婴。正末：韩厥。

〔正末唱〕仙吕点绛唇。混江龙。油葫芦。天下乐。河西后庭花。金盏儿。醉中天。金盏儿。醉扶归。青哥儿。赚煞尾。

〔第二折〕屠岸贾知走了赵氏孤儿，便矫命将全国一月以上半岁以下之婴孩，都送来杀了，程婴知事急，便去与公孙杵臼相议，将他己子，诈为赵儿，且自己出首，说杵臼藏着。

〔登场人物〕正末：杵臼。程。屠。卒子。俫儿。家童。

〔正末唱〕南吕一枝花。梁州第七。隔尾。牧羊关。红芍药。菩萨梁州。三煞。二煞。煞尾。

〔第三折〕程婴去出首。屠岸贾领兵围了公孙杵臼的庄，命婴下手打他，果搜出了一个婴孩杀了。他因此宠任程婴，且将婴子过继为己子。

〔登场人物〕屠。卒子。程。公孙。俫儿。

〔正末唱〕双调新水令。驻马听。雁儿落。得胜令。水仙子。川拨棹。七弟兄。梅花酒。收江南。鸳鸯煞。

〔第四折〕二十年后，赵氏孤儿已长成了；他名程勃，又名屠成。屠教武，程教文。一日，程故遗手卷于地，然后说明缘由。赵大怒，决意欲报仇。

〔登场人物〕屠。卒子。程婴。正末：程勃。

〔正末唱〕中吕粉蝶儿。醉春风。迎仙客。红绣鞋。石榴花。斗鹌鹑。普天乐。上小楼。么篇。耍孩儿。二煞。一煞。煞尾。

〔第五折〕程勃奏知了主公，他命魏绛暗传旨意，命他自去捉拿屠岸贾。他捉住了他，由魏绛传命杀他。且同时传命封赠程婴、程勃。

〔登场人物〕勃。婴。贾。卒子。外：魏绛。张千。

〔正末唱〕正宫端正好。滚绣球。倘秀才。笑和尚。脱布衫。小梁州。么篇。黄钟尾。

题目　公孙杵臼耻勘问
正名　赵氏孤儿大报雠

（《小说月报》二十一卷十二号，一九三○年十二月）

说鲊诸伍员吹箫杂剧

元李寿卿撰《元曲选》（丁集下）本

〔第一折〕费无忌杀坏了伍奢全家，又赚得伍尚来杀了。只有伍员一人镇守樊城，不知此信。无忌又遣他长子费得雄去赚他。不料公子芈建却先来通知他，于是他打了得雄，逃到郑国而去。

〔登场人物〕冲末：无忌。卒子。净：费得雄。外：芈建。俫。正末：伍员。

〔正末唱〕仙吕点绛唇。混江龙。油葫芦。天下乐。村里迓鼓。元和令。上马娇。胜葫芦。么篇。赚煞。

〔第二折〕费无忌知伍员逃奔郑国，便命养由基带五千兵追去。养由基不忍射死他，射了三箭皆咬去箭头，于是员得以脱命至郑。不料子产欲见好于楚，有害他之意，他便烧了驿亭，南奔于吴。芈建死于乱军中，他只抱了其子芈胜。至中途，遇浣纱女，给他饭吃。他叫她勿泄消息，她乃抱石投江。又至江边，见渔父闾邱亮渡他过去。他又叫他勿泄消息。他乃自刎而亡。

〔登场人物〕无忌。卒子。外：养由基。正末。俫儿。旦儿：浣纱女。外：閻邱亮。

〔正末唱〕南吕一枝花。梁州第七。牧羊关。骂玉郎。哭皇天。乌夜啼。煞尾。

〔第三折〕早已十八年后。子胥自吴乞师，吴王只是不允。他因此流落在吴，吹箫乞食。一日，为人欺负，遇鱄诸解围。他乃与他拜为兄弟。他允为他报仇。他的妻田氏自刎而亡，使他去得放心。

〔登场人物〕净：老人。丑：里正。无路子。众。正末。外：鱄诸。旦儿。

〔正末唱〕中吕粉蝶儿。醉春风。石榴花。斗鹌鹑。迎仙客。快活三。朝天子。上小楼。满庭芳。尾声。

〔楔子〕伍员借了十万师，一战入郢。捉住费无忌。鞭平王之尸。

〔登场人物〕外：楚昭公。卒子。无忌。正末。鱄诸。

〔正末唱〕仙吕赏花时。

〔第四折〕子胥报了楚，又要伐郑，子产连忙访得当年渔父之子村厮儿去说他，乃不伐郑。又赡养了浣纱女之母。恩怨分明。

〔登场人物〕外：郑子产。卒子。丑：村厮儿。外：吴阖庐。芈胜。正末：鱄诸。无忌。卜儿。浣婆婆。

〔正末唱〕双调新水令。驻马听。雁儿落。得胜令。甜水令。折桂令。月上海棠。么篇。乔牌儿。清江引。随尾。

题目　继浣纱渔翁伏剑
正名　说鱄诸伍员吹箫

（《小说月报》二十二卷一号，一九三一年一月）

月明和尚度柳翠杂剧

元李寿卿撰《元曲选》（辛集下）本

〔楔子〕观音净瓶中的柳枝，偶沾微尘，罚往下方为妓柳翠。又差月明尊者去度她。这时是她父亲亡后十年，与她作伴的牛员外为她请十众僧人荐度。其中有月明。

〔登场人物〕老旦：观音。小末：善才。搽旦：卜儿。旦儿：柳翠。净：牛员外。长老。净：行者。正末：月明和尚。

〔正末唱〕仙吕赏花时。么篇。

〔第一折〕十众僧人都到柳家做佛事，只有月明不来。他在门口和柳翠闲谈，要度她出家，却为她母亲逐去了。

〔登场人物〕卜儿。旦。长老。众行者。正末。

〔正末唱〕仙吕点绛唇。混江龙。油葫芦。天下乐。那吒令。鹊踏枝。寄生草。后庭花。金盏儿。赚煞尾。

〔第二折〕柳翠自从做罢好事，睡里梦里便见那和尚。一日，又撞着他，强要她出家，且显幻象给她看。使阎王捉了她杀坏。她乃因此自悟。

〔登场人物〕旦儿。正末。外：阎神。净：牛头。鬼力。

〔正末唱〕南吕一枝花。梁州第七。隔尾。么篇。牧羊关。么篇。隔尾。牧羊关。骂玉郎。感皇恩。采茶歌。黄钟尾。

〔第三折〕柳翠跟了月明出家后，又回到家中见她母亲，又见她的牛员外，只要凡人一动，月明便知道。一夜之后，月明直领她去了。

〔登场人物〕卜儿。牛员外。旦。正末。

〔正末唱〕中吕粉蝶儿。醉春风。干荷叶。上小楼。么篇。满庭芳。快活三。鲍老儿。十二月。尧民歌。耍孩儿。三煞。二煞。煞尾。

〔第四折〕这时显孝寺中的僧众已知香积厨下的月明是真僧了,他们各来问禅。柳翠也来。不久,她便坐化东廊。月明也上天,带她去见观音。

〔登场人物〕长老。行者。正末。旦儿。牛员外。观音。善才。

〔正末唱〕双调新水令。驻马听。殿前欢。挂玉钩。雁儿落。得胜令。鸳鸯煞。

题目 显孝寺主诵金经
正名 月明和尚度柳翠

(《小说月报》二十二卷一号,一九三一年一月)

沙门岛张生煮海杂剧

元李好古撰《元曲选》(癸集下)本

〔第一折〕天上金童、玉女,因思凡罚往下方,男为张羽,女为龙女。张生寄居石佛寺读书,一夜弹琴自遣,恰遇龙女出海潜听。便与他约为夫妻,在八月十五日相见。张生也等不及,便追去寻她。

〔登场人物〕外:东华仙。正末:长老。行者。冲末:张生。家僮。正旦:龙女。侍女。

〔正旦唱〕仙吕点绛唇。混江龙。油葫芦。天下乐。哪吒令。鹊踏枝。寄生草。六幺序。幺篇。金盏儿。后庭花。青哥儿。赚煞。

〔第二折〕张生迷途遇见毛女,她送给他三件法宝,以便降伏龙王,不怕他不招他为婿。这法宝乃银锅、金钱、铁杓子;用来煮海的。张生便到沙门岛去。

〔登场人物〕张生。正旦:改扮仙姑。

〔正旦唱〕南吕一枝花。梁州第七。牧羊关。骂玉郎。感皇恩。采茶歌。黄钟煞尾。

〔第三折〕张生到了沙门岛,生了火,将海水放入锅内烧着。海水即便沸滚。龙王着慌,即来找长老要他去劝秀才。张生便说明缘由。长老允许与他同到龙宫就亲而去。

〔登场人物〕行者。张生。家僮。长老。

〔正末唱〕正宫端正好。滚绣球。倘秀才。滚绣球。脱布衫。小梁州。么篇。笑和尚。尾声。

〔第四折〕法云禅师与张生同到海中,龙王便招了他为婿;与女琼莲结婚。不久,东华仙乃到海中来,说明二人真相,并领他们仍回瑶池,复归本位。

〔登场人物〕正旦。张生。外:龙王。水卒。东华仙。

〔正旦唱〕双调新水令。驻马听。滴滴金。折桂令。雁儿落。得胜令。沽美酒。太平令。收尾。

题目　石佛寺龙女听琴
正名　沙门岛张生煮海

(《小说月报》二十二卷一号,一九三一年一月)

临江驿潇湘秋夜雨杂剧

元杨显之撰《元曲选》(乙集上)本

〔楔子〕张天觉为奸臣所忌,到江州歇马。至淮河船覆,与女儿翠鸾散失了。她在渔父崔家住着。

〔登场人物〕末:张。正旦。兴儿。净:排岸司。外:孛老。崔文远。

〔正旦唱〕仙吕端正好。

〔第一折〕翠鸾住在崔家，甚是相得。那边她父亲却遍寻她不得。崔文远有一侄甸士因赴举过望伯父，他便主张与她结婚。一日后，便别去应举。

〔登场人物〕张。兴儿。正旦。孛老。冲末：崔甸士。

〔正旦唱〕仙吕点绛唇。混江龙。油葫芦。天下乐。醉中天。金盏儿。赚煞。

〔第二折〕崔甸士到京，得了头名，试官招他为婿。他与新夫人同赴秦川县任上去了。这时，离他赴举已经三年了，崔老差翠鸾到秦川去寻他。他却下了毒手，将翠鸾当作逃奴，命解子押他到沙门岛去，只要死的不要活的。

〔登场人物〕净：试官。张千。崔甸士。搽旦。正旦。解子。祗从。

〔净唱〕醉太平。〔正旦唱〕南吕一枝花。梁州。牧羊关。隔尾。哭皇天。乌夜啼。黄钟煞。

〔第三折〕张天觉这时已为天下提刑廉访使。到了临江驿住下。解子解送翠鸾，沿途吃苦不少。天雨地滑，又打又骂。

〔登场人物〕张。兴儿。正旦。解子。祗从。

〔正旦唱〕黄钟醉花阴。喜迁莺。出队子。么篇。山坡羊。刮地风。四门子。古水仙子。随尾。

〔第四折〕她也到了临江驿，崔老也住在那里。她通夜哭着，天觉甚怒。第二天一看，乃是他的久失的女儿。于是她借了父亲的祗从，亲自捉了甸士和新夫人来，要杀坏他们二人。崔老哀告，方才免杀，仍娶她为妻，休了新妻，改作梅香，大家置酒团圆。

〔登场人物〕净：驿丞。崔老。张。兴儿。祗从。解子。正旦。崔。搽旦。

〔正旦唱〕正宫端正好。滚绣球。伴读书。笑和尚。快活三。（搽旦唱醉太平）鲍老儿。货郎儿。醉太平。尾煞。

题目 淮河渡波浪石尤风
正名 临江驿潇湘秋夜雨

（《小说月报》二十二卷一号，一九三一年一月）

郑孔目风雪酷寒亭杂剧

元杨显之撰《元曲选》（己集下）本

〔楔子〕郑嵩孔目，救了杀人犯宋彬，与他拜为兄弟，送了他些银子而别。又值萧娥告从良。他到了萧家住着。

〔登场人物〕冲末：李府尹。张千。外：郑孔目。丑：解差。正末：宋彬。搽旦：萧娥。

〔正末唱〕仙吕赏花时。么篇。

〔第一折〕郑孔目迷恋着萧娥，不肯归家，同事赵用设计赚了他回来，她也跟了来，因此，气死了他浑家。萧娥便替他管家事。恰在这时，府尹命他上京，他便将孩子交了萧娥看管而去。

〔登场人物〕郑。搽旦。净：高成。正末：赵用。俫儿：赛娘。僧住。张千。旦儿。萧氏。

〔正末唱〕仙吕点绛唇。混江龙。油葫芦。天下乐。醉中天。后庭花。金盏儿。赚煞尾。

〔第二折〕郑孔目去后，萧娥常常打骂两个孩子。赵用与孔目同去，因遗忘了一件文书，又到郑家来取，见儿啼女哭，便与她吵了一场。取了文书而去。

〔登场人物〕搽旦。正末。俫儿。

〔正末唱〕越调斗鹌鹑。紫花儿序。小桃红。天净沙。调笑令。秃厮儿。圣药王。寨儿令。么篇。收尾。

〔第三折〕郑孔目由京师回时，闻沿途纷纷传说，他的妻萧娥有了奸夫，将两个孩子磨折。他在张保店中沽酒，问他详情，乃知孩子已被逐出，沿途讨饭，且奸夫姓高，于是他将孩子寄在酒店，提了刀去杀奸。奸夫高成走了，却杀了萧娥。

〔登场人物〕郑。丑：店小二。正末：张保。俫儿。高。萧。

〔正末唱〕南吕一枝花。梁州第七。贺新郎。红芍药。菩萨梁州。骂玉郎。感皇恩。采茶歌。哭皇天。乌夜啼。黄钟尾。

〔第四折〕郑孔目到府自首，尹府判他刺配沙门岛，奸夫高成恰为解差。他们到了酷寒亭。风雪交加。两个孩子要去叫化残饭剩羹给父亲吃，遇见了宋彬，他带领了喽啰，救了他，杀了高成。

〔登场人物〕李尹。张千。正末：宋。俫儿。喽啰。郑。高。

〔正末唱〕双调新水令。沉醉东风。落梅风。乔牌儿。川拨棹。七弟兄。梅花酒。收江南。鸳鸯煞。

题目　后尧婆淫乱辱门庭　泼奸夫狙诈占风情
正名　护桥龙邂逅荒山道　郑孔目风雪酷寒亭

（《小说月报》二十二卷一号，一九三一年一月）

救孝子贤母不认尸杂剧

元王仲文撰《元曲选》（戊集上）本

〔第一折〕王翛然为大兴府府尹，勾迁义细军至杨家，杨母有二子，她定要长子当军去，留下次子；府尹问其原因，乃因长子是她亲生的,次子是她的夫妾生的。王大惊异。长子临行时,以刀赠妻弟,叫妻转致给他,以王为证见。

〔登场人物〕冲末:王。张千。外:杨兴祖。谢祖。正旦:李氏。旦儿:王春香。杂当。

〔正旦唱〕仙吕点绛唇。混江龙。油葫芦。天下乐。忆王孙。醉中天。后庭花。青哥儿。赚煞尾。

〔楔子〕王婆婆要接她女儿回家拆洗衣服,杨母因无人送,未叫他去。王婆亲自来接。但前半月,杨母实已叫谢祖送去,送至半路而回,这时,春香却遇见一个赛卢医拐了一个哑梅香,在半路上因生子死了。他便迫着春香跟他同逃,却又将刀把梅香脸上划割了。且将她衣服给了梅香穿。

〔登场人物〕卜儿:王婆婆。正旦。旦儿:春香。谢祖。净:医。哑梅香。

〔正旦唱〕仙吕赏花时。么篇。

〔第二折〕这时是一月之后了,王婆婆亲到杨家问她女儿为什么未回。这时,杨母也疑惑媳妇去了半月为何并未有信息。于是大家着了慌。问谢祖,他却说只送至半路。他们同去寻找,问牧童,乃寻见尸首,王婆一口咬定是谢祖杀的,谢祖却不承认。恰好本处推官巩得中下乡来查失了梅香的事;他叫令史审问此案,令史要烧化了尸首。杨母却说,衣是尸不是。

〔登场人物〕正旦。卜儿。谢祖。丑:牧童。伴哥。净:孤。丑:令史。张千。李万。

〔正旦唱〕正官端正好。滚绣球。倘秀才。滚绣球。倘秀才。滚绣球。叨叨令。四煞。三煞。二煞。煞尾。

〔第三折〕推官再三勘问,杨母只不肯认尸。令史却将谢祖屈打成招,下在死牢。

〔登场人物〕孤。令史。李万。张千。正旦。谢祖。祇候。

〔正旦唱〕中吕粉蝶儿。醉春风。迎仙客。红绣鞋。普天乐。上小楼。么篇。满庭芳。耍孩儿。五煞。四煞。三煞。二煞。尾煞。

〔第四折〕正在王翛然未审问此案时,杨兴祖因军功得金牌上千户,中途遇春香,且捉住卢医,来见王府尹,乃将此案结束。

〔登场人物〕赛卢医。旦儿。兴祖。随从。王。张千。李万。令史。谢祖。正旦。

〔正旦唱〕双调新水令。驻马听。乔牌儿。水仙子。沽美酒。太平令。收江南。

题目　送亲嫂小叔枉招罪
正名　救孝子贤母不认尸

（《小说月报》二十二卷一号，一九三一年一月）

谢金莲诗酒红梨花杂剧

元张寿卿撰《元曲选》（庚集上）本

〔第一折〕赵汝州写信给洛阳太守刘辅,说要见谢金莲。刘嘱咐下人说,赵来时,只说谢已嫁人。他留赵住在后花园,又嘱谢假装王同知之女去诱他,他们一夜在花下相遇。赵便邀她进房饮酒。她去时,允他明夜带酒来同喝。

〔登场人物〕正旦：谢。冲末：刘。外：赵。张千。梅香。

〔正旦唱〕仙吕点绛唇。混江龙。油葫芦。天下乐。那吒令。鹊踏枝。寄生草。后庭花。金盏儿。醉中天。赚煞。

〔第二折〕第二夜,谢将一瓶花,一樽酒,来回礼。这花乃是红梨花。二人正在唱酬欢饮间，嬷嬷来了，将谢唤了去。赵仍只一个人留在那里。

〔登场人物〕赵。谢。梅香。净：嬷嬷。

〔正旦唱〕南吕一枝花。梁州第七。隔尾。哭皇天。乌夜啼。贺新郎。四块玉。骂玉郎。感皇恩。采茶歌。一煞。尾煞。

〔第三折〕太守下乡劝农去，吩咐张千，要是赵去时，将银马赠他。这时，赵正在想念谢不置。有一天，一个卖花三婆到园中偷采花枝，为赵撞见。赵将红梨花给他看，她连说有鬼有鬼，便告诉他，她的儿子也为一个女人执了红梨花的所害死。这妇人乃是王同知之女，死后一灵不昧，专迷惑少年秀才。赵闻之，大惊，乃不别太守而去。

〔登场人物〕正旦：花婆。赵。刘。张千。

〔正旦唱〕中吕粉蝶儿。醉春风。迎仙客。红绣鞋。石榴花。斗鹌鹑。快活三。鲍老儿。十二月。尧民歌。乱柳叶。上小楼。么篇。煞尾。

〔第四折〕赵中了状元，至洛阳为县令。刘太守设宴请他，他醉卧宴间。太守命谢为他打扇，扇上插有一枝红梨花。赵醒来见她，大惊失措，连呼有鬼。太守乃出来，为他剖释一切。原来是太守怕他迷恋烟花，失了进取之心，故为此计也。于是两口儿乃成合。

〔登场人物〕谢。刘。赵。张千。

〔正旦唱〕双调新水令。沉醉东风。雁儿落。得胜令。挂玉钩。川拨棹。七弟兄。梅花酒。收江南。水仙子。

题目　赵汝州风月白纨扇
正名　谢金莲诗酒红梨花

（《小说月报》二十二卷二号，一九三一年二月）

便宜行事虎头牌杂剧

元李直夫撰《元曲选》(丙集上)本

〔第一折〕山寿马为金牌上千户,镇守边界。一日,正在打猎,他叔叔银住马和婶婶来望他。朝廷又有使命来,以他为天下兵马大元帅,却将那千户印子交给手下得力的人。他便将印给了银住马。

〔登场人物〕旦:茶茶。六儿。冲末:老千户。老旦。正末:千户。属官。外:使命。

〔正末唱〕仙吕点绛唇。混江龙。油葫芦。天下乐。醉中天。金盏儿。一半儿。金盏儿。赚煞。

〔第二折〕老千户到渤海寨取家小到夹山口;顺便去访问他哥哥金住马,他极力劝他不要喝酒。他度日甚艰,老千户便送他一领绵衣而别。

〔登场人物〕老千户。老旦。正末。金住马。

〔正末唱〕双调五供养。落梅风。阿那忽。慢金盏。石竹子。大拜门。山石榴。醉娘子。相公爱。不拜门。也不啰。喜人心。醉也摩娑。月儿弯。风流体。忽都白。唐兀歹。离亭宴煞。

〔第三折〕八月十五日,老千户正在喝酒,却被贼兵打破了夹山口,掳了人口马匹去。他连忙追去夺回。元帅山寿马知道这事,便令人勾他。他几次抗令不去,后来,只得叫关西曳刺一铁索将他捉去。元帅判他斩罪。他动以情,婶婶、妻动以情,也都不肯,经历们去求,也不肯。后来,知他曾夺回人马,便赦死杖百,狗儿替了六十,他打四十。

〔登场人物〕老千户。老旦。杂当。外:经历。净:左右勾事人。外:曳刺。正末。祗候。旦。

〔正末唱〕双调新水令。沉醉东风。搅筝琶。胡十八。庆宣和。

步步娇。沽美酒。太平令。雁儿落。得胜令。鸳鸯煞。

〔第四折〕第二天，元帅又担酒牵羊，与叔叔暖痛去。到了后来，他才开了门。元帅说明，打他的不是他，乃是虎头牌也。于是大家和好如初。

〔登场人物〕老千户。老旦。正末。旦。经历。祗从。

〔正末唱〕正宫端正好。滚绣球。伴读书。笑和尚。川拨棹。七弟兄。梅花酒。收江南。尾煞。

题目 枢院相公大断案
正名 便宜行事虎头牌

（《小说月报》二十二卷二号，一九三一年二月）

秦修然竹坞听琴杂剧

元石子章撰《元曲选》（壬集上）本

〔楔子〕郑彩鸾父母双亡，她幼年曾与秦修然指腹为婚。因朝廷下旨，凡二十岁以上之女子非出嫁不可。她便去出家。将产业交了都管。

〔登场人物〕正旦：郑。外：都管。老旦：老道姑。

〔正旦唱〕仙吕赏花时。么篇。

〔第一折〕梁州尹到郑州上任。秦修然去见他，便留在书房读书。半月之后，秦到城外散步，恰好天色已晚，见一草庵，便去投宿，不料即为彩鸾修真之所。二人说起前事，便一同住宿。天明而去。

〔登场人物〕正旦。副末：秦修然。外：梁州尹。张千。小道姑。

〔正旦唱〕仙吕点绛唇。混江龙。村里迓鼓。元和令。上马娇。

胜葫芦。么篇。后庭花。金盏儿。赚煞。

〔第二折〕又过了半月，修然夜夜到庵中去的事，为梁州尹所知，他便设计，叫嬷嬷去骗修然说，城外庵中，有一个少年鬼道姑，专一迷少年。修然大惊，便匆匆上京求名而去。一面梁州尹却到城外去访道姑，请她至衙旁白云观为住持。

〔登场人物〕梁。张千。秦。正旦。小姑。净：嬷嬷。

〔正旦唱〕中吕粉蝶儿。醉春风。红绣鞋。石榴花。斗鹌鹑。上小楼。么篇。快活三。鲍老儿。耍孩儿。尾声。

〔第三折〕修然中了状元，选了郑州通判。梁州尹设计使他到白云观与彩鸾相见。他见了彩鸾还以为是鬼呢。但梁州尹却使他们成了婚事。

〔登场人物〕梁。秦。张千。正旦。小姑。嬷嬷。

〔正旦唱〕正宫端正好。滚绣球。么篇。叨叨令。倘秀才。滚绣球。尾煞。

〔第四折〕老道姑一病三月。病愈后去寻彩鸾，却知她已嫁人，便要去寻她一场。到了她家时，道姑指说她了一顿。她请出州尹来劝她。不料这府尹正是她失散了的丈夫，于是这一对老夫妻也团圆了。

〔登场人物〕梁。秦。正旦。小姑。老道姑。都管。

〔正旦唱〕双调新水令。乔牌儿。雁儿落。得胜令。甜水令。折桂令。沽美酒。太平令。离亭宴煞。

　　题目　郑彩鸾草庵学道
　　正名　秦修然竹坞听琴

（《小说月报》二十二卷二号，一九三一年二月）

陶学士醉写风光好杂剧

元戴善夫撰《元曲选》(丁集上)本

〔第一折〕宋祖差陶毂至南唐,欲说降了唐主;唐主托病不朝,只由丞相宋齐丘管待着,又叫韩熙载任招待。熙载命妓弱兰奉酒,毂不为之动。

〔登场人物〕冲末:宋。祇从。外:韩。乐探。正旦。正末。驿吏。众妓。张千。

〔正旦唱〕仙吕点绛唇。混江龙。油葫芦。天下乐。后庭花。金盏儿。醉中天。金盏儿。后庭花。赚煞。

〔第二折〕韩见壁上题诗十二字,知乃"独眠孤馆"四字。于是设计命弱兰假作驿吏寡妇烧夜香。果然陶学士被赚,二人成了婚好。全没了威严之态。她乞求珠玉。他便写了一首《风光好》给她。

〔登场人物〕宋。张千。韩。正旦。梅香。正末。

〔正旦唱〕南吕一枝花。梁州第七。贺新郎。牧羊关。隔尾。牧羊关。红芍药。菩萨梁州。三煞。二煞。煞尾。

〔第三折〕第二天,宋齐丘等请他宴会,说唐主病快好了,宴次,出弱兰命唱《风光好》,他还是脸如刮霜。后来,说破了,他便隐几而卧,宋、韩各去了。他知道不能见唐主,也不能回汴梁,便决定投奔杭州钱俶处,别寻个前程。并与秦弱兰约定要娶她。

〔登场人物〕宋。张千。韩。正旦。陶。

〔正旦唱〕正官端正好。滚绣球。倘秀才。滚绣球。叨叨令。滚绣球。倘秀才。滚绣球。三煞。二煞。黄钟煞。

〔第四折〕陶毂到了杭州不久,宋主遣曹彬下江南,秦弱兰也投杭州,钱王收留了她,要待机会使她与毂相见。一日,在湖山堂上设宴,当宴使弱兰出来,且使毂躲于众人中。他假使一官冒为陶毂,弱兰不认他。他又使她在人丛中自去找觳。她寻到了他，他又不认。她欲冲阶自杀。钱王连忙止住了她，说明缘由，使他二人团圆。

〔登场人物〕外：钱王。近侍。卒子。陶。乐探。正旦。净。官。

〔正旦唱〕中吕粉蝶儿。醉春风。迎仙客。石榴花。斗鹌鹑。上小楼。么篇。快活三。鲍老儿。哨遍。耍孩儿。三煞。二煞。煞尾。

题目　宋齐丘明识新词藻　韩熙载暗遣闲花草
正名　秦弱兰羞寄断肠词　陶学士醉写风光好

（《小说月报》二十二卷二号，一九三一年二月）

张孔目智勘魔合罗杂剧

元孟汉卿撰《元曲选》（辛集下）本

〔楔子〕李德昌问卦知有百日之灾，要到南昌做买卖去躲避。他的堂兄弟却常调戏他妻。因此她不安心他去。

〔登场人物〕冲末：李彦实。净：李文道。正末：德昌。旦儿。俫儿。

〔正末唱〕仙吕赏花时。么篇。

〔第一折〕德昌去后，文道来调戏他嫂嫂，却为他父亲打下，德昌冒雨而去，病倒在五道将军庙。恰遇一老者高山，乃请他带信到家。

〔登场人物〕文道。旦。彦实。正末。外：高山。

〔正末唱〕仙吕点绛唇。混江龙。油葫芦。天下乐。醉中天。醉扶归。一半儿。金盏儿。后庭花。赚煞。

〔第二折〕高山到了他家，先遇见李文道，李忙将了毒药去毒死了他。他妻去时，把他运回家，已经死了。文道逼她不从，便告了她，屈打成招。

〔登场人物〕高山。文道。旦。俅。正末。净：孤。张千。丑：令史。

〔正末唱〕黄钟醉花阴。喜迁莺。出队子。刮地风。四门子。古水仙子。寨儿令。神仗儿。节节高。者刺古。挂金索。尾。

〔第三折〕都孔目张鼎，劝农回来，已换新官。他见了刘玉娘，知是冤枉，便去诉新官。言辞顶撞。新官要他三天之内将此案审结。

〔登场人物〕外：府尹。张千。令史。旦。正末：张鼎。

〔正末唱〕商调集贤宾。逍遥乐。金菊香。醋葫芦。么篇。金菊香。醋葫芦。么篇。么篇。后庭花。双雁儿。浪来里煞。

〔第四折〕张孔目提出刘玉娘来仔细审问；她说出卖魔合罗的高山来，于是提到他，又由他说起李文道来，于是此案乃大明。玉娘被释，张鼎也得官。

〔登场人物〕旦。正末。彦实。文道。张千。府尹。高山。

〔正末唱〕中吕粉蝶儿。醉春风。叫声。喜春来。红绣鞋。迎仙客。白鹤子。么篇。么篇。么篇。么篇。么篇。叫声。醉春风。滚绣球。倘秀才。蛮姑儿。快活三。鲍老儿。鬼三台。剔银灯。蔓菁菜。穷河西。柳青娘。道和。煞尾。

题目　李文道毒药摆哥哥　萧令史暗里得钱多
正名　高老儿屈下河南府　张平叔智勘魔合罗

（《小说月报》二十二卷三号，一九三一年三月）

吕洞宾度铁拐李岳杂剧

元岳伯川撰《元曲选》（丙集下）本

〔第一折〕岳寿为吏清正，因接新官韩魏公不着，便回家吃饭。

见一道士在门口胡骂,便吊在门前,自去吃饭。不料魏公却微行而至,放去了先生。岳寿命张千去责问他,乃知他即是新官。他们都吓得要死,岳寿跌倒,抬回家去。

〔登场人物〕旦:李氏。外:吕洞宾。俫儿。正末:岳寿。张千。外:韩魏公。

〔正末唱〕仙吕点绛唇。混江龙。油葫芦。天下乐。金盏儿。醉扶归。金盏儿。后庭花。金盏儿。赚煞尾。

〔第二折〕岳寿被吓,病倒在家。韩魏公到衙查问文卷,无错,知他是个能吏,便命孙福送了十个银子给他养病。他病已深,看看待死,便嘱咐了他们一场而死。

〔登场人物〕皂隶人众。韩。孙福。正末。俫。旦。张千。

〔正末唱〕正宫端正好。滚绣球。倘秀才。叨叨令。倘秀才。滚绣球。脱布衫。小梁州。么篇。倘秀才。滚绣球。倘秀才。滚绣球。三煞。二煞。煞尾。

〔楔子〕岳寿到了阎王处,正要叫他下油锅,却有吕洞宾救了他,以他为弟子。因他妻已把他尸身烧坏,乃借李屠尸还阳,名为李岳,号铁拐。

〔登场人物〕正末。吕。外:阎王。判官。牛头马面。

〔正末唱〕仙吕赏花时。么篇。

〔第三折〕他借尸还魂,成了一个瘸子,李屠的父、妻、子,他俱是不认得的。他一心只要回家去。

〔登场人物〕净:李老。旦。俫。正末。众。

〔正末唱〕双调新水令。沽美酒。太平令。雁儿落。得胜令。庆东原。川拨棹。七弟兄。梅花酒。收江南。大清歌。川拨棹。鸳鸯煞。

〔第四折〕他进岳寿之门与大嫂、孙福、张千相认,李屠的父与媳又追了来,他们争夺他不已。同去见官。韩魏公也断不了。遂由吕洞宾来，领了他去朝元，与七仙相见。

〔登场人物〕岳。旦。俫儿。正末。孙福。张千。孛老。旦儿。韩。从人。吕。诸仙。

〔正末唱〕中吕粉蝶儿。醉春风。十二月。尧民歌。红绣鞋。喜春来。迎仙客。普天乐。快活三。鲍老催。上小楼。么篇。耍孩儿。二煞。煞尾。

题目　韩魏公断借尸还魂
正名　吕洞宾度铁拐李岳

（《小说月报》二十二卷三号，一九三一年三月）

河南府张鼎勘头巾杂剧

元孙仲章撰《元曲选》（丁集下）本

〔第一折〕王小二因穷苦，到刘员外家中去求钞。他因打狗，倒打破了一只尿缸，反说狗咬他，因此与员外争闹，声言要杀他。刘妻因此责他立下一纸保辜文书。

〔登场人物〕丑：王小二。正末：刘。旦：刘妻。街坊。

〔正末唱〕仙吕点绛唇。混江龙。油葫芦。天下乐。醉中天。金盏儿。赚煞。

〔楔子〕十日后，刘妻却叫她的情人王知观杀了刘员外，取了芝麻罗头巾，减银环子为信物。他杀刘后，刘妻以保辜文书为证，一口咬定是王小二杀的。

〔登场人物〕旦。净：道士王知观。正末。街坊。

〔正末唱〕仙吕赏花时。么篇。

〔第二折〕他们到了当官,官是一个糊涂虫,只由赵令史作主,于是屈打成招。到了半年后,又去追头巾、环子。小二无奈,妄指在某处埋着。恰好一个庄家向张千讨草钱,也被赚入牢中,知道了这事。途中遇见王道士,便对他说着。王连忙将头巾等埋到那处去。新官到任三日,便判斩。都孔目张鼎恰好遇见了他,知道必有冤枉,便说明头巾埋了半年,一点不坏,其中当有他情。于是府尹限他三日问成此案。

〔登场人物〕丑:庄家。净:王道士。外:府尹。净:孤。张千。旦。王小二。赵令史。祗候。正末:张鼎。

〔正末唱〕南吕一枝花。梁州第七。牧羊关。贺新郎。牧羊关。隔尾。黄钟煞。

〔第三折〕张鼎勘问王小二,又问张千,追出庄家来,庄家又追出一个道士来。于是他乃设计骗刘妻招出真情,捉来王知观,一切案情乃焕然大明。

〔登场人物〕张千。王小二。正末。庄家。旦。王道士。

〔正末唱〕商调集贤宾。逍遥乐。醋葫芦。么篇。么篇。挂金索。醋葫芦。么篇。后庭花。梧叶儿。金菊香。浪来里煞。

〔第四折〕果然在三日内问成了这案。于是府尹赏赐张孔目,保举为县令,而罚了赵令史。

〔登场人物〕府尹。祗候。正末。令史。一行人。

〔正末唱〕双调新水令。乔牌儿。雁儿落。得胜令。川拨棹。七弟兄。梅花酒。收江南。

题目 赵令史为吏见钱亲 王小二好斗祸临身
正名 望京店庄家索冷债 河南府张鼎勘头巾

(《小说月报》二十二卷四号,一九三一年四月)

死生交范张鸡黍杂剧

元宫大用撰《元曲选》(己集上)本

〔楔子〕范巨卿与张元伯为生死之交,同孔仲山、王仲略等并在太学。他们分散归家。范与张约,二年后今月今日去拜访他老母。张云,当杀鸡炊黍等他。

〔登场人物〕正末:范。冲末:张。孔。净:王。

〔正末唱〕仙吕赏花时。么篇。

〔第一折〕二年后,范巨卿赴约。在酒店中歇足,遇见了王仲略,他窃了孔仲山的万言策,自己献了上去,得了杭州金判,也在那里喝酒。二人便同到张元伯处。元伯已自杀鸡炊黍等着。他拜母之后,不久便别去,张也约他,明年当到山阳去回访他。

〔登场人物〕丑:酒保。净:王。正末:范。冲末:张。老旦:卜儿。家僮。

〔正末唱〕仙吕点绛唇。混江龙。油葫芦。天下乐。那吒令。鹊踏枝。寄生草。么篇。六么序。么篇。金盏儿。醉中天。金盏儿。赚煞。

〔第二折〕二人别后未经一载,张元伯忽一病不起。他临危时说,非待巨卿来,灵车不动。这时,太守第五伦正去征聘巨卿,他坚不就辟。午睡时,梦元伯来告他已死。他便着素衣,连忙奔丧去。

〔登场人物〕张。范。卜儿。旦儿。俫儿。外:第五伦:祗从。家僮。

〔正末唱〕南吕一枝花。梁州第七。隔尾。牧羊关。隔尾。骂玉郎。感皇恩。采茶歌。哭皇天。乌夜啼。三煞。二煞。黄钟尾。

〔第三折〕元伯死后七日,他们预备葬了他,却拖不动举车。巨卿恰在这时赶到,哭奠了一番,便亲自拖车,居然车动,葬后哭拜而到他家里歇着。

〔登场人物〕范。卜儿。旦儿。侠儿。众街坊。

〔正末唱〕商调集贤宾。逍遥乐。金菊香。梧叶儿。挂金索。村里迓鼓。元和令。上马娇。游四门。胜葫芦。后庭花。青哥儿。柳叶儿。醋葫芦。么篇。么篇。高过浪来里。随调煞。

〔第四折〕巨卿在元伯坟院种松栽柏。百日之后,第五伦奉了圣旨来征辟他。孔仲山却做了马前走卒。巨卿见他而惊,第五伦乃亦举荐了他,并治王仲略之罪。

〔登场人物〕赵。孔。第五。王。祗从。

〔正末唱〕中吕粉蝶儿。醉春风。红绣鞋。石榴花。斗鹌鹑。上小楼。么篇。十二月。尧民歌。耍孩儿。二煞。一煞。煞尾。

题目　义烈传子母褒扬
正名　死生交范张鸡黍

（《小说月报》二十二卷五号,一九三一年五月）

李亚仙花酒曲江池杂剧

元石君宝撰《元曲选》（乙集下）本

〔楔子〕洛阳府尹郑公弼有子元和,他命他赴选去,叫张千伏侍他同去。

〔登场人物〕外：郑府尹。末：郑元和。张千。

〔末唱〕仙吕赏花时。

〔第一折〕春天,赵牛觔和刘桃花请了李亚仙在曲江池上赏春。元和经过那边,顾恋不已,三坠其丝鞭。亚仙便请他过去同席。他请她上马,同到她家去了。

〔登场人物〕净:赵。外旦:刘。正旦:李亚仙。梅香。末。张千。

〔正旦唱〕仙吕点绛唇。混江龙。油葫芦。天下乐。那吒令。鹊踏枝。寄生草。醉中天。金盏儿。青哥儿。赚煞。

〔第二折〕两年之后,元和金尽,被虔婆逐出,与人送殡唱挽歌度日。张千回家报信。郑府尹亲自追来。将他打死在杏花园。亚仙连忙去看他,叫醒了他,却为虔婆所迫归。

〔登场人物〕郑府尹。张千。正旦。梅香。卜儿。末。净。

〔正旦唱〕南吕一枝花。梁州第七。(末净唱:商调尚君马)隔尾。牧羊关。骂玉郎。感皇恩。采茶歌。黄钟煞。

〔第三折〕大雪纷纷扬扬,亚仙命梅香去寻了郑元和来。她不顾虔婆之责备,要元和同住着,奋志求名。

〔登场人物〕正旦。梅香。末。净。卜儿。

〔正旦唱〕中吕粉蝶儿。醉春风。十二月。尧民歌。满庭芳。耍孩儿。三煞。二煞。尾煞。

〔第四折〕元和一举入第,授为洛阳县令,不肯认父。赖亚仙苦劝,父子仍和好如初。

〔登场人物〕郑府尹。张千。末。祗从。正旦。净。卜儿。梅香。

〔正旦唱〕双调新水令。沉醉东风。雁儿落。得胜令。川拨棹。七弟兄。梅花酒。收江南。鸳鸯煞。

题目 郑元和风雪卑田院
正名 李亚仙花酒曲江池

(《小说月报》二十二卷五号,一九三一年五月)

鲁大夫秋胡戏妻杂剧

元石君宝撰《元曲选》（丁集上）本

〔第一折〕刘秋胡娶妻罗梅英，三朝后，请了丈人丈母来喝酒，正是这时，勾军人却来勾了秋胡去当兵，一刻也不能停留。

〔登场人物〕老旦：卜儿。正末：秋胡。净：罗大户。搽旦：卜罗。正旦：梅英。媒婆。外：勾军人。

〔正旦唱〕仙吕点绛唇。混江龙。油葫芦。天下乐。村里迓鼓。元和令。上马娇。游四门。胜葫芦。后庭花。柳叶儿。赚煞。

〔第二折〕十年之后，秋胡一去，毫无消息。李大户生心欲娶她为妻，假说秋胡已死。他与罗大户定计，去娶她，倒被她抢白一顿而去。

〔登场人物〕净：李大户。罗。卜儿。正旦。罗。搽旦。鼓乐。

〔正旦唱〕正宫端正好。滚绣球。呆骨朵。倘秀才。滚绣球。脱布衫。醉太平。叨叨令。煞尾。

〔第三折〕这时，秋胡已得了官，做了中大夫，告假回家，鲁昭公又赐他黄金一饼。他到了近家时，换了一身便衣，在桑园中，他见一个美妇在采桑，便去调戏她，又送给她金饼，倒吃她一场大骂。

〔登场人物〕秋胡。卜儿。正旦。

〔正旦唱〕中吕粉蝶儿。醉春风。普天乐。满庭芳。上小楼。十二月。尧民歌。耍孩儿。二煞。三煞。煞尾。

〔第四折〕秋胡到了家，拜见了母亲，母亲叫他妻出见，原来便是采桑妇，梅英不肯认他，只要他一纸休书。正在这时，李大户又带了人来抢亲，却为秋胡喝左右缚送县中究治。秋胡母说，她如不认夫，她便撞死，于是她只好认了他。

〔登场人物〕卜儿。秋胡。祇从。正旦。李大户。罗。搽旦。杂当。

〔正旦唱〕双调新水令。甜水令。折桂令。乔牌儿。豆叶黄。川拨棹。殿前欢。雁儿落。得胜令。鸳鸯煞。

题目　贞烈妇梅英守志
正名　鲁大夫秋胡戏妻

(《小说月报》二十二卷五号，一九三一年五月)

相国寺公孙合汗衫杂剧

元张国宾撰《元曲选》(甲集下)本

〔第一折〕张义和妻子同在楼上饮酒，赏雪，见一大汉醉倒雪地上，便命人扶他进门，给了他酒食盘缠。他子孝友，见这人好一条大汉，便认他为兄弟，留住了他。又有一个赵兴孙因不平打杀了人，递配沙门岛，也由此过，他们又送他十两银子。倒在雪地上的大汉名陈虎，见了，便要抢了他的。亏得赵氏父子又给了他。

〔登场人物〕正末：张义。净：卜儿。张孝友。旦儿。兴儿。丑：店小二。净邦老：陈虎。外：赵兴孙。解子。

〔正末唱〕仙吕点绛唇。混江龙。油葫芦。天下乐。后庭花。青哥儿。赚煞尾。

〔第二折〕孝友妻有孕，十八月未生。陈虎劝他们夫妻瞒了父母到徐州东岳庙问玉杯珓儿。他们听信了他的话而去。这里，父母知道了，便追了去。他们不肯回，只得取了汗衫，各执一半以为纪念而去。恰在这时，张家失火，烧得干干净净。老夫妇二人只得叫化为生。

〔登场人物〕张孝友。兴儿。邦老。旦。正末。卜儿。

〔正末唱〕越调斗鹌鹑。紫花儿序。小桃红。鬼三台。紫花儿序。调笑令。络丝娘。么篇。耍三台。青山口。收尾。

〔第三折〕十八年后。这时,张孝友妻已生下一个孩子,十八岁了。张孝友在十八年前,被陈虎推下水去,他娶了他妻李玉娥。玉娥一心只想报仇。她叫孩子去中武举,又给他一半汗衫,叫他寻张员外。他果然中了武状元,在相国寺舍斋。张员外夫妻叫化至寺,误以他为孝友,又出汗衫。张员外乃知其中消息,但只叫他告诉母亲,不必告诉父亲。他将他们带到家去。

〔登场人物〕邦老。旦儿。小末。俫儿。正末。卜儿。杂当。外:长老。

〔正末唱〕中吕粉蝶儿。醉春风。快活三。朝天子。四边静。普天乐。上小楼。么篇。脱布衫。小梁州。么篇。耍孩儿。煞尾。

〔第四折〕小张豹是本处提察使。他先回家,母亲将这事告诉了他,他便立刻要去捉陈虎。这时,赵兴孙做了巡检,见张员外经过,便拜认了他。他们二人到金沙院。和尚恰是张孝友,他未死,乃为渔船所救。于是父母妻子团圆。陈虎也捉了来。由李府尹宣断一切。

〔登场人物〕邦老。旦儿。小末。赵兴孙。弓兵。正末。卜儿。张孝友。僧人。外:府尹。祗从。

〔正末唱〕双调新水令。小将军。清江引。碧玉箫。沽美酒。太平令。雁儿落。得胜令。殿前喜。

题目 东岳庙夫妻占玉珓
正名 相国寺公孙合汗衫

(《小说月报》二十二卷六号,一九三一年六月)

薛仁贵荣归故里杂剧

元张国宾撰《元曲选》(乙集下)本

〔楔子〕薛仁贵不肯做庄农生活,每日价只是抡枪使棒。一日闻绛州招义军,便辞父母妻子而去。

〔登场人物〕正末:孛老。卜儿。旦儿:柳氏。冲末:仁贵。

〔正末唱〕仙吕端正好。

〔第一折〕高丽王命葛苏文攻唐,唐军无大将,总管张士贵与战大败,亏得薛仁贵三箭定天山;得了五十四件大功,定了辽国;张士贵却都赖为己有。二人争功不决。徐茂公命监军杜如晦证明,张还不服。于是二人比箭之后,以功归薛。薛酒醉梦归家。

〔登场人物〕净:高王。卒子。丑:葛。外:徐。净:张。正末:杜。薛。

〔正末唱〕仙吕点绛唇。混江龙。油葫芦。天下乐。那吒令。鹊踏枝。寄生草。金盏儿。赚煞尾。

〔第二折〕他父母正在思念他,家中又贫苦无以为生。他回家了,在十年后回家了,他父母正在要买酒买肉款待他,却见张士贵命旨来捉他,要杀坏了他。他一惊而醒,便恳求徐茂公放他回家。茂公以女妻之。

〔登场人物〕孛老。卜儿。薛。张。徐。卒子。

〔正末唱〕商调集贤宾。逍遥乐。梧叶儿。后庭花。双雁儿。醋葫芦。么篇。浪来里煞。

〔第三折〕他归家,清明日在途中遇见旧友伴哥,打听家中消息,伴哥不知是他,骂了他一顿,又说他父母如何的想念他。他便急急地归去了。

〔登场人物〕丑:禾旦。正末:伴哥。薛。卒子。

〔正末唱〕中吕粉蝶儿。醉春风。十二月。尧民歌。上小楼。满庭芳。快活三。迓鼓儿。鲍老儿。耍孩儿。一煞。煞尾。〔丑唱〕双调豆叶黄（开场）。

〔第四折〕薛与徐小姐归家拜见了父母，父母出于意外。又见了妻。正在合家团圆时，徐茂公又奉了圣诏，给他们加官进爵。

〔登场人物〕杜。孛老。卜儿。旦儿。薛。小旦。辛子。徐。

〔正末唱〕双调新水令。殿前欢。甜水令。折桂令。喜江南。沽美酒。太平令。

题目　徐茂公比射辕门
正名　薛仁贵荣归故里

（《小说月报》二十二卷六号，一九三一年六月）

陈季卿悞上竹叶舟杂剧

元范子安撰《元曲选》（己集下）本

〔楔子〕陈季卿流落不遇，到故人青龙寺住持惠安和尚处求济助。

〔登场人物〕冲末：陈。外：惠安。丑：行童。

〔冲末唱〕仙吕赏花时。

〔第一折〕陈季卿在寺中温习经史。吕洞宾奉师命要度他出门，他不省悟。吕因他归心颇切，便将一片竹叶儿放在图中，变了一只小舟。他睡着了。

〔登场人物〕冲末。外。丑。正末：吕。

〔正末唱〕仙吕点绛唇。混江龙。油葫芦。天下乐。那吒令。鹊踏枝。寄生草。醉中天。金盏儿。赚煞。

〔第二折〕陈于中途迷路，吕却引了列御寇、张子房、葛仙翁来指点他，他终于未晤。

〔登场人物〕陈。吕。外三人。

〔正末唱〕双调新水令。驻马听。雁儿落。得胜令。挂玉钩。沽美酒。太平令。甜水令。折桂令。川拨棹。七弟兄。梅花酒。鸳鸯煞尾。

〔第三折〕陈在江边，见了一只渔舟，便要他渡过江去。渔父直送他到家门口。他至家拜见了父母，与妻子谈了一会，便又乘了渔舟赴举去。不料中途舟覆，他却一惊而醒。醒后，他去追道人。

〔登场人物〕正末：渔夫。陈。行童。外：孛老。卜儿。老旦。旦儿。俫儿。

〔正末唱〕南吕一枝花。梁州第七。隔尾。贺新郎。骂玉郎。感皇恩。采茶歌。牧羊关。哭皇天。乌夜啼。三煞。二煞。黄钟尾。

〔第四折〕陈追上了吕，哀求他引度。于是东华帝君引了七仙上场，宣命他做了纯阳弟子，同去赴蟠桃会。

〔登场人物〕列。张。葛。陈。吕。东华。又七人。

〔列唱〕村里迓鼓。元和令。上马娇。胜葫芦。

〔正末唱〕正宫端正好。滚绣球。倘秀才。滚绣球。倘秀才。滚绣球。叨叨令。十二月。尧民歌。煞尾。

题目　吕洞宾显化沧浪梦
正名　陈季卿悞上竹叶舟

（《小说月报》二十二卷七号，一九三一年七月）

包待制智赚灰阑记杂剧

元李行道撰《元曲选》（庚集上）本

〔楔子〕张海棠卖俏求食，一心要嫁与马员外。她哥哥张林，不忍而出门去。她母亲只好顺其意而嫁了她。

〔登场人物〕老旦：卜儿。正旦：海棠。副末：马员外。冲末：张林。

〔正旦唱〕仙吕赏花时。

〔第一折〕海棠嫁后，生了一子。一天，她的哥哥张林来寻她要钱，她不敢给他。但马的大妻却劝她把头面衣服给了他。马员外回时，她却谮说她把东西给了奸夫。员外大怒而气倒。大妻乘机用药害死了他，却说是她害的。

〔登场人物〕搽旦：大妻。正旦。张林。马均卿。俫儿。赵令史。

〔正旦唱〕仙吕点绛唇。混江龙。油葫芦。天下乐。那吒令。鹊踏枝。寄生草。后庭花。青哥儿。赚煞。

〔第二折〕妻妾二人自马死后，便争产争子，告到当官。官苏顺极胡涂。一切委托赵令史。于是海棠乃被屈打成招，解到开封府治罪。

〔登场人物〕净：孤。祗从。赵令史。搽旦。正旦。俫儿。二净：街坊。二丑：老娘。

〔正旦唱〕商调集贤宾。逍遥乐。梧叶儿。山坡羊。金菊香。醋葫芦。么篇。么篇。么篇。后庭花。双雁儿。浪来里煞。

〔第三折〕海棠到了开封府。在一酒店内遇张林。海棠向其诉冤，林大不忍。赵令史和马妻却正追来，要嘱解差杀海棠。为林指破而逃。

〔登场人物〕二净：解差。丑：酒保。正旦。张林。搽旦。赵令史。

〔正旦唱〕黄钟醉花阴。喜迁莺。出队子。刮地风。四门子。古水仙子。古寨儿令。古神仗儿。节节高。挂金索。尾声。

〔第四折〕开封府尹是包拯。他推详案情。知有冤弊。乃调集人证，巧设一计。在地上用石灰画了一阑，叫二妇拽孩子出阑外。拖得出的是真母。海棠二次拽不出，包乃知她为孩子真母。于是遂申雪了她。

〔登场人物〕冲末：包。丑：张千。祗从。正旦。解子。张林。搽旦。俫儿。街坊。老娘。赵令史。

〔正旦唱〕双调新水令。步步娇。乔牌儿。甜水令。折桂令。雁儿落。得胜令。挂玉钩。庆宣和。水仙子。

题目　张海棠屈下开封府
正名　包待制智勘灰阑记

（《小说月报》二十二卷七号，一九三一年七月）

王月英元夜留鞋记杂剧

元曾瑞卿撰《元曲选》（辛集上）本

〔楔子〕郭华上京应举，落第不归，因恋着胭脂铺中的一位女郎王月英。每托买胭脂为名，与她闲谈。

〔登场人物〕老旦：卜儿。正旦：月英。梅香。末：郭华。

〔正旦唱〕仙吕赏花时。

〔第一折〕月英思念郭华不已，渐成消瘦。梅香暗中问她原由，乃知其故。她便写下一幅笺，托梅香送给郭华。

〔登场人物〕正旦。梅香。

〔正旦唱〕仙吕点绛唇。混江龙。油葫芦。天下乐。那吒令。鹊踏枝。寄生草。金盏儿。后庭花。柳叶儿。赚煞尾。

〔第二折〕月英的笺到了郭华手中，乃约他在元夜在相国寺观音殿相候。那一夜，郭华酒醉了，睡在殿中，月英来推他不醒，便留下绣鞋香帕在他怀中而去。郭华醒来，见了鞋帕，便十分懊悔，吞帕而死。他的家童以为是和尚害死的，便拖他见官去。

〔登场人物〕郭。正旦。梅香。净：和尚。丑：琴童。外：伽蓝。净：鬼力。

〔正旦唱〕正官端正好。滚绣球。倘秀才。滚绣球。叨叨令。滚绣球。呆骨朵。煞尾。

〔第三折〕琴童捉了和尚到包待制衙门告状。包公便命张千假扮货郎，以卖绣鞋为名。王月英的母亲见了绣鞋，知是女儿元夜失落了的，便叫住货郎，不料张千却拖了她去，又勾了月英来，乃知一切情事，便命张千带月英到相国寺找香帕。

〔登场人物〕外：包拯。净：张千。祗从。琴童。和尚。卜儿。正旦。梅香。

〔正旦唱〕中吕粉蝶儿。醉春风。迎仙客。红绣鞋。石榴花。斗鹌鹑。上小楼。满庭芳。十二月。尧民歌。煞尾。

〔第四折〕张千押了月英至观音殿，郭华口中微露手帕，月英把它拉出，郭华便复活了。于是包待制乃主张使他们二人成亲。

〔登场人物〕杂当。张千。正旦。郭华。卜儿。包待制。

〔正旦唱〕双调新水令。驻马听。殿前欢。沽美酒。太平令。川拨棹。七弟兄。梅花酒。收江南。

题目　郭秀才沉醉误佳期
正名　王月英元夜留鞋记

（《小说月报》二十二卷九号，一九三一年九月）

㑳梅香骗翰林风月

元郑德辉撰《元曲选》（庚集下）本

〔楔子〕白敏中之父曾与裴度说定联络儿女姻亲。后二人俱死。敏中至京求完这个亲事。裴夫人却使他们以兄妹之礼见。也使"㑳梅香"樊素拜见哥哥。且留敏中在后花园中万卷堂上安歇。

〔登场人物〕正末。白。老旦：夫人。旦儿：小蛮。正旦：樊素。院公。

〔正旦唱〕仙吕赏花时。么篇。

〔第一折〕小蛮一心思念着敏中，他亦记挂着她。她悄悄地做了一个紫香囊，要乘一个便送给了他。有一天，樊素逗引她去游园。白正在弹琴。她便把香囊抛在他房门口。白见了香囊，益增相思。

〔登场人物〕白。旦儿。正旦。

〔正旦唱〕仙吕点绛唇。混江龙。油葫芦。天下乐。那吒令。鹊踏枝。寄生草。么篇。六么序。么篇。赚煞。

〔第二折〕白因相思而病。夫人令樊素去探问，他乘机托她去与小蛮通达情思。小蛮约他当夜到书房来。

〔登场人物〕夫人。正旦。白。旦儿。

〔正旦唱〕大石调念奴娇。六国朝。初问口。归塞北。雁过南楼。六国朝。喜秋风。归塞北。怨别离。归塞北。净瓶儿。好观音。随煞尾。

〔第三折〕白与小蛮正在后花园相会，夫人忽来撞见，便先责备樊素，却被他三言两语的推托开了，且反诉说夫人的不是。后又叫来小蛮和白来，责了一顿，白预备第二天动身去求名。樊素代小姐为他送行，叮嘱他几句话。

〔登场人物〕白。正旦。旦儿。夫人。

〔正旦唱〕越调斗鹌鹑。紫花儿序。小桃红。鬼三台。金蕉叶。

调笑令。秃厮儿。圣药王。麻郎儿。么篇。络丝娘。雪里梅。青山口。收尾。

〔第四折〕白状元及第,奉圣人命由李尚书绛主婚。李先命官媒及山人去说亲下定。白继至,先不露姓名。后乃为樊素所识破。遂拜岳母成亲。李尚书恰至,宣布圣人之命,封赠一家门。

〔登场人物〕外:李。净:官媒。丑:山人。祗从。院公。夫人。旦儿。白。正旦。

〔正旦唱〕双调新水令。驻马听。乔牌儿。豆叶黄。滴滴金。折桂令。雁儿落。得胜令。落梅风。沽美酒。太平令。

题目 挺学士傲晋国婚姻
正名 㑇梅香骗翰林风月

(《小说月报》二十二卷九号,一九三一年九月)

杜牧之诗酒扬州梦杂剧

元乔梦符撰《元曲选》(戊集下)本

〔楔子〕杜牧之为翰林侍读,因公干至豫章。太守张尚之命张好好劝酒饯行。

〔登场人物〕冲末:张。净:张千。旦:张好好。正末:杜牧之。

〔正末唱〕仙吕赏花时。么篇。

〔第一折〕三年后,牧之又至扬州,太守牛僧孺设酒款待,席间,又出一女劝酒。此女原即为张好好,过继给僧孺为义女者。席间甚有顾恋之意。

〔登场人物〕外:牛。左右亲随。正末。家僮。旦:张好好。

〔正末唱〕仙吕点绛唇。混江龙。油葫芦。天下乐。那吒令。

鹊踏枝。寄生草。么篇。后庭花。青哥儿。赚煞尾。

〔第二折〕第二天,他同家僮上翠云楼游玩。因昨日中酒,不觉得睡了。见张好好领了梅、竹、桃、柳四人与他劝酒,不觉得又醒了。

〔登场人物〕张千。正末。家僮。旦。四旦。

〔正末唱〕正官端正好。滚绣球。倘秀才。滚绣球。醉太平。脱布衫。小梁州。么篇。一煞。煞尾。

〔第三折〕杜牧之在扬州,牛太守只不见他,只着他在翠云楼上赏玩,甚是无聊。便欲回程。有白文礼请他饯行。席间说起张好好,乃知果为三年前在豫章所见之人。他托白圆成此事。白一力担任,许于事成时通知他。

〔登场人物〕外:白。杂当。正末。家僮。

〔正末唱〕南吕一枝花。梁州第七。隔尾。骂玉郎。感皇恩。采茶歌。牧羊关。一煞。黄钟尾。

〔第四折〕牛太守任满进京,牧之只不见他,他知因前事怀恨,便与白文礼定好一计,在金字馆设宴请他,当宴说定亲事,叫好好出来拜见。张尚之这时为京兆尹。圣人因牧之贪恋花酒,要责罚他,赖他保奏无事。这时也来了,将此事告知他,且劝他此后要早罢了酒病诗魔。

〔登场人物〕牛。白。随从。正末。旦。张府尹。

〔正末唱〕双调新水令。沉醉东风。水仙子。雁儿落。得胜令。甜水令。折桂令。鸳鸯煞。

    题目 张好好花月洞房春
    正名 杜牧之诗酒扬州梦

(《小说月报》二十二卷九号,一九三一年九月)

玉箫女两世姻缘杂剧

元乔梦符撰《元曲选》（己集下）本

〔第一折〕韦皋恋着一个上厅行首名玉箫的，颇为她娘所不悦。她借了黄榜招贤的机会，劝说他去应举。于是二人只好相别了。韦皋约定三年后必来。

〔登场人物〕老旦：卜儿。末：韦皋。正旦：玉。梅香。

〔正旦唱〕仙吕点绛唇。混江龙。油葫芦。天下乐。那吒令。鹊踏枝。寄生草。么篇。得胜乐。醉中天。后庭花。青歌儿。赚煞。

〔第二折〕韦皋去了数年，一无音信，玉箫思念不已，染成一病而死。临危时自画一像，令王小二送到韦处。

〔登场人物〕卜儿。玉。梅香。王小二。

〔正旦唱〕商调集贤宾。逍遥乐。上京马。梧叶儿。醋葫芦。金菊香。浪来里。后庭花。金菊香。柳叶儿。浪来里。高过随调煞。

〔第三折〕十八年后，韦皋已官至镇西大将军。一日至荆州节度使张延赏处宴会，张出其义女玉箫劝酒，韦见女貌似玉箫，名又相同，乃欲向张求亲。张大怒，拔剑欲杀他。韦将兵围了张宅。赖玉箫劝韦罢围而去。各到朝中去奏闻圣上。

〔登场人物〕末。卒子。卜儿。外：张。正旦。

〔正旦唱〕越调斗鹌鹑。紫花儿序。金蕉叶。调笑令。小桃红。鬼三台。秃厮儿。圣药王。麻郎儿。么篇。络丝娘。东原乐。拙鲁速。收尾。

〔第四折〕韦皋奏知了圣上，他命张延赏带女至京成亲。张无可奈何。至京后，韦命卜儿带了玉箫真容到张宅，假装求卖。张惊其同像同态。才知韦在宴上所言非假，深为感动。圣上乃于朝中宣了玉箫来，问她前因。于是二人遂续了两世姻缘。

〔登场人物〕张。韦。玉。卜儿。左右。外：唐中宗。一众。内侍。

〔正旦唱〕双调新水令。沉醉东风。乔牌儿。水仙子。搅筝琶。雁儿落。得胜令。甜水令。折桂令。落梅风。沽美酒。太平令。络丝娘。煞尾。

题目　韦元帅重谐配偶
正名　玉箫女两世姻缘

（《小说月报》二十二卷九号，一九三一年九月）

醉思乡王粲登楼杂剧

元郑德辉撰《元曲选》（戊集下）本

〔楔子〕王粲父早亡，只有老母在堂。母命他去求取功名，他于是登程而去。

〔登场人物〕老旦：卜儿。正末：王仲宣。

〔正末唱〕中吕赏花时。

〔第一折〕王粲到了京城，要谒见左丞相蔡邕，他一月不与接见，因要折他的锐气。店小二问他要帐也不能还。日，曹植在座，粲又去见，邕不大理会他，粲愤然而出。邕乃托植假名送银马，叫他去见荆王刘表。

〔登场人物〕丑：店小二。正末。外：蔡邕。祗从。冲末。曹子建。

〔正末唱〕仙吕点绛唇。混江龙。油葫芦。天下乐。那吒令。鹊踏枝。寄生草。六么序。么篇。金盏儿。赚煞。

〔第二折〕粲到了刘表处，表与谈大悦，即封他为荆襄九郡兵马大元帅。表有二将蒯越、蔡瑁，拜他不理。不久，他便睡了，表亦不悦。他醒了，只好出门而去。

〔登场人物〕外：荆王。卒子。正末。二净：蒯、蔡。

〔正末唱〕正官端正好。滚绣球。倘秀才。滚绣球。呆骨朵。倘秀才。滚绣球。煞尾。

〔第三折〕表不久死，粲流落荆州，不能归去，幸有许安道常常慰藉，也常请他登溪山风月楼。重阳节时，二人又登楼饮酒。仲宣颇有家思，酒醉之后，几欲堕楼自尽。亏得安道救住了。正在这时，使命来了，宣他为天下兵马大元帅兼管左丞相事。

〔登场人物〕副末：许达。从人。仲宣。外：使命。

〔正末唱〕中吕粉蝶儿。醉春风。迎仙客。红绣鞋。普天乐。石榴花。斗鹌鹑。上小楼。么篇。满庭芳。十二月。尧民歌。煞尾。

〔第四折〕粲为大元帅，邕与曹植同去见他。他礼植而不礼邕，将前言一一报复。植乃说明，一切皆老丞相之力，与他无干。于是他始拜于丈人之前，算是团圆。

〔登场人物〕蔡相。祇从人。曹。正末。卒子。

〔正末唱〕双调新水令。沉醉东风。乔牌儿。水仙子。甜水令。折桂令。雁儿落。得胜令。离亭宴煞。

题目　假托名蔡邕荐士
正名　醉思乡王粲登楼

（《小说月报》二十二卷九号，一九三一年九月）

罗李郎大闹相国寺杂剧

元张国宾撰《元曲选》（壬集下）本

〔楔子〕苏文顺、孟仓士二人欲上京应举，各将儿女养于罗李郎家中，借了他的盘费而去。

〔登场人物〕冲末：苏。外：孟仓士。正末：罗李郎。丑：侯兴。净：汤哥。旦：定奴。

〔正末唱〕仙吕端正好。么篇。

〔第一折〕二十年后，汤哥与定奴俱长大了，罗李郎与他们配合了，生了一子，名受春。汤哥饮酒为非，甚是不好。一天，他醉了回来，为罗李郎打了一顿，且说，这是养他人儿女的下场。他便逼问侯兴，知非他的儿子。侯便劝他上京寻父。

〔登场人物〕汤。定奴。罗。侯。外：酒家。外：乐人。丑。俫儿。

〔正末唱〕仙吕点绛唇。混江龙。油葫芦。天下乐。后庭花。醉中天。一半儿。醉扶归。后庭花。金盏儿。赚煞。

〔楔子〕侯兴知汤哥去了，便报知罗李郎，他即命拿了银子追去。侯兴却取了假银子去。追上了他，又假说要拿他。他只得拿了假银子逃。

〔登场人物〕侯。罗。汤。

〔正末唱〕仙吕赏花时。

〔第二折〕汤哥至银匠处换假银子，为官所捉。侯兴归后假报汤哥死耗。罗李郎一痛而病。侯兴拐了定奴、受春而逃，罗李郎带病去寻他。

〔登场人物〕外：银匠。汤。定奴。罗。侯。俫儿。

〔正末唱〕南吕一枝花。梁州第七。四块玉。红芍药。菩萨梁州。牧羊关。梧桐树。隔尾。牧羊关。尾煞。

〔第三折〕苏文顺奉命敕修相国寺。汤哥赦了死罪，在做工。罗李郎追到此处，舍吃给众囚犯。汤哥认识了他，大叫父亲。他们便再相见。他买了甲头给他做。

〔登场人物〕苏。张千。丑。甲头。众夫役。汤。罗。丑：店小二。

杂当。

〔正末唱〕商调集贤宾。逍遥乐。梧叶儿。后庭花。双雁儿。金菊香。么篇。么篇。醋葫芦。么篇。么篇。浪来里煞。（中插汤哥唱：商调金菊香。）

〔第四折〕苏文顺买了一个小厮，即受春，却不见银唾盂，吊起来追问。汤哥见了，也被吊着。罗来，见了官，原来是苏。孟仓士此时也代上拈香到相国寺来。于是大家相认。正在这时，他们捉住了一个偷马贼，原来是侯兴。定奴也来见父亲。大家父子相认，只胜下罗李郎一个暗自悲伤。

〔登场人物〕苏。张千。倈儿。汤。罗。孟。侯。定奴。

〔正末唱〕双调新水令。步步娇。沉醉东风。胡十八。川拨棹。七弟兄。捣练子。梅花酒。收江南。干荷叶。沽美酒。太平令。川拨棹。乱柳叶。水仙子。收尾。

题目　莽汤哥崄钉远乡牌
正名　罗李郎大闹相国寺

（《小说月报》二十二卷十号，一九三一年十月）